ARÈNES SANGLANTES

Œuvres de Blasco Ibáñez

aux Éditions Calmann-Lévy :

LES QUATRE CAVALIERS DE L'APOCALYPSE
MARE NOSTRUM
LES ENNEMIS DE LA FEMME
LA HORDE
TERRES MAUDITES
DANS L'OMBRE DE LA CATHÉDRALE
LA TENTATRICE
FLEUR DE MAI
LA FEMME NUE DE GOYA

aux Editions Ressouvenances

DIMONI ET AUTRES NOUVELLES

V. BLASCO IBANEZ

Arènes sanglantes

TRADUIT DE L'ESPAGNOL
PAR G. HÉRÉLLE

CALMANN-LÉVY

Titre original

SANGRE Y ARENA

I

Comme toutes les fois qu'il y avait course de taureaux [1], Juan Gallardo déjeuna de bonne heure. Il mangea une simple tranche de viande rôtie, sans boire une seule goutte de vin : car il fallait être en pleine possession de son sang-froid. Il prit deux tasses de café noir très fort, et, après avoir allumé un cigare énorme, il resta là, les coudes sur la table et la mâchoire appuyée sur les mains, regardant avec des yeux somnolents les personnes qui, peu à peu, arrivaient dans la salle à manger.

Depuis quelques années, c'est-à-dire depuis qu'on lui avait donné « l'alternative [2] » au cirque de Madrid, il venait loger à cet hôtel de la rue d'Alcalá, où les patrons le traitaient comme s'il avait été de la famille, où les garçons de salle, les portiers, les marmitons et les vieilles servantes l'adoraient comme une des gloires de l'établissement.

C'était là aussi qu'à la suite de deux blessures [3] il avait passé de longues journées enveloppé de linges, dans une atmosphère chargée d'iodoforme et de fumée de tabac ; mais ce fâcheux souvenir ne l'affectait guère. Avec sa superstition

1. *Corrida de toros*, ou simplement *corrida*.

2. Pour ce qui concerne l'*alternative* et, plus généralement, la condition des *toreros* ou *diestros* dont se compose la quadrille, voir à la fin du volume, *Résumé tauromachique*, p. 247.

3. *Cogida*, tout acte par lequel le taureau saisit le torero, en conséquence d'une passe mal exécutée, d'un mouvement imprévu ou d'un autre accident quelconque.

de Méridional exposé à des dangers continuels, il croyait que cet hôtel était de bon augure et que, logé là, il n'aurait à redouter aucun accident grave : peut-être quelqu'un des moindres risques de la profession, par exemple une déchirure dans le costume ou dans la peau, mais non le désastre de tomber pour ne plus se relever, comme cela était advenu à des camarades dont le souvenir troublait ses instants les plus heureux.

Les jours de course, après avoir déjeuné de bonne heure, l'espada s'attardait volontiers dans la salle à manger et s'amusait à observer le mouvement des voyageurs, étrangers ou provinciaux venus de loin, qui d'abord passaient à côté de lui sans le regarder, puis se retournaient curieusement, lorsqu'ils avaient appris des garçons que ce bel homme à la face rasée et aux yeux noirs, vêtu en fils de famille, c'était Juan Gallardo, celui que tout le monde appelait familièrement « le Gallardo[1] », l'illustre matador. Il trouvait là, jusqu'au moment de se rendre aux arènes, une distraction à sa pénible attente. Comme le temps était long ! Ces heures d'incertitude, où de vagues appréhensions surgissaient du fond de son âme et le faisaient douter de lui-même, étaient les plus amères que lui imposât son métier. Il ne voulait pas sortir, parce qu'il songeait aux fatigues de l'après-midi, à la nécessité de se conserver frais et agile ; et il ne pouvait pas prolonger le déjeuner, parce qu'il fallait manger peu et vite, pour arriver au cirque sans avoir à craindre les pesanteurs de la digestion. Il restait donc au bout de la table, la tête entre les mains, avec un nuage de fumée odorante devant les yeux, et, de temps à autre, il jetait autour de lui, non sans fatuité, un coup d'œil circulaire, afin de lorgner quelques femmes qui considéraient avec intérêt le fameux torero[2].

Dans les regards de ces femmes, son orgueil d'idole des foules croyait deviner des éloges et de flatteuses avances.

1. Les *toreros* sont le plus souvent désignés par des surnoms très vulgaires. Ici, le surnom se confond avec le nom de famille — Gallardo, « gaillard » —, et il exprime à la fois l'idée de grâce et celle de vaillance.

2. C'est ce nom que l'on donne, en Espagne, à tous ceux qui font profession de combattre les taureaux. Le mot *toréador*, que les Espagnols n'emploient jamais, quoique le dictionnaire de la *Real academia española* l'admette, est d'origine française.

Sans doute elles le trouvaient élégant et bien fait. Et alors, oubliant ses préoccupations, obéissant à son instinct d'homme qui a coutume de prendre en public une fière attitude, il se redressait, faisait choir, par une chiquenaude, la cendre tombée de son cigare sur la manche de son veston, rajustait la bague qui couvrait toute une phalange de l'un de ses doigts, bague où un diamant énorme s'entourait d'un rayonnement de feux.

Et il promenait sur sa propre personne des regards satisfaits, admirant son «complet» de coupe élégante, la casquette qu'il mettait pour circuler dans l'hôtel et qu'il avait posée sur une chaise voisine, la belle chaîne d'or qui traversait son gilet d'une poche à l'autre, les perles de son plastron qui semblaient éclairer d'une lumière laiteuse la teinte brune de son visage, les chaussures de cuir de Russie qui laissaient voir, entre le cou-de-pied et le bord du pantalon retroussé, des chaussettes de soie brodées à jour comme des bas de cocotte.

Des effluves de parfums anglais, suaves et subtils, répandus avec profusion, émanaient de ses vêtements, de la chevelure noire et lustrée dont il lissait les boucles sur ses tempes; et, devant la curiosité féminine, il se carrait dans une posture de triomphateur. Non, pour un torero il n'était pas mal. Il se sentait content de lui-même. Un autre qui fût plus distingué, plus capable de plaire aux femmes, on ne l'aurait pas trouvé facilement...

Mais bientôt revenaient les préoccupations; l'éclat de ses yeux s'éteignait; son menton se rabaissait entre les paumes de ses mains; et il tirait plus fort sur son cigare, les yeux perdus dans les nuages de la fumée.

Il songeait avec impatience à l'heure où la nuit tomberait et où il reviendrait des arènes, trempé de sueur et harassé de fatigue, mais avec la joie du péril vaincu, avec les appétits réveillés, avec une folle envie de jouissance et avec la certitude d'avoir plusieurs jours de repos et de sécurité. Si Dieu le protégeait comme les autres fois, il pourrait alors manger avec la voracité des années où il n'était qu'un meurt-de-faim, se griser un peu, se mettre en quête d'une certaine fille qui chantait dans un *music hall* et qu'il avait vue à un voyage précédent, mais dont il n'avait pas eu le loisir de cultiver la bienveillance. Cette vie de déplacements continuels, qui l'obligeait à courir sans cesse d'un bout à l'autre de la péninsule, ne lui laissait de temps pour rien.

Sur ces entrefaites entrèrent dans la salle à manger des amis enthousiastes qui, avant d'aller déjeuner, désiraient voir l'espada [1]. C'étaient de vieux aficionados [2] qui, heureux de figurer dans une coterie et de posséder une idole, avaient adopté Gallardo pour « leur matador » et lui donnaient de sages conseils, non sans rappeler à tout bout de champ leur adoration rétrospective pour Lagartijo ou pour Frascuelo [3]. Ils tutoyaient le matador avec une familiarité protectrice ; mais celui-ci, lorsqu'il leur répondait, ne manquait pas de mettre *don* [4] devant leurs prénoms, en vertu de la traditionnelle séparation de castes qui existe entre le torero, surgi de la plus basse classe sociale, et ses admirateurs. L'enthousiasme de ces gens s'alliait à de lointains souvenirs, pour faire sentir au jeune « maître » la supériorité que donnent les années et l'expérience. Ils parlaient volontiers de l'ancienne *plaza* de Madrid, la seule où l'on ait connu de vrais taureaux et de vrais toreros ; et, pour ce qui est de l'époque voisine de la nôtre, ils tremblaient d'émotion lorsqu'ils prononçaient le nom de Negro [5], c'est-à-dire de Frascuelo.

« Si vous l'aviez vu, celui-là !... Mais, toi et ceux de ton âge, vous tétiez encore ou vous n'étiez pas nés... »

Parmi les partisans du matador qui entraient dans la salle à manger, il y en avait de piteuse mine et d'aspect famélique : obscurs reporters, connus seulement des toreros auxquels ils adressaient leurs éloges ou leurs censures ; individus de profession douteuse, qui apparaissaient dès que l'arrivée de Gallardo était annoncée, et qui l'assaillaient de louanges, tout en

1. *Espada*, au masculin, « épée », synonyme de *matador*.

2. Le véritable *aficionado* n'est pas seulement un « amateur » de courses, c'est aussi un « connaisseur » qui joint à l'amour passionné de ce spectacle une science tauromachique suffisante pour apprécier les diverses phases du combat. On désigne souvent l'ensemble des amateurs d'un lieu sous le nom de *la afición*.

3. Deux matadors célèbres. Le surnom du premier signifie « petit lézard » ; le second est un diminutif de Francisco.

4. Titre d'honneur qui se mettait devant le prénom des nobles. Aujourd'hui, il s'emploie aussi communément que, chez nous, le mot « monsieur ».

5. « Le Noir », surnom.

quémandant des billets de faveur. Le commun enthousiasme leur permettait de fraterniser avec les autres, grands commerçants ou fonctionnaires, qui, sans s'inquiéter de cet extérieur misérable, discutaient chaleureusement avec eux sur les choses de la tauromachie.

Tous, en abordant Gallardo, l'embrassaient ou lui serraient la main, avec accompagnement de questions et d'exclamations : « Juanillo [1] !... Et comment va ta femme Carmen ?

— Très bien, merci.

— Et ta mère, la señora [2] Angustias ?

— Très bien, merci. Elle est à la Rinconada [3].

— Et ta sœur ? et tes jeunes neveux ?

— Tous très bien, merci.

— Et ton singe de beau-frère ?

— Bien également. Toujours bavard.

— Ta famille ne s'est pas augmentée ? Il n'y a rien en perspective ?

— Non, rien en perspective. »

Et il faisait claquer un ongle entre ses dents, avec une énergique expression de dénégation ; puis, à son tour, il adressait des questions au nouveau venu, dont il ne savait d'ailleurs absolument rien, sinon que c'était un passionné des courses de taureaux.

« Ça va bien aussi chez vous ?... Allons, tant mieux !... Asseyez-vous donc et prenez quelque chose. »

Puis il s'informait de l'apparence des animaux qu'il aurait à combattre dans quelques heures : car tous ces bons amis-là sortaient des arènes, où ils avaient assisté à la séparation et à la mise en loges [4] du bétail. Enfin, avec la curiosité d'un professionnel, il demandait des nouvelles du Café anglais [5], où se réunissaient beaucoup d'aficionados.

Les admirateurs de Gallardo témoignaient de grandes

1. Diminutif familier de Juan.

2. « Madame ».

3. Ferme appartenant à Gallardo et dont il sera reparlé plus loin.

4. *Apartado* et *enchiqueramiento*. Le matin de la course, chacun des taureaux destinés au combat est enfermé séparément dans un *chiquero*, c'est-à-dire dans une petite stalle close.

5. Le Café anglais, fréquenté spécialement par les toreros, dans la rue de Séville.

espérances, citaient les journaux qui avaient rendu compte des récents triomphes remportés par lui dans les autres cirques d'Espagne.

Aucun matador n'avait autant d'engagements. Depuis la course donnée à Séville pour les fêtes de Pâques — la première course importante de l'année —, il allait de ville en ville tuant des taureaux. Quand août et septembre seraient venus, il lui faudrait passer les nuits en chemin de fer et les après-midi dans les cirques, sans avoir un instant pour reprendre haleine. Son fondé de pouvoir[1] ne savait plus où donner de la tête, obsédé qu'il était par les lettres et les télégrammes, ne sachant comment concilier toutes ces demandes d'engagement avec la brièveté de la saison.

La veille, Gallardo avait combattu à Ciudad Real, et, sans avoir même le temps de dépouiller son costume de gala, il avait dû se jeter dans le train pour arriver le lendemain matin à Madrid. Une nuit blanche ou à peu près, pendant laquelle il avait à peine fermé l'œil, pelotonné dans le coin que lui avaient laissé les autres voyageurs en se serrant par complaisance, afin de permettre quelque repos à cet homme qui, le jour suivant, exposerait sa vie pour le plaisir du peuple.

Les enthousiastes admiraient sa résistance physique et le courage téméraire avec lequel, au moment de tuer, il s'élançait sur le taureau.

« Nous allons voir ce que tu feras, cet après-midi, lui disaient-ils, avec une ferveur de croyants. La *afición* attend beaucoup de toi. Tu vas rabattre le chignon à plus d'un rival. Tâche d'être aussi brillant qu'à Séville !... »

Puis les enthousiastes s'en allèrent déjeuner, parce qu'ils voulaient être de bonne heure au cirque ; et Gallardo, resté seul, se disposait à remonter dans sa chambre : par impatience nerveuse, il avait besoin de changer de place. Mais, sur ces entrefaites, un homme tenant par la main deux garçonnets poussa la contre-porte vitrée et entra dans la salle à manger sans faire attention aux domestiques qui lui demandaient ce qu'il voulait. À l'aspect du matador, cet homme sourit comme un bienheureux et s'avança, avec ses mioches à la remorque, les yeux fixés sur l'illustre personnage. Gallardo reconnut l'homme.

1. *Apoderado*. Les matadors ont ordinairement un homme d'affaires qui se charge de traiter pour eux avec les entrepreneurs de courses.

« Comment allez-vous, mon compère ? »

Et ce salut fut suivi de tout le chapelet des questions habituelles sur la santé de la famille. Enfin l'homme se tourna vers ses enfants et leur dit avec gravité :

« Regardez-le bien : c'est lui ! Vous brûliez d'envie de le voir. Tout pareil à ses portraits !… »

Les deux petits contemplaient religieusement le héros, si souvent admiré dans les images qui ornaient les pièces de leur pauvre demeure : un être surnaturel dont les exploits et la richesse avaient été leur premier émerveillement, lorsqu'ils avaient commencé à comprendre les réalités de la vie.

« Juanillo, baise la main de ton parrain. »

Le plus jeune des moutards appliqua contre la main droite du « maître » son petit museau rouge, récemment débarbouillé par la mère à l'occasion de cette visite ; et Gallardo lui caressa distraitement la tête. C'était un des innombrables filleuls qu'il avait en Espagne. Ses fidèles l'obligeaient à être parrain de leurs enfants, croyant assurer de cette façon l'avenir de leur progéniture. S'exhiber de baptême en baptême était pour lui une des conséquences de la gloire. Or, ce filleul lui remémorait le mauvais temps où il débutait dans la carrière, et il conservait au père une certaine gratitude pour la foi que celui-ci avait eue en lui, à une époque où tout le monde discutait encore son talent.

« Et les affaires ? demanda Gallardo. Vont-elles mieux ? »

L'aficionado fit la grimace. Il était commissionnaire au marché de la Cebada, et cela lui permettait tout juste de ne pas mourir de faim. Gallardo regarda avec compassion son triste accoutrement de gueux endimanché.

« Il vous plairait sans doute de voir la course, hé ! compère ? Montez donc à ma chambre. Garabato[1] vous donnera un billet. Adieu, mon brave. Et vous, mes enfants, prenez ça pour vous acheter un joujou. »

De la main gauche, en même temps que son filleul lui baisait de nouveau la main droite, il remit à l'aîné une couple de douros[2]. Et le père tira dehors sa progéniture, après mille excuses et remerciements dont la confuse expression n'arrivait pas à expliquer bien clairement si la vive reconnaissance

1. « Le Balafré », surnom.
2. Le *douro* valait 5 francs-or.

était pour le cadeau fait aux bambins ou pour le billet que lui remettrait le domestique.

Gallardo laissa passer quelques minutes, afin de ne pas se retrouver là-haut avec l'enthousiaste et avec les mioches. Puis il regarda sa montre : — une heure ! — Que de temps encore avant la course !...

Comme il sortait de la salle à manger et se dirigeait vers l'escalier, une femme, enveloppée dans un mauvais châle, déboucha de la loge du concierge et lui barra le passage avec une familiarité résolue, sans se soucier des protestations des gens de service.

« Juaniyo [1] !... Juan !... Tu ne me reconnais pas ?... Je suis la Caracola [2], la *seña* Dolores, la mère du pauvre petit Lechuguero [3]... »

Gallardo sourit à cette femme vieille, noire, petite et ridée, dont les yeux de sorcière luisaient comme de la braise et qui parlait avec volubilité. Et en même temps, devinant bien l'objet de tout ce flux de paroles, il mit la main à la poche.

« Quelle misère, mon fils ! Quelle indigence, quelle agonie !... Quand j'ai su que tu descendrais aujourd'hui dans l'arène, je me suis dit : « Allons voir Juaniyo, qui n'aura pas oublié la mère de son pauvre petit camarade !... » Comme tu es beau mon gaillard ! Sûrement toutes les femmes courent après toi, coquin !... Moi, mon fils, je suis très malheureuse. Je n'ai pas même une chemise. Depuis ce matin, il n'est entré dans ma bouche qu'un peu de *cazaya* [4]. On me garde par charité dans le logement de la Pepona [5], une femme de là-bas, une payse. C'est un logement très convenable, à cinq douros par mois. Viens nous voir : là, on t'apprécie sincèrement... Je coiffe les filles et je fais les commissions des messieurs... Ah ! si mon pauvre enfant vivait !... Te souviens-tu de Pepiyo [6] ? Te souviens-tu de cet après-midi où il est mort ?... »

Après avoir glissé un douro dans la main sèche de la

1. Forme sévillane de *Juanillo*.

2. « La Limace ». Seña, abréviation populaire de *señora*.

3. « Marchand de laitues », surnom.

4. Pour *Cazalla*, petite ville située dans la Sierra Morena et appartenant à la province de Séville. On désigne vulgairement par ce nom d'origine une espèce d'anisette.

5. Augmentatif de Pepa, c'est-à-dire « la grosse Josefa ».

6. Diminutif familier de Pepe, qui est lui-même le diminutif de José.

vieille, Gallardo s'efforça d'échapper à ce verbiage où commençait à se mêler le chevrotement des pleurs. Maudite sorcière ! Venir, un jour de course, lui rappeler ce pauvre Lechuguero, ce camarade des premières années, qu'il avait vu mourir presque instantanément d'un coup de corne en plein cœur, aux arènes de Lebrija, dans le temps où ils combattaient ensemble comme novilleros[1] ! Maudite vieille de funeste présage !... Et il la repoussa. Mais elle, passant de l'attendrissement à la gaieté avec une inconscience de linotte, éclata en propos flatteurs sur ces valeureux champions, sur ces intrépides toreros qui savaient conquérir l'argent du public et le cœur des femmes.

« C'est la reine des Espagnes que tu mérites, mon joli garçon ! La *seña* Carmen fera bien d'ouvrir l'œil. Un beau jour, une *gachi*[2] te volera et ne te rendra pas... Tu ne me donnes pas un billet pour cet après-midi, Juaniyo ? J'ai si grande envie de te voir estoquer, mon bijou ! »

Les exclamations de la vieille et ses cajoleries extravagantes forcèrent à rire les employés de l'hôtel et firent fléchir la sévère consigne qui retenait sur le seuil de la porte un groupe de curieux et de pauvres diables attirés par la présence du matador. Refoulant doucement les domestiques, une invasion de mendiants, de vagabonds, de camelots, se glissa dans le vestibule. Les petits crieurs de journaux, portant leurs paquets d'imprimés sous le bras, ôtaient leurs casquettes et saluaient avec une enthousiaste familiarité :

« Le Gallardo ! *Olé*[3] le Gallardo ! Vivent les braves ! »

Les plus hardis lui prenaient une main qu'ils serraient fortement, qu'ils secouaient avec énergie, désireux de prolonger le plus possible cet honorable contact avec le héros national dont ils avaient vu l'image sur les feuilles publiques. Puis, pour faire participer leurs copains à cette gloire, ils les incitaient vivement à faire de même :

1. Le *novillero* est un apprenti torero qui n'a pas reçu l'« alternative » et qui combat des *novillos*, jeunes taureaux de deux à trois ans. Les courses où l'on combat ces jeunes taureaux s'appellent *novilladas*.

2. Mot d'argot emprunté à la langue des gitanos et signifiant « fille » ou « jeune femme ».

3. Exclamation par laquelle on applaudit ou encourage quelqu'un.

« Touche-lui la main. Il ne se fâche pas. Il est si bon garçon ! »

Et peu s'en fallait que, dans leur admiration, tous ces galopins ne s'agenouillassent devant lui.

D'autres curieux à la barbe mal peignée, accoutrés de vieilles nippes qui jadis avaient pu être élégantes, promenaient leurs chaussures éculées autour de Gallardo et inclinaient vers l'idole leurs chapeaux gras, en lui parlant à voix basse et en l'appelant « *don* Juan », pour se distinguer des enthousiastes et irrévérencieux voyous [1]. Après l'avoir entretenu de leurs malheurs, ils sollicitaient une aumône ou, plus audacieux, imploraient, au nom de leur passion tauromachique, un billet d'entrée pour la course, bien décidés, d'ailleurs, à le revendre aussitôt.

Gallardo se défendait en riant contre cette avalanche qui le bousculait, l'écrasait, sans que l'intervention des serviteurs de l'hôtel, intimidés par le respect qu'inspirent les témoignages de la faveur populaire, réussît à le délivrer. Il fouilla et refouilla dans ses poches jusqu'à ce qu'elles fussent vides, distribua au hasard les pièces d'argent entre les mains qui se tendaient vers lui.

« Je n'en ai plus !... Ma provision de braise est épuisée !... Laissez-moi donc, farceurs ! »

Après quoi, feignant d'être ennuyé de cette popularité qui le flattait, ils s'ouvrit un passage par une poussée de ses muscles d'athlète et monta l'escalier quatre à quatre, franchissant les marches avec une agilité de gymnaste, tandis que les serviteurs, n'ayant plus d'égards pour cette canaille, rejetaient violemment la bande dans la rue.

Gallardo passa devant la chambre qu'occupait Garabato, et, par la porte entrebâillée, il aperçut son domestique qui, au milieu des malles et des caisses, préparait le costume pour la course.

Lorsque enfin il se trouva seul dans sa propre chambre, il sentit s'évanouir subitement la joyeuse excitation que lui avait donnée l'enthousiasme de ses partisans. Les pires moments de la journée étaient venus, ces heures d'anxiété qui

1. *Golfos*.

précédaient le départ pour les arènes. Des taureaux de Miura [1] et le public de Madrid ! Le danger qui, plus tard, vu de près, semblait l'enivrer et accroître son audace, l'inquiétait, dès qu'il était seul, comme quelque chose de surnaturel, d'effrayant par son incertitude même.

Il eut la sensation d'être anéanti, comme si, tout d'un coup, se fussent abattues sur lui les fatigues de la mauvaise nuit précédente. L'envie lui vint de s'étendre sur un des lits qui étaient au fond de la chambre ; mais, de nouveau, l'appréhension que lui causait cet après-midi incertain et mystérieux chassa la somnolence.

Il se promena de long en large, alluma un autre havane avec le bout de celui qu'il achevait de fumer.

Que serait pour lui cette saison de Madrid ? Que diraient ses ennemis ? Comment se comporteraient ses rivaux professionnels ? Il avait déjà tué maints taureaux de Miura, et, en somme, c'étaient des bêtes pareilles aux autres. Mais pourtant, malgré lui, il songeait aux camarades qui avaient succombé dans le redondel [2], presque tous victimes d'animaux de cette provenance. Ces satanés taureaux de Miura ! Ce n'était pas pour rien que, dans les contrats, les autres matadors et lui-même exigeaient mille pesetas [3] de plus, quand ils devaient combattre ce bétail.

Il continua de se promener avec agitation dans sa chambre. Par moments, il s'arrêtait, fixait un regard stupide sur quelque objet faisant partie de ses bagages ; puis il se laissait tomber dans un fauteuil, engourdi par une subite défaillance. À plusieurs reprises il regarda sa montre : il n'était pas encore deux heures. Le temps avait-il donc cessé de couler ?

Il souhaitait, comme un remède pour ses nerfs, que l'heure de s'habiller et de se rendre au cirque vînt le plus vite possible : car la foule, le bruit, la curiosité populaire, le désir de se montrer serein et allègre, et surtout la proximité du péril réel et corporel, dissiperaient instantanément cette angoisse qui, dans la solitude, en l'absence des réconfortantes excitations venues du dehors, ressemblait un peu à de la peur.

1. Don Eduardo Miura était un des plus célèbres éleveurs, et ses taureaux avaient une grande réputation de férocité.

2. Le « rond », l'arène sablée.

3. La *peseta* valait 1 franc-or.

Le besoin de se distraire fit qu'il chercha dans la poche intérieure de son veston une petite enveloppe d'où émanait une odeur suave et pénétrante. Debout près d'une fenêtre par laquelle entrait la terne clarté d'une cour, il considéra cette enveloppe qu'on lui avait remise lorsqu'il était arrivé à l'hôtel, admira l'élégance des caractères fins et déliés qui formaient l'adresse. Puis il ouvrit la lettre, aspira avec délices le voluptueux parfum dont elle était imprégnée. Ah ! ces dames de haute naissance et qui ont voyagé beaucoup ! Leur distinction inimitable se révélait jusque dans les moindres détails.

Gallardo, comme si son corps eût conservé l'âcre relent de la misère où s'était passée sa jeunesse, se parfumait avec une scandaleuse prodigalité. Ses ennemis se moquaient de ce garçon athlétique, qui fleurait bon comme une courtisane. Quant à ses amis, ils souriaient de cette faiblesse ; mais quelquefois ils étaient obligés de détourner le nez, parce que les trop violents effluves leur soulevaient le cœur. Toute une parfumerie l'accompagnait dans ses voyages, et les essences les plus féminines embaumaient sa personne, lorsqu'il s'avançait dans l'arène, parmi les chevaux morts, au milieu des entrailles répandues et des bouses mêlées de sang. Quelques cocottes enthousiastes, dont il avait fait la connaissance au cours d'une tournée dans la France méridionale, lui avaient enseigné le secret de certaines mixtures extraordinaires. Mais rien n'était comparable au parfum de la lettre, à ce parfum fort et suave, mystérieux et subtil, le même dont se parfumait la femme qui lui avait écrit, un bizarre, exquis et indéfinissable parfum qui semblait émané d'une chair aristocratique et qu'il appelait « odeur de dame ».

Il lut et relut la lettre, avec un béat sourire de délectation et d'orgueil. Pourtant ce n'était pas grand-chose : une demi-douzaine de lignes, un salut envoyé de Séville, de bons souhaits pour la saison de Madrid, des félicitations anticipées sur les prochains triomphes. Une lettre comme celle-là, on pouvait la perdre sans compromettre en aucune façon la femme qui l'avait signée. Au début : « Mon cher monsieur Gallardo » ; et à la fin : « Votre amie, Sol » ; le tout écrit d'une jolie écriture qui semblait chatouiller les yeux du matador, dans un style froidement aimable, sur un ton de supériorité courtoise, comme si les paroles descendaient de haut, par condescendance, vers un inférieur.

En relisant cette lettre avec une révérence de plébéien peu versé dans l'art de la lecture, Gallardo ne pouvait se défendre d'une sorte de malaise, comme s'il s'était senti méprisé.

« Cette *gachi* ! murmura-t-il. Quelle femme ! Rien ne la déconcerte ! Dire qu'elle me donne du "vous", à moi !... »

Mais d'agréables réminiscences le firent sourire de satisfaction. Cette froideur du style, ce n'était que pour la correspondance : une habitude de grande dame, une précaution d'ambassadrice qui a couru le monde. Bref, le déplaisir du matador se transforma en admiration.

« Ce qu'elle est avisée, cette femme ! Une maligne bête !... »

Et son sourire trahissait une satisfaction de vanité professionnelle, un orgueil de dompteur qui, en vantant la force de l'animal vaincu, exalte sa propre gloire.

Tandis que Gallardo contemplait la lettre, Garabato, son domestique, allait et venait, apportait des vêtements et des boîtes, posait le tout sur un lit.

C'était un garçon aux mouvements silencieux, aux mains agiles, et qui semblait ne pas remarquer la présence du matador. Depuis plusieurs années, il accompagnait celui-ci dans tous ses voyages en qualité de *mozo de estoques*[1]. Il avait autrefois commencé à « taurer[2] » dans les « capées[3] » avec Gallardo, sur les *plazas* des environs de Séville ; mais tous les mauvais coups étaient pour lui, tandis que les succès et les éloges étaient pour son camarade. Petit, olivâtre, de faible musculature, il avait une cicatrice tortueuse, aux lèvres mal réunies, qui balafrait d'un sillon blanchâtre sa face ridée et maigre de vieux. Cela lui venait d'un coup de corne qui l'avait laissé presque mourant sur l'arène d'une petite ville de province ; et, outre cette atroce blessure, il en avait d'autres

1. « Garçon d'estocs », serviteur chargé plus spécialement des épées de combat. — L'*estoque* est une épée dont la lame d'acier forgé, tranchante des deux côtés, longue d'environ 85 centimètres, a une poignée en croix, très courte, de 5 ou 6 centimètres. Cette poignée, entourée d'étoffe rouge afin d'assurer la prise, se termine par une boule sur laquelle s'appuie la paume de la main, pour enfoncer le coup.

2. *Torear*, faire le métier de torero, combattre les taureaux.

3. *Capea*, petite course où l'on n'exécute guère que des passes de cape.

qui défiguraient les parties cachées de son corps. Le plus cruel pour lui, à cette époque-là, c'était que les gens riaient de ses mésaventures et prenaient plaisir à le voir foulé aux pieds et déchiré par les taureaux. Mais, comme par miracle, il était sorti vivant de toutes ces tribulations ; et à la fin, sa maladresse têtue cédant à la déveine, il s'était résigné à n'être que le serviteur de son ancien camarade, serviteur de confiance qui accompagnait celui-ci partout. Il était le plus fervent admirateur de Gallardo, quoiqu'il abusât un peu des franchises de l'intimité et qu'il se permît les remontrances et les critiques. « S'il avait été dans la peau du maître en telle ou telle occasion, il aurait fait mieux !... » Les amis de Gallardo profitaient de ses ambitions ruinées pour se moquer de lui ; mais il demeurait indifférent à leur persiflage. Renier la tauromachie ? Jamais ! Afin d'empêcher que la mémoire de son passé s'abolît entièrement, il disposait en luisants accroche-cœurs, au-dessus de ses oreilles, les mèches raides de ses cheveux, et il conservait à l'occiput la sacro-sainte mèche, la coleta [1] de sa jeunesse, noble insigne qui le distinguait des autres mortels.

Quand Gallardo se fâchait contre lui, c'était toujours à cet ornement capillaire que s'en prenait la bruyante irritation du nerveux matador :

« Et tu portes la coleta, effronté ? Je vais te la couper, ta queue de rat, *maleta* [2] sans vergogne, mauvais drôle ! »

Garabato accueillait avec résignation ces outrages ; mais il se vengeait en s'enfermant dans un silence d'homme supérieur, ne répondant que par des haussements d'épaules à la gaieté de l'espada, lorsque celui-ci, au retour des arènes, après une *corrida* heureuse, lui demandait avec une puérile vanité :

« Comment as-tu trouvé la course ? N'est-ce pas que j'ai été bon ? »

De leur camaraderie de jeunesse, Garabato conservait le privilège de tutoyer le « maître ». Il n'aurait pu lui parler autrement ; mais son « tu » était accompagné d'un geste

1. La *coleta*, « petite queue », était une longue mèche de cheveux que les toreros laissaient croître et portaient en cadenette derrière la tête.

2. Littéralement, « valise ». On appelle ainsi les valets de matadors. Ce mot, appliqué à un torero, est une insulte.

grave, d'une expression de respect naïf. Sa familiarité était semblable à celle dont usaient les anciens écuyers avec les chevaliers coureurs d'aventures.

Torero depuis le vertex jusqu'au bas de la nuque, il avait dans le reste de sa personne quelque chose du tailleur et du valet de chambre. Habillé d'un complet de drap anglais, cadeau de son maître, il portait une multitude d'épingles piquées aux revers de sa jaquette, et il avait sur une de ses manches plusieurs aiguilles pourvues de leur fil. Ses mains sèches et brunes touchaient et ajustaient les choses avec une adresse féminine.

Quand il eut disposé sur le lit tout ce qui était nécessaire pour la vêture du matador, il passa en revue ces nombreux objets, s'assura qu'il ne manquait rien. Puis il se planta au milieu de la chambre, et, sans regarder Gallardo, de l'air de quelqu'un qui parle pour lui-même, il dit, d'une voix rauque et grincheuse :

« Deux heures ! »

Gallardo releva brusquement la tête, comme s'il ne s'était pas encore aperçu que son domestique fût là. Il remit la lettre dans sa poche et s'en alla, non sans quelque lenteur, vers le fond de la pièce, désireux peut-être de retarder le moment de s'habiller.

« Tout est prêt ? »

Mais soudain il sursauta ; sa face pâle se colora ; ses yeux s'ouvrirent démesurément. Il avait l'aspect d'un homme qui vient de subir le choc d'une découverte effrayante.

« Quel est le costume que tu m'as préparé ? »

Garabato indiqua le lit ; mais, avant même qu'il pût prononcer un mot, la colère du maître s'abattit sur lui, éclatante et terrible :

« Malédiction ! Tu ne sais donc rien des choses de ton métier ? Est-ce que tu sors de ton village ? Une course à Madrid, des taureaux de Miura, et tu me donnes un costume rouge ! La couleur de celui que portait ce pauvre Manuel l'Espartero[1] ! Pis que si tu étais mon ennemi, fripouille ! Tu désires donc ma mort ? »

1. « Le marchand de sparterie ». Surnom de Manuel Garcia à qui Fernando Gomez, dit El Gallo, « le Coq », conféra l'alternative en 1885.

Et son irritation croissait à mesure qu'il réfléchissait sur l'énormité de cette inadvertance, laquelle était un vrai défi jeté au mauvais sort. Combattre à Madrid en costume rouge, après ce qui était arrivé ! Ses yeux jetaient des éclairs hostiles, comme si on venait de l'attaquer par trahison ; ses pupilles flamboyaient, et il semblait prêt à tomber sur le pauvre Garabato avec ses rudes poings de matador.

Un coup discrètement frappé à la porte mit fin à cette scène.

« Entrez ! »

Celui qui entra était un jeune homme aux vêtements clairs et à la cravate rouge, qui tenait un feutre cordouan entre ses doigts où brillaient les gros diamants de plusieurs bagues. Gallardo le reconnut tout de suite, grâce à cette prompte mémoire des visages qu'acquièrent les hommes obligés de vivre en fréquents rapports avec les foules. Et subitement il passa de la fureur à une amabilité souriante, comme si cette visite lui causait la plus agréable surprise. Le visiteur était un ami qui habitait Bilbao, un aficionado enthousiaste, un zélé partisan du « maître ». C'était tout ce que l'espada pouvait se rappeler de lui. Mais comment ce visiteur se nommait-il ?... Ce qu'il y avait de certain, en tout cas, c'était que le matador devait le tutoyer, puisqu'il existait entre eux une amitié ancienne.

« Assieds-toi. Quelle surprise ! Quand es-tu arrivé ? Ça va bien, chez toi ? »

Et l'admirateur s'assit, avec la satisfaction du dévot qui a pénétré dans le sanctuaire de l'idole, bien résolu à ne plus bouger de là jusqu'au dernier moment, heureux d'être tutoyé par le *diestro* dont il répétait le prénom à chaque phrase, pour que les meubles, les murailles et les gens qui passeraient dans le corridor fussent édifiés sur ses relations cordiales avec le grand homme. Il était arrivé de Bilbao le matin, et il y retournerait demain. Il n'avait fait ce voyage que pour voir « Juan ». Il avait lu dans les journaux les merveilleux succès du « maître ». La saison commençait bien. Aujourd'hui la course serait bonne. Il avait assisté dans la matinée à la mise en loges, et il avait remarqué un *bicho* [1] à robe châtain foncé, qui, sans aucun doute, rendrait beaucoup entre les mains de « Juan ».

1. « Bestiole », « insecte », nom par lequel les toreros et les aficionados désignent volontiers le taureau.

Le matador coupa court, non sans un peu de hâte, à ces prophéties de l'aficionado :

« Excuse-moi, s'il te plaît. Je reviens dans une minute. »

Et il sortit de la chambre, se dirigea vers une petite porte sans numéro, qui était au fond du corridor. Mais Garabato l'arrêta au passage, et, d'une voix rendue plus rauque par le désir de se montrer soumis :

« Quel costume dois-je préparer ? demanda-t-il.

— Le vert, le bleu, le marron… celui que tu voudras ! »

Et le « maître » disparut derrière la petite porte, tandis que le domestique, délivré de sa présence, souriait avec une malice vengeresse. Garabato connaissait bien cette fugue rapide, au moment de se vêtir : « Le pipi de la frousse [1] », comme disaient les gens du métier. Et son sourire exprimait la jubilation du subalterne constatant une fois de plus que les grands hommes de l'art, les braves à trois poils, éprouvaient, eux aussi, les angoisses d'un besoin causé par l'émotion, tout comme il les avait éprouvées lui-même, au temps où il « taurait » dans les arènes de province.

Un peu plus tard, lorsque Gallardo rentra dans la chambre, il y trouva un nouveau visiteur. C'était le docteur Ruiz, médecin qui, depuis trente ans, signait les bulletins médicaux de toutes les *cogidas* et soignait tous les toreros écharpés sur la « place » de Madrid. Gallardo l'admirait, le tenait pour le plus remarquable représentant de la science universelle ; ce qui ne l'empêchait pas de se permettre d'affectueuses plaisanteries sur le caractère trop bienveillant et sur la tenue trop négligée du docteur. L'admiration du matador était de la même espèce que celle de la populace, pour qui le savoir ne va pas sans une toilette débraillée et sans certaines bizarreries d'humeur par où le savant se distingue du commun des hommes.

Le docteur était courtaud, avait l'abdomen proéminent, la face large, le nez camus, un collier de barbe d'un blanc pisseux, si bien qu'il offrait une lointaine ressemblance avec Socrate. Lorsqu'il était debout, sa grosse panse flasque sursautait dans son ample gilet à chacune de ses paroles ; et, lorsqu'il était assis, cette même région de son organisme lui

1. *La meada del miedo.*

remontait jusqu'à la poitrine. Ses habits, tachés et fripés après quelques jours d'usage, flottaient comme des effets qui ne lui auraient pas appartenu, autour de son corps inharmonieux, obèse dans les parties consacrées à la digestion et grêle dans celles affectées au mouvement.

« C'est un nigaud ! disait Gallardo. Savant, oui, bon comme le pain, mais architoqué ! Jamais il n'aura une peseta. Il est toujours prêt à donner ce qu'il possède, et il se contente de prendre ce qu'on lui offre !... »

À la passion des taureaux le docteur joignait celle de la révolution : Une révolution vague et terrible qui devait se produire un jour, et qui ne laisserait debout en Europe aucune des institutions existantes ; le rêve d'un républicanisme anarchiste qu'il ne se donnait pas la peine d'expliquer et où il n'y avait de clair que les négations exterminatrices.

Les toreros parlaient à Ruiz comme à un père. Lui, il les tutoyait tous ; et il suffisait d'un télégramme venu de n'importe quelle extrémité de la péninsule pour qu'aussitôt le bon docteur prît le train et s'en allât soigner le coup de corne reçu par un de ses « gars [1] », sans autre espoir de récompense que ce dont on voudrait bien lui faire cadeau.

En revoyant Gallardo après une longue absence, il l'embrassa, pressa son ventre mou contre ce corps de bronze. *Olé* les braves garçons ! Il trouvait à l'espada meilleure mine que jamais.

« Et comment va l'affaire de la république, docteur ? Quand la proclame-t-on ? interrogea Gallardo avec un flegme andalou. Le Nacional [2] dit qu'elle est sur le point de venir, que ce sera pour un de ces jours...

— Et que t'importe, farceur ? Laisse en paix le pauvre Nacional. Mieux vaudrait pour lui être plus adroit à planter les banderilles [3]. Quant à toi, l'unique chose que tu dois avoir

1. *Chicos*, « petits », « gamins » ; nom d'amitié que l'on donne familièrement aux toreros, surtout aux capeadors et aux banderilleros.

2. Surnom d'un des banderilleros qui faisaient partie de la quadrille de Gallardo.

3. *Banderillear*. Les *banderillas* sont des dards d'environ 80 cm, enjolivés de guirlandes de papier et terminés par une pointe barbelée qui se fixe dans la plaie. Les toreros appellent les banderilles *palos*, « bâtons ». Anciennement, on ne plantait qu'une banderille à la fois. Aujourd'hui, on les plante toujours par paires, d'où le verbe *parear*, « pairer ».

en tête, c'est de continuer à tuer des taureaux comme Dieu lui-même... Nous allons, paraît-il, avoir un bon après-midi : on m'a dit que le bétail... »

Mais, à cet endroit, le jeune homme de Bilbao, qui avait assisté à la mise en loges et qui désirait fournir des nouvelles, interrompit le docteur pour parler d'un certain taureau châtain foncé « qui lui avait donné dans l'œil » et dont il espérait des merveilles. Les deux hommes, qui étaient demeurés longtemps seuls dans la chambre, et qui, après s'être salués, n'avaient plus échangé une parole, se trouvèrent ainsi nez à nez, et Gallardo crut une présentation indispensable. Mais comment s'appelait donc cet ami qu'il tutoyait ? Il se gratta la tête, fronça les sourcils, réfléchit un instant. D'ailleurs son indécision fut courte :

« Écoute un peu, toi. Tu t'appelles ?... Il faut m'excuser. Tu comprends : avec tant de monde !... »

Le jeune homme dissimula sous un sourire le désenchantement de se voir oublié par le maître, et il déclina son nom. À peine ce nom entendu, Gallardo sentit que le passé lui remontait subitement à la mémoire, et il répara son oubli en ajoutant au nom : « riche propriétaire de mines à Bilbao ». Puis il présenta « le fameux docteur Ruiz ». Et, comme s'ils s'étaient connus toute leur vie, les deux aficionados, rapprochés aussitôt par l'ardeur de la passion commune, se mirent à disserter sur le bétail de l'après-midi.

« Asseyez-vous, leur dit Gallardo en indiquant un sofa au fond de la pièce. Là vous ne gênerez personne. Causez, et ne vous occupez pas de moi. Je m'habille. Entre hommes... »

Il ôta son veston et son gilet, resta en manches de chemise. Assis sur une chaise, au milieu de la baie cintrée qui séparait le petit salon de l'alcôve, il se livra aux mains de Garabato, lequel avait ouvert un sac de cuir de Russie et en avait tiré un nécessaire presque féminin, pour la toilette du matador.

Quoique celui-ci fût déjà soigneusement rasé, Garabato lui savonna de nouveau la face et lui passa le rasoir sur les joues, avec la prestesse d'un homme habitué à faire tous les jours cette besogne. Juan, après s'être lavé, revint occuper son siège. Alors le domestique inonda de brillantine et de parfums la chevelure du maître, la disposa en boucles sur le front et sur les tempes; et ensuite il entreprit d'ajuster l'insigne professionnel, la sacro-sainte coleta.

Il peigna avec respect la longue mèche qui couronnait l'occiput, la tressa; puis, interrompant l'opération, il en releva l'extrémité, l'attacha avec deux épingles à cheveux sur le haut de la tête, et il remit à plus tard l'ajustement définitif. Pour le moment il devait s'occuper des pieds. Il dépouilla donc le torero de son pantalon, de ses chaussettes, et il ne lui laissa qu'un maillot et des caleçons brodés de soie. La robuste musculature de Gallardo ressortait sous l'étoffe en saillies vigoureuses. Un creux dans une cuisse correspondait à une profonde cicatrice, à une dépression du muscle causée par un coup de corne. Sur la peau brune des bras, plusieurs taches blanches marquaient d'anciennes blessures. La poitrine, fauve et sans poils, était barrée par deux lignes irrégulières et violacées qui rappelaient aussi des épisodes sanglants. À l'une des chevilles, la peau, enfoncée comme si elle avait reçu l'empreinte concave d'une monnaie, présentait une teinte rougeâtre. Cet organisme de combat exhalait une odeur de chair saine et vaillante, mêlée à de violents parfums de femme.

Garabato, dont un bras était chargé d'ouate et de bandes blanches, s'agenouilla aux pieds du maître.

«Comme les gladiateurs antiques! dit le docteur Ruiz, interrompant sa conversation avec le propriétaire de Bilbao. Te voilà devenu Romain, Juan!

— C'est l'âge, docteur! répondit le matador avec une nuance de mélancolie. Nous nous faisons vieux. Quand je combattais à la fois les taureaux et la faim, je n'avais pas besoin de tout cela : mes pieds étaient de fer, dans les passes de cape…»

Entre les doigts de pied, Garabato introduisit de petites touffes de coton. Puis, sur la plante et sur le cou-de-pied, il étendit des plaques de cette molle enveloppe, et, tirant sur les bandes, il commença de les rouler en spirales serrées, comme celles qu'on voit aux momies égyptiennes. Ensuite il prit les aiguilles qu'il portait tout enfilées sur sa manche, et il cousit soigneusement les extrémités des bandes.

Gallardo frappa le sol avec ses pieds emmaillotés, qui, dans cet appareil, avaient l'air d'être plus solides. Ainsi comprimés, il les sentait forts et agiles. Son domestique les fit glisser dans de longs bas qui montaient jusqu'à moitié de la cuisse, bas épais et souples, pareils à des guêtres, unique défense des jambes sous la soie du costume de combat.

« Prends garde aux plis. Tu sais : je n'aime pas les bas qui godent ! »

Et, debout en face du miroir, le matador essayait de se voir lui-même par-devant et par-derrière, se courbait pour passer les mains sur ses cuisses et y effacer les plis. Par-dessus les bas blancs Garabato enfila encore des bas de soie rose, qui cachaient entièrement les premiers. Puis le « maître » chaussa les escarpins qu'il avait choisis entre plusieurs paires rangées sur un coffre, toutes à semelles blanches et n'ayant jamais servi.

C'était maintenant que commençait la vraie difficulté de l'opération. Le domestique prit la culotte de soie couleur tabac, ornée de lourdes broderies d'or sur les coutures, et, la tenant par le haut, bien ouverte, il la présenta au matador qui y introduisit ses jambes, tandis que les *machos* [1], terminés par des glands d'or, demeuraient pendants sur les pieds. Ensuite Gallardo recommanda au domestique de bien tendre les cordons, en même temps que lui-même gonflait les muscles de ses cuisses. Cette opération était l'une des plus importantes : un matador doit avoir les *machos* très serrés. Et Garabato, après avoir enroulé les cordons invisibles sous le bord inférieur de la culotte, fit artistement de petites pendeloques avec leurs extrémités.

Le matador endossa la fine chemise de batiste que lui présentait le domestique, chemise ornée d'un jabot tuyauté, aussi molle et transparente qu'un linge de femme. Garabato la boutonna, puis noua la cravate dont les bouts, coupant de leur ligne rouge le plastron depuis le haut jusqu'en bas, allèrent se perdre dans la culotte.

Restait à mettre ce qui exigeait le plus de soin, la ceinture : une bande de quatre mètres au moins, qui semblait remplir toute la pièce et que Garabato maniait avec la magistrale habileté que donne l'habitude.

Le matador alla se placer près de ses amis, de l'autre côté

1. Gros cordons qui servent à serrer la culotte au-dessus du genou et qui, par leur étreinte, donnent plus de vigueur à la jambe.

de la chambre, et il inséra dans le haut de sa culotte une des extrémités de la bande.

« Fais bien attention, à présent, dit-il au domestique, et montre si tu as un peu d'adresse. »

Puis, tournant lentement sur les talons, il se rapprocha peu à peu de Garabato, qui tenait l'autre extrémité, de sorte que la ceinture s'enroulait à la taille du matador en courbes régulières, donnant à cette taille plus de sveltesse. Garabato, par de rapides mouvements de la main, modifiait la position de la bande de soie. À certains tours, la ceinture s'enroulait en double ; à d'autres tours, elle s'étalait complètement ; et partout elle s'appliquait si bien sur le corps, sans plis et sans bourrelets, qu'elle était lisse comme s'il n'y avait eu qu'une épaisseur d'étoffe. Au cours de ce voyage rotatoire, Gallardo, minutieux et difficile à contenter pour tout ce qui concernait l'ajustement de sa personne, s'arrêtait de temps à autre et rétrogradait de deux ou trois pas, afin de rectifier le travail.

« Ce n'est pas ça ! disait-il, de mauvaise humeur. Morbleu ! fais donc attention, Garabato ! »

Après de nombreuses haltes, le matador arriva enfin au terme du voyage et eut toute la ceinture de soie enroulée à la taille.

L'habile serviteur avait fait des coutures, avait posé des épingles partout, si bien que toutes les pièces de l'habillement ne formaient plus qu'une pièce unique. Pour en sortir, il fallait que le « maître » eût recours aux ciseaux et à des mains étrangères. Il lui était impossible de quitter un seul de ses vêtements jusqu'à ce qu'il fût rentré à l'hôtel, sauf dans le cas où un taureau se chargerait de l'en dépouiller au beau milieu de l'arène et où on finirait de le déshabiller à l'infirmerie.

De nouveau le matador s'assit, et, pour la seconde fois, Garabato s'occupa d'arranger la coleta. Il la délivra des épingles à cheveux et y attacha la moña [1], ce faux chignon de rubans noirs qui rappelle l'ancienne résille des premiers temps de la tauromachie.

Le « maître », comme s'il voulait retarder le moment de

1. La *moña* n'est pas seulement un ornement ; elle sert aussi à amortir les coups, dans les chutes.

s'emprisonner définitivement dans son costume, s'étirait, demandait à Garabato le cigare qu'il avait laissé sur la table de nuit, s'informait de l'heure, semblait croire que toutes les montres étaient en avance.

« Il est trop tôt... Du reste, les gars ne sont pas encore arrivés... Il me déplaît de partir de bonne heure pour la *plaza* : c'est assommant, de faire le pied de grue !... »

Mais un garçon de l'hôtel annonça que la voiture attendait en bas avec la quadrille. L'heure était venue. Il n'y avait plus de prétexte pour retarder le moment du départ. Gallardo mit par-dessus la ceinture le gilet galonné d'or, et, par-dessus le gilet, la veste éblouissante, aux énormes reliefs de broderie, lourde comme une armure et flamboyante comme un brasier. La soie de couleur tabac ne restait visible qu'à la partie interne des manches et aux deux triangles des épaules. Presque toute l'étoffe disparaissait sous l'épaisse couche des brandebourgs et des ramages d'or, lesquels représentaient des fleurs dont la corolle était faite de pierreries colorées. Les épaulettes étaient rehaussées de massives broderies d'or, bordées de franges d'or auxquelles pendaient en grappes une multitude de petits pompons d'or frissonnant à chaque pas. À l'ouverture dorée des poches se montraient les pointes de deux foulards de soie, rouges comme la cravate et la ceinture.

« Donne la montera [1]. »

Avec beaucoup de précaution, Garabato tira d'une caisse ovale la toque noire et frisée, aux deux boursouflures qui ressortaient de chaque côté comme des oreillettes de passementerie. Gallardo la posa sur sa tête, en ayant soin que la moña demeurât à découvert et pendît symétriquement entre les épaules.

« Donne la cape [2]. »

Garabato prit sur le dossier d'une chaise la cape de luxe [3],

1. Coiffure des toreros.

2. *Capa* ou *capote*, manteau à l'ancienne mode espagnole, avec collet et pèlerine, en étoffe de couleur voyante, que l'on fait papillonner devant le taureau pour le provoquer, l'éblouir, le distraire, détourner ses coups : c'est ce qui s'appelle *capear*. La cape de luxe, *capa de lujo* ou de *paseo*, faite en soie et chargée de broderies, ne sert qu'à parader dans le cirque. La cape de travail, *capa de faena* ou *de brega*, est ordinairement en percaline.

3. *Paseo*, « promenade ». Voir au *Résumé tauromachique*, p. 251.

la cape de gala, le manteau princier en soie de même couleur que le costume et non moins chargée de broderies d'or. Gallardo la jeta sur une de ses épaules et se regarda dans le miroir, satisfait de ces préparatifs. Vrai, il n'était pas mal. Et maintenant, au cirque !

Ses deux amis le quittèrent à la hâte, en quête d'une voiture pour le suivre. Garabato mit sous son bras un gros paquet d'étoffes rouges, aux extrémités duquel apparaissaient les gardes et les bouterolles de plusieurs épées.

Descendu dans le vestibule de l'hôtel, Gallardo vit que la porte était encombrée d'une foule nombreuse et grouillante, comme s'il venait de se passer quelque grand événement ; et il entendit même la rumeur d'une autre multitude qu'il ne pouvait voir, parce qu'elle s'était massée dans la rue, à droite et à gauche du porche. Le patron de l'hôtel accourut avec sa famille, tous ayant les bras tendus comme s'ils prenaient congé de lui pour un long voyage :

« Bonne chance ! Bon succès ! »

Les garçons, à qui le transport de l'enthousiasme faisait oublier les distances, lui serraient aussi la main :

« Bonne chance, *don* Juan ! »

Il se tournait de tous côtés, le sourire aux lèvres, sans remarquer les faces alarmées des dames de l'hôtel :

« Merci bien, merci bien ! À tantôt ! »

C'était un autre homme. Depuis qu'il avait jeté sur son épaule la cape resplendissante, un sourire calme éclairait son visage. Il était pâle, d'une pâleur un peu moite qui ressemblait à celle d'un malade ; mais il riait, content de vivre et de s'en aller vers le public, adoptant cette nouvelle attitude avec l'instinctive facilité de celui qui a besoin de se faire une physionomie pour se montrer à la foule. Il se carrait avec arrogance, en mâchonnant le cigare qu'il tenait dans sa main gauche ; il marchait en se dandinant sous sa riche cape ; il posait les pieds d'aplomb, avec l'assurance du bel homme qui sait qu'on l'admire.

« Pardon, messieurs, laissez-moi passer… Merci bien, merci bien ! »

Et il tâchait d'éviter les souillures à son costume, tandis qu'il s'ouvrait un chemin dans cette cohue de gueux mal nippés, mais enthousiastes, qui se pressaient à la porte. Ils n'avaient pas d'argent pour aller à la course ; mais ils profitaient de l'occasion pour donner la main au fameux Gallardo ou pour toucher au moins le pan de son costume.

Près du trottoir attendait une calèche attelée de quatre mules aux harnais superbes, garnis de pompons et de grelots. Garabato s'était déjà hissé près du cocher avec son paquet de muletas [1] et d'épées. À l'intérieur étaient trois toreros tenant leurs capes sur leurs genoux, vêtus de costumes aux brillantes couleurs et non moins brodés que celui du chef ; mais les broderies n'étaient que d'argent.

Gallardo, parmi les bousculades de l'ovation populaire, obligé de se défendre à coups de coude contre les mains avides, arriva enfin au marchepied de la voiture et fut aidé dans son ascension par le zèle d'admirateurs dont les violentes poussées lui caressaient le dos.

« Bonjour, messieurs », dit-il brièvement à sa quadrille.

Et, pour que tout le monde pût le voir aisément, il s'assit sur le siège de derrière, près du marchepied, répondant par des sourires et par des inclinations de tête aux cris de quelques femmes dépenaillées et au bref applaudissement dont les petits vendeurs de journaux donnèrent le signal.

II

La calèche, enlevée par l'impétuosité de ses mules fougueuses, emplit la rue d'un allègre tintement de grelots. La foule s'ouvrit pour laisser passer l'attelage ; mais plusieurs individus s'élancèrent vers la voiture, comme s'ils voulaient se précipiter sous les roues. Un frémissement courait parmi l'assistance : c'était une de ces contagions d'enthousiasme qui, à certaines heures, agitent et affolent les masses populaires, et qui font que tout le monde crie sans savoir pourquoi.

1. La *muleta* est un morceau à peu près carré d'étoffe de laine écarlate, que l'on manie au moyen d'un bâton d'environ 75 centimètres, et qui est destiné à attirer et à leurrer le taureau. Les toreros l'appellent aussi *trapo*, « chiffon ».

« *Olé* les braves ! Vive l'Espagne ! »

Gallardo, toujours pâle et souriant, continuait à saluer et à répéter « merci bien », ému par ces acclamations et fier d'entendre associer son nom à celui de la patrie.

Une bande de gamins et de fillettes échevelées suivit la calèche à toutes jambes, comme si quelque chose d'extraordinaire les attendait à la fin de cette course folle.

Depuis une heure, la rue d'Alcalá était comme un fleuve de voitures entre deux rives de piétons qui marchaient à la hâte vers la banlieue de la ville. Tous les véhicules, anciens et modernes, figuraient dans ce tumultueux et sonore courant de passagers, depuis l'antique diligence, reparue au jour comme un anachronisme, jusqu'à l'automobile. Les tramways filaient combles, avec des grappes de gens qui débordaient sur les marchepieds. Les omnibus chargeaient des voyageurs au coin de la rue de Séville, tandis que le conducteur vociférait d'en haut : « Pour la *plaza* ! pour la *plaza* ! » Les mules, parées de houppes rouges, trottaient dans un joyeux bruit de sonnailles, traînant des landaus découverts où étaient des femmes en mantille blanche, avec des fleurs pourpres. À chaque instant jaillissaient des exclamations d'effroi, et, d'entre les roues d'une voiture, on voyait sortir indemne, avec une agilité simiesque, quelque gamin qui se faufilait d'un trottoir à l'autre, défiant la dangereuse rapidité des attelages. Les trompes des automobiles hurlaient, les cochers vociféraient, les marchands de programmes criaient la feuille qui donnait l'image et l'histoire des taureaux à combattre, les portraits et les biographies des matadors fameux ; et, de temps à autre, une explosion de curiosité enflait la sourde rumeur de cette multitude. Entre les noirs gendarmes de la garde municipale passaient, montés sur de maigres et pitoyables haridelles, de superbes cavaliers aux cuisses prises dans des pantalons jaunes, aux vestes dorées, aux castors [1] pourvus d'une mentonnière et ornés, sur le côté gauche, d'une grosse houppe de couleur, en guise de cocarde. C'étaient les picadors [2], rudes chevaucheurs à l'aspect monta-

1. *Castoreños*. Ce sont des chapeaux à larges bords, en feutre gris ou marron.

2. Les *picadores*, toreros à cheval, armés de la *pica*. Voir au *Résumé tauromachique*, p. 249.

gnard, qui portaient en croupe, derrière la haute selle mauresque, une sorte de diable habillé de rouge, le « singe savant [1] », le serviteur qui leur avait amené la monture.

Les quadrilles passaient dans les calèches découvertes, et les broderies des toreros, reflétant la vive lumière de l'après-midi, éblouissaient la foule et provoquaient son enthousiasme.

« Celui-ci, c'est Fuentes !

— Celui-ci, c'est Bomba ! »

Et les gens, satisfaits de cette identification et suivant d'un regard curieux les voitures qui s'éloignaient, marchaient plus vite, comme s'il allait se produire quelque chose de très intéressant et qu'ils eussent peur d'arriver en retard.

Du haut de la rue d'Alcalá, on voyait dans toute sa longueur cette artère large et droite, blanche de soleil, avec ses rangées d'arbres qui verdoyaient à la brise printanière, avec ses balcons noirs de gens, avec sa chaussée envahie par une grouillante multitude et sillonnée par d'innombrables voitures qui descendaient vers la fontaine de Cybèle. À partir de cette fontaine, la rue remontait entre des allées d'arbres et de grands édifices ; et, à l'extrémité, pour clore la perspective, se dressait comme un arc de triomphe la porte d'Alcalá, dont la masse, percée d'une baie, se détachait sur un ciel d'azur où voguaient çà et là quelques flocons de nuages.

Il semblait qu'une mystérieuse influence annonçât à la foule le passage de la dernière quadrille qui se rendait aux arènes. La calèche de Gallardo n'était plus escortée par cette troupe de gamins qui d'abord l'avaient suivie en galopant, puis s'étaient perdus dans le flot des véhicules ; et néanmoins, comme si les gens avaient senti derrière eux l'approche du célèbre matador, ils tournaient la tête, faisaient halte une minute, s'alignaient sur le bord du trottoir afin de le voir mieux. Dans les voitures qui précédaient la calèche, les femmes se retournaient aussi, attirées par le tintement des sonnailles. Parfois une rumeur confuse partait de certains groupes stationnant sur les trottoirs : c'étaient sans doute des

1. *Mono sabio*, nom que l'on donne aux valets chargés d'enlever les harnais des chevaux morts, de jeter du sable sur les traces sanglantes. etc. Ils sont ordinairement vêtus d'une chemise rouge et d'un pantalon bleu.

acclamations frénétiques. Des hommes agitaient leurs chapeaux ; d'autres arboraient des gourdins et les branlaient comme pour saluer.

Gallardo, muet à sa place, ne répondait que par la grimace d'un immuable sourire et semblait ne pas se rendre compte de ces saluts chaleureux. Depuis qu'il avait dit bonjour aux banderilleros, il n'avait plus prononcé une parole. Eux aussi restaient silencieux et pâles, dominés par l'anxiété de l'inconnu. Puisqu'ils étaient entre toreros, ils jugeaient inutile d'affecter la désinvolture fanfaronne qui est indispensable en présence du public.

À côté du matador était assis le Nacional, le péon[1] de confiance, banderillero plus âgé de dix ans que son chef, rude colosse aux sourcils joints et à la physionomie grave. Il était fameux entre les gens du métier pour sa bonté, pour son honnêteté et pour ses convictions politiques.

« Juan, dit le Nacional à Gallardo, tu n'auras pas à te plaindre de Madrid. Tu as conquis le public. »

Mais Gallardo, comme s'il n'avait pas entendu et que le besoin le pressât d'exprimer d'autres pensées obsédantes, répondit :

« Mon cœur me dit que tout à l'heure il arrivera quelque chose... »

Près de la Cybèle, la calèche dut s'arrêter. Un grand enterrement, venant par le Prado, se dirigeait vers la Castellana et avait coupé le torrent des voitures qui dévalaient de la rue d'Alcalá[2].

Gallardo pâlit davantage encore, considéra de ses yeux effarés le passage de la croix et le défilé des prêtres, qui entonnèrent tout à coup un chant lugubre, en même temps qu'ils regardaient, les uns avec aversion, les autres avec envie, tous ces gens oublieux de Dieu et qui allaient se diver-

1. *Peón*, torero à pied, celui qui « cape » ou qui « banderille ». On appelle aussi les péons *chulos*, « valets de course », quoique ce nom convienne plus spécialement aux capeadors ; mais, en fait, dans la plupart des cas, les péons remplissent l'une et l'autre fonction.

2. Le *Prado*, célèbre promenade ombragée, à l'est de Madrid. Le *Paseo de la Castellana*, autre promenade qui traverse les quartiers Nord-Est, depuis l'Hôtel de la Monnaie jusqu'au Palais de l'Industrie et des Arts.

tir. Le matador se hâta d'ôter sa montera, et les banderilleros l'imitèrent, à l'exception du Nacional.

« Mais, sacrebleu, s'écria Gallardo, découvre-toi donc, brigand ! »

Et il le dévisageait avec colère, comme s'il voulait le frapper, convaincu que cette impiété pouvait attirer sur lui-même les plus grands malheurs.

« Bon ! je me découvre ! répondit le Nacional avec une brusquerie d'enfant maussade, lorsque la croix se fut éloignée. Je me découvre, mais c'est pour le mort ! »

Ils durent attendre longtemps, afin de laisser passer l'interminable cortège.

« Quelle déveine ! murmura Gallardo, d'une voix que l'irritation faisait trembler. A-t-on jamais vu personne rencontrer un enterrement sur le chemin du cirque ! Quand je vous dis que tout à l'heure il arrivera quelque chose ! »

Le Nacional sourit, haussa les épaules :

« Superstition et fanatisme ! Dieu *ou* la Nature ne s'occupe pas de ces bagatelles. »

Ces paroles irritèrent encore plus le matador et chassèrent les soucis des autres toreros qui commencèrent à se moquer de leur camarade, comme toutes les fois qu'il prononçait dans la conversation sa phrase favorite sur « Dieu ou la Nature ».

Quand la chaussée fut libre, la calèche repartit au grand trot de ses mules et devança les autres voitures qui affluaient vers le cirque. En y arrivant, elle tourna à droite pour gagner la porte dite « des écuries [1] », porte qui donnait accès au corral [2] et aux étables ; mais, à cause de la foule compacte, il fallut reprendre le pas. Lorsque Gallardo descendit avec sa quadrille, on lui fit une nouvelle ovation, tandis qu'il distribuait des coups de poing et des coups de coude pour protéger son costume contre les contacts salissants, souriait à tout le monde, cachait sa main droite que tout le monde voulait serrer.

1. *Puerta de caballerizas*, porte extérieure par laquelle on entre dans les dépendances du cirque.

2. *Corral*, cour faisant partie de la *plaza* et où les taureaux peuvent se reposer.

« Laissez-moi passer, messieurs, laissez-moi passer !... Merci bien ! »

Le vaste corral, situé entre l'enceinte du cirque et le mur des dépendances [1], était plein d'un public qui, avant d'aller occuper ses places, voulait voir de près les toreros. Par-dessus les têtes de cette cohue émergeaient les picadors à cheval et les alguazils dans leurs costumes du XVIIe siècle. D'un côté du corral s'élevaient des constructions en briques, à un seul étage, avec des treilles sur les portes et des pots de fleurs aux fenêtres : tout un petit village de bureaux, d'ateliers, d'étables et de logements où vivaient les garçons d'écurie, les charpentiers et d'autres employés.

Le matador s'ouvrit difficilement un passage entre les groupes. Son nom volait de bouche en bouche avec des exclamations d'enthousiasme :

« Gallardo !... C'est le Gallardo !... Vive l'Espagne ! »

Et lui, voué entièrement au culte du public, il marchait en se dandinant, serein comme un dieu, radieux et satisfait comme s'il assistait à une fête donnée en son honneur.

Soudain deux bras s'enroulèrent à son cou et une forte odeur de vin frappa ses narines :

« Un vrai mâle ! Mon joli cœur ! Vivent les gars vaillants ! »

C'était un monsieur de bonne mine, un bourgeois qui avait déjeuné avec des amis et qui croyait s'être soustrait à leur souriante vigilance, tandis qu'ils l'observaient d'un peu plus loin. Le monsieur pencha sa tête sur l'épaule du matador et resta dans cette position, comme s'il voulait s'y endormir d'extase. Les bourrades du « joli cœur » et les secousses données par les amis délivrèrent Gallardo de cet embrassement interminable. Alors l'ivrogne, se voyant séparé de son idole, éclata en cris patriotiques. *Olé* les preux ! Tous les peuples du monde pouvaient venir à Madrid et crever d'envie !

« Ils ont des navires, ils ont de l'argent ; mais tout ça, c'est de la gnognote ! Ils n'ont pas de taureaux, ils n'ont pas de gars capables de dégoter celui-ci de sa réputation de bravoure. Vive le cher enfant ! Vive la terre de mes aïeux ! »

1. Pour ce qui concerne les dispositions générales d'une *plaza de toros*, voir au *Résumé tauromachique*, p. 247-248.

Gallardo traversa une grande salle peinte à la chaux, où il n'y avait aucun meuble et où se tenaient ses compagnons professionnels, environnés de groupes enthousiastes. Puis il traversa la foule qui obstruait une porte et entra dans une pièce étroite et sombre, mal éclairée par quelques lumières. C'était la chapelle. Un vieux tableau représentant la Vierge à la Colombe décorait le retable. Sur l'autel même brûlaient quatre cierges, et des bouquets de fleurs artificielles s'y rongeaient aux vers, tout poudreux dans leurs vases de faïence commune.

La chapelle était bondée. Les aficionados d'humble condition venaient s'y entasser, pour voir de près les grands hommes de la tauromachie ; et ils se tenaient là dans l'obscurité, tête découverte, les uns blottis aux premiers rangs, les autres montés sur des chaises et sur des bancs. Presque tous tournaient le dos à la Vierge, regardaient curieusement vers la porte ; et, dès qu'ils apercevaient la scintillation d'un costume de gala, ils chuchotaient un nom.

L'entrée des banderilleros et des picadors, pauvres diables qui allaient exposer leur vie aussi bien que les espadas, soulevait à peine un léger murmure, et il n'y avait que les aficionados fanatiques qui connussent leurs sobriquets. Mais tout à coup un bourdonnement prolongé s'éleva, un nom fut répété de bouche en bouche :

« Fuentes !... C'est Fuentes ! »

Et le coquet torero, à la taille svelte et au port élégant, la cape étalée sur l'épaule, s'avança jusqu'à l'autel et plia un genou avec une affectation théâtrale. La flamme des cierges se reflétait dans le blanc de ses yeux de gitano, tandis qu'il cambrait son buste fin, gracieux et agile. Après avoir dit une prière et s'être signé, il se releva et recula jusqu'à la porte sans perdre de vue la sainte image, comme un ténor qui se retire de la scène en saluant le public.

Gallardo était plus ingénu dans sa piété. Il entra, la montera à la main, la cape repliée, se dandinant aussi avec affectation ; mais, quand il fut devant l'image, il mit les deux genoux en terre et s'absorba dans une invocation fervente, sans prendre garde aux centaines d'yeux qui se fixaient sur lui. Son âme de chrétien naïf palpitait de crainte et de remords. Il demandait la protection céleste, avec la candeur des hommes simples qui vivent dans un continuel péril et qui croient à toute sorte d'influences malfaisantes et de secours surnaturels. Pour la première fois depuis le matin, il pensa à sa femme et à sa mère. Cette pauvre Carmen qui, là-bas, à Séville attendait le télégramme ! Et la señora Angustias qui, tranquille avec ses poules dans la basse-cour de la Rinconada, ignorait probablement que son fils allait combattre ! Quelle terrible chose que ce pressentiment d'un malheur qui arriverait dans l'après-midi ! Un peu de protection, ô Vierge à la Colombe ! Désormais il serait sage, il oublierait « le reste », il vivrait selon le commandement de Dieu.

Après avoir réconforté son esprit superstitieux par cet inutile repentir, il sortit de la chapelle, encore ému, les yeux troubles, sans voir les gens qui se pressaient sur son passage. Dehors, dans la salle où attendaient les toreros, il fut salué par un monsieur à la face rasée, vêtu d'une redingote noire qui lui donnait un air un peu gauche.

« Quelle guigne ! grommela le matador en poursuivant son chemin. Quand je vous dis qu'il arrivera quelque chose !... »

C'était le chapelain du cirque, un enthousiaste de la tauromachie, qui apportait les saintes huiles dans sa poche. Il venait du faubourg de la Prosperidad, escorté par un voisin qui, moyennant une place pour voir la course, lui servait de sacristain. Depuis des années, ce prêtre était en contestation avec une paroisse de l'intérieur de Madrid, laquelle se prétendait mieux fondée en droit pour monopoliser le service religieux des arènes. Les jours de course, il prenait une voiture de place aux frais de l'entreprise, cachait sous sa redingote le vase sacré, choisissait à tour de rôle, parmi ses amis et ses protégés, celui à qui il ferait le plaisir d'offrir le billet destiné au sacristain ; et il partait pour le cirque où on lui gardait deux places de devant, près de la porte du toril[1].

Le prêtre entra dans la chapelle comme un propriétaire et se scandalisa de l'attitude du public. Tout le monde avait la tête découverte ; mais tout le monde parlait haut, et quelques-uns même fumaient.

« Ce n'est pas ici un café, messieurs ! Veuillez sortir. La course va commencer tout de suite. »

1. Le *toril* est la partie de la *plaza* où les taureaux sont enfermés avant la course.

Cette nouvelle eut pour effet la rapide dispersion des assistants, et le prêtre tira de dessous le pan de sa redingote les saintes huiles, qu'il serra dans un coffre de bois peint. Puis, dès qu'il eut mis sous clef le sacré dépôt, il se hâta d'aller occuper sa place dans l'amphithéâtre, avant la sortie de la quadrille.

La foule avait disparu des dépendances. On ne voyait plus dans le corral que des hommes vêtus de soies brodées, des cavaliers jaunes coiffés de grands castors, des alguazils à cheval et des gens de service habillés de rouge et de bleu.

À la porte dite « des chevaux [1] », sous une voûte qui donnait accès dans l'arène, les toreros formaient leur cortège : — les matadors en tête ; puis, à de larges intervalles, les banderilleros, et derrière eux, dans le corral, l'arrière-garde qui piétinait, l'escadron des picadors, brutal et bardé de fer, puant le cuir échauffé et la bouse de vache, sur des chevaux étiques dont un œil était bandé. Comme train des équipages, il y avait, à la queue de cette armée, les deux attelages de trois mules destinés à traîner les cadavres hors du cirque [2] : des bêtes inquiètes et vigoureuses, à la robe luisante, aux harnachements garnis d'une multitude de houppes et de grelots, avec le drapeau national planté sur le collier.

Au bout de la voûte, par-dessus les clôtures de bois qui fermaient la baie à mi-hauteur, s'ouvrait une arcade bleue et lumineuse qui laissait apercevoir un morceau de ciel, la toiture de l'amphithéâtre et une section de *graderio* [3], chargée d'une foule compacte et fourmillante, où palpitaient, semblables à des moucherons de couleurs variées, les éventails et les programmes. Un souffle immense, la respiration d'un poumon formidable entrait par cette baie. Un bourdonnement harmonieux, apporté par les ondes aériennes, laissait pressentir une lointaine musique, plutôt devinée qu'entendue. Sur les bords de l'arcade s'allongeaient des têtes, beaucoup de têtes,

1. *Puerta de caballos*, porte intérieure par laquelle les chevaux et leurs cavaliers entrent dans le redondel.

2. Les mules destinées à l'*arrastre*, « traînage », sont conduites par des *mozos*, « palefreniers ». Voir au *Résumé tauromachique*, p. 254.

3. *Sección de graderio*. L'amphithéâtre est divisé en plusieurs parties marquées de gros numéros, qui sont peints sur les planches de la contre-barrière.

celles des spectateurs qui, assis aux places contiguës, se penchaient, curieux, pour voir plus vite les héros.

Gallardo et les deux autres espadas échangèrent une grave salutation, puis se mirent en file avec les toreros des quadrilles. Ils ne parlaient pas, ne souriaient pas ; chacun pensait à soi-même et laissait son imagination s'envoler au loin ; ou peut-être aussi ne pensaient-ils à rien du tout, l'esprit vidé. Leur inquiétude se manifestait par le soin machinal avec lequel ils arrangeaient les plis de leur cape, n'en finissant plus, la déployant sur une épaule, en roulant les bouts autour de leur taille, prenant soin que, par-dessous cette sorte d'entonnoir aux vives couleurs, les cuisses se dégageassent bien, moulées dans leur enveloppe de soie et d'or. Tous avaient la face pâle, non d'une pâleur mate, mais d'une pâleur luisante où la sueur étendait le vernis de l'émotion. Ils songeaient à l'arène encore invisible, et ils éprouvaient cette insurmontable frayeur que donnent les choses qui s'accomplissent de l'autre côté d'un mur, la crainte de ce qui ne se voit pas, de l'obscur péril qui s'approche sans se dévoiler. Comment se terminerait l'après-midi ?...

Derrière les toreros alignés résonna le trot de deux chevaux qui arrivaient par les galeries extérieures du cirque. C'étaient les alguazils avec leurs petits manteaux noirs, avec leurs chapeaux à cornes chargés de plumes rouges et jaunes [1]. Ils venaient de faire évacuer le redondel [2], de le débarrasser des intrus, et ils allaient se mettre à la tête des quadrilles auxquelles ils serviraient de batteurs d'estrade.

Les portes de la voûte s'ouvrirent complètement, comme aussi celles de la « barrière [3] » ; et le redondel apparut, large cercle sablé où allait se jouer la tragédie, pour le frémissement et pour la jouissance de quatorze mille spectateurs. Le bourdonnement harmonieux et confus grandit encore, se convertit en musique allègre et gaillarde, en marche triom-

1. Ces hommes de police sont chargés d'escorter les quadrilles dans le *paseo*, de recevoir la clef du *toril*, de la remettre aux bouviers et de faire exécuter tous les ordres émanant de la présidence.

2. *Despejo del redondel.*

3. *Barrera*, clôture en planches et en madriers, qui forme la première enceinte du redondel. Voir au *Résumé tauromachique*, p. 247.

phale où les éclats des cuivres invitaient les bras à se mouvoir martialement et les torses à se balancer. En avant, les braves !

Et les toreros dont les yeux clignaient, éblouis par cette violente transition, sortirent de l'ombre à la lumière, du silence au vacarme du cirque, où la multitude s'agitait sur les gradins avec des houles de curiosité et où tout le monde se tenait debout pour mieux voir.

Ils s'avancèrent, subitement rapetissés par l'immensité de la perspective, dès qu'ils mettaient le pied dans l'arène. Sous le soleil qui allumait dans leurs broderies des reflets irisés, ils ressemblaient à des marionnettes scintillantes. Leurs mouvements gracieux exaltaient les spectateurs, provoquaient des transports analogues à ceux de l'enfant qui s'émerveille d'un jouet extraordinaire. Ce vent de folie qui, à certaines heures, soulève les multitudes, qui fait courir dans le dos un frisson nerveux et qui donne la chair de poule sans qu'on sache pourquoi, secoua toute l'assistance. Les uns applaudissaient ; d'autres, plus exaltés, criaient ; l'orchestre rugissait. Et, au milieu de ce brouhaha qui éclatait à droite et à gauche, depuis la porte de sortie jusqu'à la loge de la présidence, les quadrilles défilaient avec une lenteur solennelle, compensant la brièveté du pas par les jolis mouvements des bras et par le balancement des corps. Dans le cercle de ciel bleu tendu au-dessus du cirque, des pigeons blancs volaient, effrayés par le grondement qui s'élevait de ce cratère de briques.

À mesure qu'ils cheminaient dans l'arène, les toreros se sentaient d'autres hommes. Ils exposaient leur vie pour quelque chose de plus que l'argent. Les hésitations, la terreur de l'inconnu, ils avaient laissé tout cela derrière la clôture. Maintenant, ils foulaient le sable, ils étaient en présence du public. Ça, c'était la réalité ! La passion violente de la gloire, le désir de surpasser les camarades, l'orgueil d'être forts et habiles, aveuglaient ces âmes simples et barbares, leur faisaient oublier toute appréhension, leur inspiraient une brutale audace.

Gallardo s'était transfiguré. Il se redressait en marchant, pour hausser sa taille ; il se mouvait avec une arrogance de conquérant, jetait de tous côtés des regards de triomphateur, comme si ses deux confrères n'eussent pas existé. Tout lui appartenait, le cirque et le public. Il se sentait capable de tuer tout ce qu'il y avait de taureaux, en ce moment-là, dans les pâturages d'Andalousie et de Castille. Tous les applaudissements étaient pour lui, il n'en doutait point. Aux loges et le long des barrières, les milliers d'yeux féminins, ombrés par les mantilles blanches, ne se fixaient que sur sa personne, il en avait la certitude. C'était lui que le public adorait. Et, tout en marchant et en souriant avec une insolente fatuité, comme si cette ovation se fût adressée à lui seul, il passait en revue les gradins de l'amphithéâtre, sachant bien l'endroit où se massaient les principaux groupes de ses partisans et voulant ignorer celui où se trouvaient les sectateurs de ses confrères.

Ils saluèrent le président[1], montera en main ; et le brillant cortège se désagrégea, les péons et les cavaliers se dispersèrent dans le redondel. Puis, tandis qu'un alguazil recevait dans son chapeau la clef du toril jetée par le président, Gallardo se dirigea vers l'endroit des gradins où étaient ses plus zélés admirateurs et leur donna à garder sa cape de gala. La riche cape, empoignée par plusieurs mains, fut étalée sur le bord de la clôture comme un étendard, symbole sacré d'un parti. Les plus passionnés, debout, agitant les mains et les cannes, acclamaient le matador, exprimaient bruyamment leurs espérances. On allait voir comment se comporterait l'enfant de Séville !

Et lui, appuyé à la barrière, il souriait, satisfait de sa force, et répétait à tous :

« Merci bien. On fera ce qu'on pourra... »

Ce n'étaient pas seulement les partisans de Gallardo qui nourrissaient des espérances. Tout l'amphithéâtre avait les yeux sur lui, dans l'attente de profondes émotions. Ce torero-là promettait, comme disent les aficionados, « de la toile cirée[2] », — celle des lits de l'infirmerie. Tout le monde croyait qu'il était destiné à mourir d'un coup de corne en pleine arène, et c'était pour cela qu'on applaudissait avec un enthousiasme homicide, avec un intérêt cruel, analogue à celui de ce misanthrope qui suivait un dompteur dans tous ses déplacements, parce qu'il espérait le voir un jour dévoré par ses fauves.

1. Les règlements espagnols donnent de plein droit la présidence de la course au représentant de l'autorité ou à son délégué. Sur le rôle du président, voir au *Résumé tauromachique*, p. 251.

2. *Prometer hule.*

Gallardo se moquait des anciens aficionados, graves docteurs en tauromachie, qui affirmaient qu'un accident était impossible pourvu que le torero observât exactement les règles de l'art. Les règles ! Il les ignorait, lui, et il ne se mettait pas en peine de les apprendre. Ce qu'il fallait pour vaincre, c'était de la vigueur, de l'audace. Et, presque à l'aveugle, sans autre guide que sa témérité, sans autre ressource que ses qualités corporelles, il avait fait une rapide carrière, transportant d'admiration le public, le stupéfiant par sa hardiesse folle.

Il n'avait pas, comme d'autres matadors, avancé par étapes successives ; il n'avait pas servi de longues années, en qualité de capeador et de banderillero, à côté des maîtres. Les cornes des taureaux ne lui faisaient pas peur. « Les pires cornes, disait-il, sont celles de la faim. » L'important, c'était de percer vite. Il s'était produit d'emblée en public comme espada, et il était parvenu en quelques années à une immense popularité.

Si on l'admirait, c'était précisément parce qu'on tenait pour certaine une catastrophe finale. La foule s'enflammait d'un affreux enthousiasme à constater l'aveuglement avec lequel cet homme défiait la mort, et elle avait pour lui les mêmes attentions et les mêmes soins que l'on a pour un condamné mis en chapelle. Gallardo n'était pas de ceux qui se ménagent ; il donnait tout, y compris sa vie ; il valait l'argent qu'il coûtait. Et le public, avec l'ignoble satisfaction de ceux qui, étant en lieu sûr, jouissent du péril d'autrui, acclamait et stimulait ce casse-cou. Quant aux gens prudents, ils se rembrunissaient à l'aspect de ces prouesses, disaient que c'était un véritable suicide ; et ils murmuraient :

« Pourvu que cela dure !... »

Les timbales et les clairons [1] sonnèrent, et le premier taureau parut. Gallardo, portant sur un bras sa cape de travail, nette de tout ornement, restait contre la barrière, près des gradins de ses fidèles, dans une immobilité hautaine, persuadé que tout l'amphithéâtre avait les yeux sur lui. Ce taureau-là était pour l'autre matador. Lui, il donnerait signe de vie

1. *Timbales et clarines*. Ces instruments aux sons clairs et perçants annoncent par diverses sonneries les phases successives du combat.

quand viendrait son tour. Mais les applaudissements accordés aux jeux de cape qu'exécutaient les camarades le tirèrent de son inertie, et, en dépit de ses résolutions, il s'approcha du taureau et accomplit quelques *suertes* [1] où il y avait plus d'audace que de science. Tout l'amphithéâtre applaudit, en raison du goût déraisonnable que l'on avait pour sa témérité.

Lorsque Fuentes eut tué le premier taureau et que, saluant la foule, il se dirigea vers la présidence, Gallardo pâlit davantage encore, comme si toute marque de faveur qui ne s'adressait pas à lui-même équivalait à un injurieux oubli de sa personne. Mais enfin, c'était son tour, à présent, et on allait voir quelque chose de beau. Il ignorait ce que cela serait; mais il se sentait en veine d'étonner le public.

À peine le second taureau fut-il sorti, que Gallardo grâce à son agilité et à son envie d'exceller, parut emplir toute l'arène. Sa cape était sans cesse près du mufle de la bête. Un picador de sa quadrille, appelé Potaje, fut renversé de cheval et resta fort exposé, tout près des cornes; et le maître, se cramponnant à la queue de la « bête féroce [2] », la tira avec une force si herculéenne qu'il l'obligea à tourner sur elle-même, jusqu'à ce que le cavalier démonté fût à l'abri [3]. Le public l'acclama frénétiquement.

Lorsque vint la *suerte* des banderilles, Gallardo demeura dans le couloir, entre les barrières, attendant que l'on sonnât pour la mort. Le Nacional, les « bâtons » à la main, provoquait le taureau arrêté dans le milieu de l'arène. Point de coquets mouvements ni d'élégantes témérités : il ne s'agissait que de gagner son pain. Là-bas, à Séville, il avait quatre mioches qui, s'il venait à mourir, ne trouveraient pas un autre père. Accomplir son devoir, et rien de plus; planter les banderilles comme un prolétaire de la tauromachie, sans prétendre à des ovations, mais en évitant, si possible, les sifflets.

Lorsqu'il eut posé sa paire, les uns, dans le vaste amphi-

1. *Suerte*, du latin *sors*, chance, hasard : toute action par laquelle le torero excite ou attaque le taureau. Voir au *Résumé tauromachique*, p. 252-253.

2. *Fiera*, l'un des noms par lesquels on désigne le *toro bravo* ou *toro de muerte*, taureau de combat.

3. C'est ce que l'on appelle *colear*, de *cola*, queue. Le fameux matador Francisco Montes, de Chiclana, qui exerça de 1832 à 1845, usait fréquemment de cette parade pour détourner la fureur du taureau et secourir ses auxiliaires en danger.

théâtre, l'applaudirent, d'autres le censurèrent sur un ton gouailleur, faisant allusion à ses idées :

« Moins de politique et appuyer plus fort ! »

Le Nacional, trompé par la distance, entendait mal les semonces et répondait, souriant comme son chef :

« Merci bien !... Merci bien !... »

Une sonnerie de clairons et de timbales annonça la *suerte de muerte*, et Gallardo sauta de nouveau dans l'arène. Aussitôt la foule s'agita avec un bourdonnement d'émotion. C'était le matador favori, et on attendait de lui le meilleur du spectacle.

Il prit la muleta des mains de Garabato qui, du couloir, la lui offrait pliée, il tira l'épée que lui tendait aussi son domestique, et, à petits pas, il alla se camper devant la présidence, montera en main. Tout le monde allongeait le cou, dévorait des yeux l'idole. Personne n'entendit les paroles qu'il prononça [1] ; mais cette fière silhouette à la taille bien prise, et dont le buste se cambrait un peu pour donner plus de portée aux paroles, produisit sur la foule le même effet que la harangue la plus éloquente. Lorsqu'il termina sa péroraison en faisant demi-tour et en jetant à terre sa montera, l'enthousiasme éclata bruyamment : « *Olé* l'enfant de Séville ! Cette fois, on allait voir un vrai combat !... » Et les spectateurs se regardaient les uns les autres, se promettant tacitement d'extraordinaires prouesses. Un frisson parcourut les gradins de l'amphithéâtre, comme si l'on eût été dans l'attente d'un spectacle sublime. Puis un silence tomba sur la foule, si profond qu'on aurait pu croire le cirque vide. Toute la vie de ces milliers d'hommes s'était concentrée dans les yeux. On ne respirait plus.

Gallardo s'avança vers le taureau avec lenteur, tenant comme un étendard la muleta roulée ; et, de l'autre main, il balançait l'estoc avec un mouvement de pendule qu'il réglait sur son propre pas. Ayant tourné la tête une seconde, il s'aperçut que le Nacional et un autre péon de sa quadrille le suivaient, la cape sur le bras, prêts à l'aider.

1. Le *brindis*. Avant de tuer, le matador *brinda su toro*, c'est-à-dire qu'il déclare en l'honneur de qui il va lui donner la mort. La formule ancienne du *brindis* était, dit-on : « Je fais hommage de ce taureau à X... C'est moi qui le tuerai, ou c'est lui qui me tuera. » Après le *brindis*, l'usage veut que le matador jette sa *montera* derrière lui et aille au taureau tête nue.

« Tout le monde au large ! » ordonna-t-il.

Sa voix résonnant dans le silence du cirque, parvint jusqu'aux bancs les plus lointains, et une explosion d'admiration lui répondit : « Tout le monde au large ! » Il avait dit : « Tout le monde au large ! » Quel homme !

Le matador arriva seul près de la bête, et soudain il se fit un nouveau silence. Gallardo déroula tranquillement la muleta, la déploya, avança encore un peu, jusqu'à toucher presque le mufle du taureau surpris et effrayé par l'audace de cet homme. Le public n'osait plus parler, ne soufflait plus ; mais dans tous les yeux brillait l'admiration. Quel courage ! Aller jusqu'aux cornes !

Le matador frappa du pied le sable avec impatience, excitant la bête à l'attaque[1] ; et cette énorme masse de chair armée de défenses aiguës se précipita en mugissant. La muleta passa au-dessus des cornes, qui effleurèrent les pompons et les franges du costume ; mais l'homme resta en place, sans autre mouvement que de rejeter le buste en arrière. Un rugissement de la foule répondit à cette passe. *Olé* !

La bête se retourna, attaquant de nouveau l'homme et son chiffon rouge ; et la même passe, répétée, provoqua le même rugissement de la foule. Le taureau, de plus en plus furieux d'être ainsi trompé[2], se ruait sur son adversaire ; et celui-ci multipliait les passes de muleta, se déplaçant sur un étroit terrain[3], enhardi par la proximité du péril, enivré par les acclamations du public.

Gallardo sentait près de lui les violentes bouffées du monstre, recevait sur sa main droite et sur son visage l'haleine humide de bave. Mais, comme familiarisé par ce contact, il semblait ne voir dans la brute qu'un ami qui se laisserait tuer pour contribuer à la gloire du matador.

Enfin le taureau demeura immobile, comme fatigué de ce jeu, regardant avec des yeux pleins d'une sombre réflexion

1. C'est proprement ce que l'on appelle *citar*, « appeler » la bête au combat en relevant la *muleta* et en avançant le pied. Toutefois, dans un sens large, *citar* se dit aussi des cris, des gestes, des mouvements de cape par lesquels on excite le taureau.

2. On appelle *engaño* « tromperie », tout artifice employé par le torero pour leurrer l'animal.

3. Pour ce qui concerne les « terrains », voir au *Résumé tauromachique*, p. 252.

l'homme et le chiffon rouge, soupçonnant, dans son obscure pensée, l'existence d'un artifice par lequel, d'attaque en attaque, on le conduisait à la mort. Alors Gallardo éprouva le battement de cœur des grands jours :

« Allons-y !... »

Par un mouvement circulaire de la main gauche, il ramassa la muleta et l'enroula autour du bâton [1] : puis il leva la main droite à la hauteur de ses yeux et inclina l'épée vers le garrot de la bête [2]. La foule s'agita dans un mouvement de protestation étonnée.

« Ne te lance pas ! crièrent des milliers de voix. Non ! non ! »

C'était trop tôt. Le taureau n'était pas bien placé ; il était prêt à charger et pouvait atteindre le matador. Celui-ci procédait contre toutes les règles de l'art.

Mais qu'importaient les règles, qu'importait la vie même à cet insensé ? Tout à coup, dans l'instant où le taureau se jetait sur lui, il fonça, l'épée en avant. Ce fut une rencontre [3] violente, sauvage. Pendant une seconde l'homme et la bête ne formèrent qu'une masse, et, ainsi accolés, ils firent ensemble quelques pas sans que l'on pût distinguer qui était le vainqueur : — l'homme ayant un bras et une partie du corps engagés entre les cornes [4], la bête baissant le front et se démenant pour saisir à la pointe de ses terribles armes le pantin bariolé d'or et de couleur qui tâchait de se dérober en sautillant.

Enfin le groupe se divisa, la muleta tomba par terre comme une loque, et le *diestro*, les mains libres, sortit du corps à corps en vacillant sous la violence du heurt ; mais, quelques pas plus loin, il reprit son équilibre. Son costume était en désordre ; sa cravate flottait hors de son gilet, prise et déchirée par une corne.

Le taureau poursuivit d'abord sa course avec la rapidité de l'impulsion première. Sur son large cou se distinguait à peine

1. C'est ce que l'on appelle *liar la muleta*.

2. La *suerte de muerte* se consomme de plusieurs façons. Voir au *Résumé tauromachique*, p. 253.

3. *Encontronazo*, tout heurt qui, dans la lutte, se produit entre le taureau et le torero.

4. On appelle *embroque* la position du torero pris entre les cornes.

la poignée rouge de l'estoc enfoncé jusqu'à la garde[1]. Puis l'animal s'arrêta, oscilla dans un mouvement douloureux qui ressemblait à une révérence, plia les genoux de devant, inclina la tête jusqu'à toucher le sable avec son mufle qui beuglait, et finit par se coucher dans les frissons de l'agonie.

Ce fut à croire que le cirque s'écroulait, que les briques s'entrechoquaient, que la foule, debout, pâle et tremblante, était saisie de panique, tant elle gesticulait et agitait les bras. Le taureau mort ! Quelle estocade ! Pendant une seconde, tout le monde avait cru le matador accroché par les cornes[2], tout le monde s'était attendu à le voir rouler sanglant sur l'arène ; et on le voyait sur pied, encore étourdi par le choc, mais vivant et souriant. La surprise et l'admiration portèrent au comble l'enthousiasme.

« Ah ! le brutal ! criaient sur l'amphithéâtre les aficionados qui ne trouvaient pas d'expression plus juste pour exprimer leur émerveillement. Le sauvage ! »

Et les chapeaux volaient dans l'arène, et une gigantesque recrudescence d'applaudissements, pareille à une averse de grêle, courait de gradin en gradin, à mesure que le matador s'avançait dans le redondel, le long de la barrière, jusqu'en face de la présidence.

L'ovation éclata, formidable, lorsque Gallardo, ouvrant les bras, salua le président. Tout le monde criait, réclamait pour le *diestro* les honneurs de sa maîtrise. Il fallait lui donner l'oreille[3]. Jamais cette récompense n'avait été mieux méritée. Des estocades comme celle-là, on n'en voyait guère. Et l'enthousiasme fut plus grand encore lorsque le valet de piste remit à l'espada un triangle sombre, poilu et saignant : le bout d'une oreille de la bête.

Déjà le troisième taureau était dans l'arène, et l'ovation faite à Gallardo continuait, comme si le public n'était pas revenu encore de son émotion, comme si tout ce qui pouvait arriver durant le reste de la course n'avait plus aucune impor-

1. On appelle *honda*, « profonde », l'estocade où la lame pénètre tout entière tans le corps de la bête.

2. *Enganchado.*

3. Lorsqu'un taureau a été tué par le matador d'une façon remarquable, les spectateurs crient : *Suyo* ! « Qu'il soit à lui ! » Si cette demande est accordée par le président, on coupe une oreille de la bête et on la remet au matador, qui touche en outre une somme d'argent.

tance. Les autres toreros, pâles de jalousie, s'efforçaient en vain d'attirer l'attention sur eux-mêmes : les applaudissements résonnaient, mais mous et clairsemés. Le public, comme épuisé par le délire précédent, ne prêtait qu'un intérêt médiocre aux péripéties du nouveau drame qui se jouait sous ses yeux.

Mais, un peu plus tard, de véhémentes discussions s'engagèrent de banc à banc. Les zélateurs des autres matadors, déjà calmés, déjà libérés du ravissement qui s'était emparé de toute l'assistance, regrettaient leur involontaire admiration et discutaient Gallardo. Très brave, oui, très audacieux, faisant bon marché de sa vie ; mais tout cela, ce n'était pas de l'art. Et les fanatiques de l'idole, les plus ardents et les plus brutaux, ceux qui, étant eux-mêmes violents et téméraires, goûtaient d'autant plus la violence et la témérité chez les autres, s'indignaient avec la furieuse intolérance du croyant qui voit mettre en doute les miracles de son saint.

L'attention du public était distraite aussi par d'obscurs incidents qui se passaient sur les gradins. Tout à coup les gens s'agitaient dans telle ou telle section de l'amphithéâtre ; les spectateurs se levaient, tournaient le dos à l'arène ; des bras et des cannes étaient brandis au-dessus des têtes.

« Il y a du grabuge au 3 ! criait-on gaiement. On se cogne au 5 ! »

Et on se dressait sur la pointe des pieds, on s'efforçait de voir par-dessus les voisins ; mais on n'apercevait que les agents de police qui montaient lentement vers l'endroit où avait éclaté l'altercation.

« Assis ! assis ! » braillaient les plus flegmatiques, privés de la vue de l'arène où les toreros continuaient leur travail.

Et, peu à peu, les houles de la multitude s'apaisaient, les têtes reprenaient leur position normale sur la longue courbe des bancs. Mais les spectateurs avaient les nerfs surexcités, et leur énervement se manifestait par une animosité injuste contre certains toreros ou par un dédaigneux silence.

Le public, gâté par la grande émotion de tout à l'heure, trouvait tout insipide et entretenait sa mauvaise humeur en mangeant et en buvant. Les marchands circulaient entre les barrières ; lançaient avec une merveilleuse adresse les articles qu'on leur demandait. Les oranges, volant ainsi que des pelotes vermeilles jusqu'au haut de l'amphithéâtre, allaient de la main du vendeur à celle de l'acheteur en ligne droite, comme si un fil invisible les eût dirigées. On débouchait des bouteilles de boissons gazeuses. L'or liquide des vins andalous étincelait dans les verres.

Un courant de curiosité traversa l'amphithéâtre. Fuentes allait poser les banderilles à son taureau, et tout le monde s'attendait à quelque chose d'extraordinairement habile et gracieux.

Il s'avança au milieu de l'arène, les banderilles à la main, tranquille, s'approchant à pas lents, comme s'il commençait un jeu. Le taureau suivait ses mouvements avec des yeux inquiets, étonné de voir en face de lui cet homme seul, après le tohu-bohu des capes déployées, des piques plantées dans le *morillo* [1] et des haridelles qui venaient s'offrir à ses cornes.

Le torero hypnotisait la bête. Il s'approcha jusqu'à lui toucher le front avec la pointe des banderilles ; puis il courut à petits pas, et le taureau, comme cédant à la persuasion, courut derrière lui, gagna avec lui l'autre côté de l'arène. Le monstre semblait apprivoisé par l'homme, lui obéissait dans toutes ses évolutions, jusqu'au moment où celui-ci jugea à propos de finir le jeu. Alors, tenant une banderille dans chaque main, il écarta les bras, dressa sur la pointe des pieds son corps svelte et bien découplé, marcha vers le taureau avec une majestueuse assurance et planta les dards enguirlandés dans le cou de la bête surprise.

Trois fois de suite il exécuta la même passe, aux acclamations du public. Ceux qui se considéraient comme des « connaisseurs [2] » prenaient maintenant leur revanche de l'enthousiasme suscité par Gallardo. Celui-ci, c'était un vrai torero. Ceci, c'était de l'art pur !...

Gallardo, debout contre la barrière, essuyait la sueur de son front avec un linge que lui avait donné Garabato. Puis il but un verre d'eau, les épaules tournées vers le redondel, pour ne pas voir les prouesses de son camarade. Hors du cirque, il

1. C'est l'éminence de chair qui se trouve sur le cou du taureau, à la hauteur des épaules. Pour que les banderilles soient bien placées, il faut qu'elles s'enfoncent sur cette éminence, les pointes rapprochées l'une de l'autre et les « bâtons » pendant de chaque côté de l'encolure.

2. *Inteligentes*.

estimait ses rivaux, en vertu de cette fraternité que crée le péril ; mais, dès qu'il était dans l'arène, tous devenaient pour lui des ennemis, et leurs succès le chagrinaient comme autant d'offenses. À cette heure, l'enthousiasme témoigné par le public à Fuentes lui faisait l'effet d'un vol commis au détriment de sa propre gloire.

Dès que parut le quatrième taureau, qui était pour lui, il s'ingénia à émerveiller le public par ses exploits. Si quelque picador tombait, c'était lui qui déployait la cape, qui emmenait la bête à l'autre extrémité du redondel et qui l'étourdissait par des passes rapides, jusqu'à ce qu'elle demeurât immobile. Alors il lui touchait le mufle avec le pied, ou il ôtait sa montera et la posait entre les cornes. D'autres fois, par un audacieux défi, il abusait de la stupéfaction de l'animal, soit en lui présentant le ventre, soit en s'agenouillant à peu de distance et en faisant mine de se coucher presque sous le mufle.

Les vieux aficionados protestaient sourdement : « Des singeries, des bouffonneries que l'on n'aurait pas tolérées jadis !... » Mais ils étaient obligés de se taire, vaincus par les acclamations frénétiques du public.

Lorsqu'on sonna pour les banderilles, les gens s'ébahirent de voir que Gallardo prenait au Nacional ses « bâtons » et se dirigeait avec eux vers la bête. On protesta. Banderiller aussi ? Non, non ! Tout le monde connaissait sa faiblesse dans cette phase de la lutte. Cette *suerte*-là était pour ceux qui avaient fait leur carrière étape par étape, pour ceux qui avaient banderillé longtemps à côté des maîtres, avant de devenir matadors. Mais Gallardo, lui, avait commencé par la fin, avait tué des taureaux dès qu'il s'était produit dans les cirques.

« Non ! non ! » hurlait la foule.

De la contre-barrière, le docteur Ruiz lui cria en agitant les mains :

« Laisse donc ça, mon garçon ! Toi tu ne sais que l'essentiel, tuer le *bicho* ! »

Mais Gallardo méprisait les avis des spectateurs et restait sourd à leurs protestations, lorsqu'il sentait en lui-même la poussée de l'audace. Malgré le vacarme, il alla directement au taureau, et, sans que celui-ci fit un mouvement, vlan ! il lui planta les banderilles. La paire, maladroitement posée, n'était pas bien à sa place, et, au sursaut de surprise que fit le taureau, l'un des « bâtons » tomba. Mais qu'importait ? Avec cette indulgence que les foules montrent à leurs favoris, dont elles excusent et justifient tous les défauts, le public sourit de plaisir à voir cette témérité. Alors, de plus en plus intrépide, Gallardo saisit d'autres banderilles et les planta, sourd aux admonestations des gens qui craignaient pour sa vie. Et il répéta le même exercice une troisième fois, toujours avec maladresse, mais avec tant d'audace que ce qui, pour un autre, aurait provoqué des sifflets, fut accueilli par une explosion d'admiration : « Quel homme ! Comme la chance lui venait en aide, à ce luron-là !... »

Sur les six banderilles, le taureau n'en avait gardé que quatre, et si mollement posées que la bête paraissait ne pas sentir le « châtiment [1] ».

« Le taureau est encore "entier [2]", criaient les aficionados sur les gradins, tandis que Gallardo, empoignant estoc et muleta, s'avançait calme et superbe, confiant dans sa bonne étoile.

« Tout le monde au large ! » commanda-t-il cette fois encore.

Puis, s'apercevant que quelqu'un restait derrière lui malgré l'ordre donné, il retourna la tête. Fuentes le suivait, la cape sur le bras, feignant la distraction, mais prêt à lui porter secours comme s'il pressentait un malheur.

« Laissez-moi, Antonio ! » lui dit Gallardo sur un ton impératif, mais pourtant respectueux, comme s'il parlait à un frère aîné.

Et l'expression de sa physionomie était telle que Fuentes, haussant les épaules comme pour dire qu'il déclinait toute responsabilité, lui tourna le dos et s'éloigna un peu, certain que, d'un moment à l'autre, son intervention serait nécessaire.

Gallardo déploya la muleta sur la tête même de la bête, qui attaqua incontinent. Une passe.

« *Olé* ! » rugirent les enthousiastes.

1. *Castigo*, se dit des coups de piques ou de banderilles.

2. *Entero*, se dit du taureau qui, après les coups de pique et de banderilles, conserve toute sa vigueur. Pour les « états » successifs par lesquels passe le taureau durant le combat, voir au *Résumé tauromachique*, p. 251.

Mais la bête se retourna et fondit de nouveau sur le matador, avec un violent coup de tête qui lui arracha la muleta des mains. Le torero, se voyant désarmé et serré de près, dut courir vers la barrière ; mais, au même instant, la cape de Fuentes arrêta l'animal. Gallardo, dans sa fuite, devina la soudaine immobilité du taureau, et, au lieu de sauter la barrière, il s'assit sur le marchepied et y resta quatre ou cinq secondes, contemplant son ennemi à quelques pas. La déroute aboutit à des applaudissements soulevés par cette ostentation de bravoure.

L'espada ramassa la muleta et l'estoc, arrangea soigneusement l'étoffe rouge et vint se replacer vis-à-vis du taureau, mais avec moins de sang-froid, dominé maintenant par une colère meurtrière, par le désir de tuer le plus vite possible cette brute qui l'avait obligé à fuir sous les yeux de ses admirateurs. À peine eut-il fait une passe, il crut arrivé le moment décisif et il se « carra », la muleta basse, la poignée de l'estoc à la hauteur des yeux. Le public protesta encore, craignant pour la vie de Gallardo :

« Ne te risque pas !... Non, non !... Aïe... »

Une exclamation d'horreur ébranla tout le cirque. La foule se leva dans un spasme d'épouvante, les yeux agrandis, tandis que beaucoup de femmes se cachaient la face ou s'accrochaient convulsivement au bras de leur voisin. Le matador, en fonçant, avait rencontré un os au bout de son estoc, et, retardé par cet obstacle dans le mouvement fait pour se dégager, il avait été saisi par une des cornes et il restait accroché à mi-corps, de sorte que ce gaillard fort et membru, soulevé de tout son poids, sautillait en l'air comme une chétive marionnette. Enfin la brute puissante le rejeta d'un coup de tête à plusieurs mètres de distance. Le torero retomba lourdement sur le sable, bras et jambes écartés, pareil à une grenouille qui serait vêtue de soie et d'or.

« Il est tué ! Un coup de corne dans le ventre ! » criait-on sur les gradins.

Mais Gallardo, entre les capes et les hommes accourus pour le couvrir et le sauver, se releva, sourit, tâta ses membres, puis il haussa les épaules, pour signifier qu'il était sain et sauf. L'étourdissement de la chute et la ceinture en lambeaux, rien de plus. La corne n'avait pénétré que dans cette enveloppe de forte soie.

Il alla ramasser « les instruments de mort[1] » ; mais personne ne voulut se rasseoir : on était certain que la lutte serait brève et terrible. Gallardo aborda le taureau avec un aveuglement d'impulsif comme si, après être sorti indemne de ces cornes, il ne croyait plus en leur pouvoir. Il s'agissait pour lui de vaincre ou de mourir, mais tout de suite, sans retards et sans précautions. Ou la bête ou lui ! Il voyait rouge, comme si ses yeux eussent été injectés de sang. Il percevait à peine, ainsi qu'un grondement lointain venu d'un autre monde, la clameur de la foule qui lui conseillait la prudence.

Il ne fit que deux passes de muleta, aidé par un capeador qui se tenait à côté de lui ; et soudain, avec une rapidité de songe, comme par le déclic d'un ressort, il bondit sur le taureau et lui porta une estocade dont ses admirateurs dirent que c'était un éclair. Il engagea le bras[2] si avant que, quand il le retira d'entre les cornes, il sentit le contact de l'une d'elles, chancela, fut repoussé à plusieurs pas ; mais il resta debout, et la bête, après un galop affolé, vint choir de l'autre côté de l'arène où elle demeura les pattes pliées et la tête sur le sable, jusqu'à ce que le puntillero[3] lui eût donné le coup de grâce.

Le public délira d'enthousiasme. Une course admirable ! Des émotions à n'en pouvoir plus ! Non, Gallardo ne volait pas l'argent des spectateurs : ce qu'il donnait valait plus que le prix de la place. Les aficionados auraient matière à causer pendant trois jours, dans les cafés où ils se réunissaient. « Ah ! le risque-tout, le sauvage !... » Et les plus enthousiastes, pris d'une fièvre belliqueuse, regardaient de côté et d'autre, comme pour chercher les tenants du parti adverse :

« Le premier matador du monde !... Je suis là pour répondre à celui qui prétendra le contraire... »

Ce fut à peine si on regarda le reste de la course. Après les hauts faits de Gallardo, tout paraissait fade et incolore.

Lorsque le dernier taureau succomba, une volée de gamins,

1. *Trastos de matar.*

2. *Meter el brazo* ou *la mano*, avancer le bras ou la main entre les cornes, pour tuer.

3. *Puntillero* ou *cachetero*, torero qui, avec la *puntilla* ou *cachete*, poinçon d'environ 30 centimètres, achève le taureau par un coup porté à la jonction de crâne et de la colonne vertébrale.

d'amateurs de la basse classe et d'apprentis toreros envahirent le redondel. Ils entourèrent Gallardo, l'escortèrent dans sa marche depuis la présidence jusqu'à la porte de sortie. Ils le bousculaient, voulaient tous lui serrer la main, toucher son costume. Finalement les plus fanatiques, sans s'occuper des bourrades du Nacional et des autres banderilleros, empoignèrent le maître par les cuisses et le portèrent en triomphe sur leurs épaules, d'abord à travers l'arène, puis dans les galeries et au-dehors du cirque.

Le matador, ôtant sa montera, saluait les groupes qui l'applaudissaient au passage. Enveloppé dans sa cape de luxe, il se laissait porter comme une divinité, dressé avec orgueil au-dessus de ce flot de chapeaux cordouans et de casquettes madrilènes d'où jaillissaient des vivats enthousiastes.

Quand il se vit dans la calèche, au bas de la rue d'Alcalá, salué par la multitude de ceux qui n'avaient pas assisté à la course, mais qui déjà étaient au courant de ses triomphes, un sourire d'orgueil et la satisfaction de sa propre force illuminèrent son visage en sueur, où persistait la pâleur de l'émotion. Le Nacional, encore inquiet de la terrible chute faite par le maître, voulait savoir si celui-ci souffrait quelque part et s'il y avait lieu d'appeler le docteur Ruiz.

« Mais non ! Une simple caresse ! Il n'y a pas de taureau qui puisse me tuer, moi !... »

Et néanmoins, comme si, parmi les fumées de l'orgueil, le souvenir des appréhensions du matin venait de remonter à sa mémoire, et comme s'il croyait entrevoir dans les yeux du Nacional une expression ironique, il ajouta :

« Ce sont des idées qui me hantent avant d'aller au cirque. Quelque chose comme les vapeurs des femmes. Et pourtant tu as raison, Sebastián. Comment dis-tu ça ? Dieu *ou* la Nature, n'est-ce pas ?... Eh bien, Dieu ou la Nature ne se mêle pas de tauromachie. Chacun se tire d'affaire comme il peut, avec son adresse ou avec son courage, sans que lui servent à rien ni les protections de la terre ni celles du Ciel... Toi, Sebastián, tu as de la capacité : si tu avais étudié, tu aurais réussi dans une profession libérale... »

Dans l'optimisme de sa joie, il considérait le banderillero comme un sage, sans prendre garde qu'il avait toujours accueilli par des moqueries les discours embrouillés de ce brave homme.

En rentrant chez lui, il se heurta, dans le vestibule, à de nombreux admirateurs qui voulaient l'embrasser. Ils parlaient de ses prouesses avec de telles hyperboles qu'il lui semblait que ce n'étaient plus les siennes, tant elles avaient été exagérées et défigurées par les commentaires, pendant le court trajet du cirque à l'hôtel. Remonté dans son appartement, il le trouva plein d'amis, plein de messieurs qui le tutoyaient et qui, affectant le parler rustique des gens de la campagne, des pâtres et des bouviers, lui disaient en frappant sur ses épaules :

« Tu as été très bon ! Je ne te dis que ça : très bon ! »

Il se débarrassa de cet accueil trop chaleureux en gagnant le corridor avec Garabato.

« Va expédier le télégramme pour la maison. Tu sais : "Rien de nouveau."

Garabato voulait s'excuser. Il lui fallait aider le matador à se dévêtir. Les gens de l'hôtel se chargeraient d'envoyer la dépêche.

« Non, non. Je veux que ce soit toi. J'attendrai ton retour... Et tu auras aussi à expédier un second télégramme... Tu sais : pour cette personne... pour doña Sol... Tu lui télégraphieras : "Rien de nouveau."

III

Quand la señora Angustias perdit son mari, le señor Juan Gallardo, savetier fort estimé à Séville dans le quartier de la Feria [1], et qui avait son échoppe sous un porche, elle le pleura avec la désolation qui convenait à la circonstance ; mais en même temps, dans le tréfonds de son âme, elle éprouva la secrète satisfaction que l'on ressent à être débarrassé d'un lourd fardeau et à se reposer après une longue marche.

1. Grande rue qui passe près de l'église *Omnium sanctorum*, au nord de Séville, et qui est très fréquentée, surtout le jeudi, par les brocanteurs.

« Le pauvre chéri ! Que Dieu l'ait en sa gloire ! Il était si bon, si laborieux ! »

En vingt ans de vie commune, ce mari ne lui avait pas donné d'autres ennuis que ceux dont n'était exempte aucune des femmes du quartier. Des trois pesetas qu'en moyenne il tirait chaque jour de son travail, il remettait l'une à la señora Angustias, pour les dépenses du ménage et pour l'entretien des enfants, et il gardait les deux autres pour ses menus plaisirs et pour ses frais de représentation. Il était bien obligé de répondre aux « politesses » de ses amis, quand ils l'invitaient à boire un verre ; et le vin d'Andalousie, par la raison même qu'il est la gloire de Dieu, ne coûte pas bon marché. De plus, il lui fallait nécessairement aller aux courses de taureaux : car un homme qui ne boirait ni n'assisterait aux courses de taureaux, pourquoi serait-il venu en ce monde ?

La señora Angustias, qui était chargée de deux enfants, Encarnación et Juanillo, devait s'ingénier et déployer de multiples talents pour subvenir aux besoins de la famille. Elle travaillait comme femme de ménage dans les maisons les plus aisées du quartier, s'occupait de couture pour les voisines, faisait le courtage des effets et des bijoux pour le compte d'une certaine brocanteuse de sa connaissance, et roulait des cigarettes à la main pour les messieurs, ce qui lui rappelait le métier de sa jeunesse, au temps où le señor Juan, fiancé ardent et cajoleur, venait l'attendre à la sortie de la Fabrique de tabacs.

Jamais elle n'avait eu à se plaindre d'infidélités ni de mauvais traitements. Les samedis, lorsque, très tard dans la nuit, le savetier revenait ivre à la maison, soutenu par les camarades, c'était l'allégresse et la tendresse qui revenaient à la maison avec lui. La señora Angustias était obligée de le faire entrer à force de bourrades, parce qu'il s'obstinait à rester devant la porte, à battre des mains et à entonner, d'une voix pâteuse, quelque lente chanson d'amour dédiée à sa volumineuse compagne. Et, quand la porte se refermait derrière lui, privant les voisins de ce sujet de réjouissance, le señor Juan, en pleine « cuite » sentimentale, s'attardait à contempler les mioches déjà couchés, les embrassait, les inondait de grosses larmes ; et il recommençait sa sérénade en l'honneur de la señora Angustias, — « *Olé* la plus belle femme du monde ! » — tandis que celle-ci, tout en le déshabillant et en le maniant comme un enfant malade, finissait par se dérider et par sourire.

C'était l'unique vice du défunt. Le brave homme ! En fait de femmes et de jeu, pas ça ! Cet égoïsme qui le portait à se bien vêtir, alors que les siens étaient en loques, cette inégalité dans le partage des produits de son travail, il les compensait par de généreuses initiatives. La señora Angustias se rappelait avec orgueil les jours de grande fête, où son mari lui faisait mettre le foulard de Manille [1] qui avait été sa mantille de mariage, et, coiffé du feutre clair de Cordoue, tenant à la main sa canne à pomme d'argent et poussant les marmots devant lui, l'emmenait faire un tour aux Delicias [2], tout comme s'ils avaient été une famille de négociants de la rue des Serpents [3]. Les jours où l'on donnait des courses de taureaux à prix réduits, il lui offrait magnifiquement, avant d'aller au cirque, un verre de *manzanilla* [4] à la Campana [5] ou dans un café de la Plaza Nueva.

Mais, hélas ! ces temps heureux n'étaient désormais pour la pauvre femme qu'un pâle et agréable souvenir. Le señor Juan devint phtisique, et, pendant plusieurs années, son épouse dut lui donner des soins coûteux, faisant chaque jour de nouveaux prodiges d'industrie pour compenser la perte de la peseta que le malade ne pouvait plus lui remettre. Il finit par mourir à l'hôpital, résigné à son sort, convaincu que l'existence ne vaut rien sans *manzanilla* et sans taureaux ; et son dernier regard fut un regard d'amour et de gratitude pour sa femme, comme s'il lui criait par les yeux : « *Olé* la plus belle femme du monde ! »

Le veuvage n'aggrava point la situation de la señora Angustias ; au contraire, débarrassée de cet homme qui, depuis deux

1. *Pañolón de Manila*. Le *pañolón* est un grand foulard que les femmes du peuple portent sur la tête en guise de mantille.

2. Le *paseo de las Delicias* s'étend le long du Guadalquivir, au sud de Séville. C'est une promenade très fréquentée.

3. *Calle de las Sierpes*, rue étroite et très animée, où sont les principaux cafés de Séville.

4. C'est un bon vin qui se récolte surtout à Sanlucar de Barrameda.

5. Rue qui relie les extrémités de la *calle de Tetuan* et de la *calle de las Sierpes*, du côté de la *plaza del Duque de la Victoria*.

ans, était pour elle une charge pire que tout le reste de la famille, elle se sentit plus libre de ses mouvements. Femme énergique et de prompte résolution, elle assigna tout de suite une carrière à sa fille et à son fils. Encarnación, qui avait déjà dix-sept ans, entrerait à la Fabrique de tabacs, où sa mère la ferait admettre par les bons offices d'amies de jeunesse qui étaient devenues surveillantes. Quant à Juanillo qui, depuis son enfance, avait passé toutes ses journées sous le porche à regarder travailler son père, il serait cordonnier, de par la volonté maternelle. Il fut donc retiré de l'école, où il avait appris à lire tant bien que mal, et, à l'âge de douze ans, il entra comme apprenti chez un des meilleurs patrons de la ville.

Ce fut alors que commença le martyre de la pauvre mère. « Ah ! ce gamin, le fils de parents si honorables !... » Presque tous les jours, au lieu de se rendre à la boutique, il s'en allait à l'abattoir avec une bande de polissons qui avaient pour lieu de rendez-vous un banc de l'Alameda d'Hercule [1], et qui, au grand amusement des bouviers et des garçons d'abattoir, osaient essayer une passe de cape avec les bœufs, au risque de se faire renverser et piétiner neuf fois sur dix. La señora Angustias, qui veillait souvent toute la nuit, l'aiguille aux doigts, pour que le petit fût décemment vêtu à l'atelier et qu'il eût toujours des effets propres, le trouvait à la porte de la maison, n'osant pas entrer, mais retenu là par la faim qui l'empêchait de fuir, la culotte en lambeaux, la veste souillée de boue, la face couverte de bosses et d'égratignures.

Aux meurtrissures traîtreusement faites par le bœuf s'ajoutaient alors les gifles et les coups de manche à balai administrés par la mère. Mais le héros de l'abattoir supportait tout, à condition que la pitance ne fît pas défaut. « Cogne, mais donne-moi à manger ! » Et, mis en appétit par l'exercice violent, il engloutissait le pain dur, les haricots avariés, la morue pourrie, toutes les denrées de rebut que la besogneuse femme cherchait dans les boutiques pour sustenter à peu de frais sa progéniture.

1. *La Alameda de Hercules* est une promenade ombragée, dans la partie septentrionale de la ville.

Occupée toute la journée à frotter les parquets de logis étrangers, elle pouvait à peine, de temps à autre, aller dans la soirée chez le patron de son fils pour lui demander si le gamin faisait des progrès. Or, quand elle revenait de la cordonnerie, elle bouillait de colère et se proposait de recourir aux plus effroyables châtiments. Presque jamais le chenapan ne mettait les pieds à l'atelier ; il passait la matinée à l'abattoir, et, dans l'après-midi, en compagnie d'autres vagabonds de son espèce, il encombrait l'entrée de la rue des Serpents et rôdait avec admiration autour des toreros sans engagements qui se réunissaient à la Campana, en *chaquetilla* [1] pincée à la taille et en chapeau flambant neuf, mais n'ayant qu'une peseta dans leur gousset, et chacun vantant ses propres prouesses. Juanillo les contemplait comme des êtres d'une prodigieuse supériorité, enviait leur bonne mine et l'aisance galante avec laquelle ils faisaient la cour aux femmes. De penser qu'ils avaient tous chez eux un costume de soie brodé d'or, et que, moulés dans ce costume, ils paradaient sous les yeux de la foule au son de la musique, cela lui donnait un frisson de respect.

Le fils de la señora Angustias avait été surnommé par ses loqueteux amis « le Zapaterin [2] », et il était content d'avoir un sobriquet, comme en ont presque tous les grands hommes qui se distinguent dans l'arène : il faut bien commencer par quelque chose ! Il portait au cou un foulard rouge qu'il avait chipé à sa sœur, et, au-dessous de sa casquette, ses cheveux retombaient sur ses oreilles en grosses mèches qu'il lissait avec de la salive. Il voulait que ses blouses de coutil ne descendissent pas plus bas que la ceinture et eussent des plis nombreux. Quant aux pantalons, vieux restes de la garde-robe paternelle rajustés par la señora Angustias, il les exigeait très hauts de taille, avec les jambes larges et le fond bien collant, et il pleurait d'humiliation lorsque sa mère refusait de se soumettre à ces exigences.

Une cape ! Posséder une cape de travail, et n'avoir pas besoin d'implorer de camarades plus heureux, pour quelques minutes, le prêt de l'étoffe désirée !... Chez lui gisait, oublié

1. Veste courte et collante que les toreros portent habituellement en ville.
2. « Le petit cordonnier. » Le célèbre matador José Delgado, né vers 1750 à Séville et surnommé Pepehillo, avait été apprenti cordonnier comme notre Gallardo, et, comme lui, avait déserté l'atelier pour l'abattoir.

dans un cabinet, un vieux matelas aux entrailles vides. Un jour de détresse, la señora Angustias en avait vendu la laine. Le Zapaterin, profitant de l'absence de sa mère qui, à ce moment-là, était en journée chez un chanoine, resta, un matin, dans l'appartement. Avec l'ingéniosité du naufragé qui, livré à son initiative, doit se fabriquer lui-même, dans une île déserte, tout ce dont il a besoin, il se tailla une cape de combat dans la toile humide et effilochée. Puis il fit bouillir dans un pot une poignée d'aniline rouge achetée chez un droguiste, et il plongea la vieille toile dans cette teinture. Après quoi, il admira son œuvre : une cape du plus vif écarlate, qui ferait bien des envieux dans les « capées » des villages !... Il ne manquait plus à la splendide étoffe que d'être séchée, et Juanillo l'étendit au soleil, parmi le linge blanc des voisines. Mais le vent, balançant la cape ruisselante, fit qu'elle macula tout ce linge, et un concert de malédictions et de menaces, de poings crispés et de bouches injurieuses, obligea le Zapaterin à ramasser son manteau de gloire et à gagner le large, la face et les mains tachées de rouge comme s'il venait de commettre un meurtre.

La señora Angustias, femme forte, obèse et moustachue, qui n'avait pas peur des hommes et qui inspirait le respect aux femmes par ses résolutions inébranlables, demeurait faible et découragée devant son fils. Que faire ? Ses poings s'étaient vigoureusement escrimés sur tout le corps de ce polisson ; nombre de manches à balai avaient été cassés sans résultat appréciable. « Ce chenapan-là, disait-elle, avait la peau plus dure qu'un chien. » Habitué, hors de chez lui, aux terribles coups de tête des bouvillons, au cruel piétinement des vaches, aux horions des bouviers et des garçons d'abattoir qui traitaient sans pitié cette racaille tauromachique, il considérait les raclées de sa mère comme un fait naturel, comme une continuation familiale de l'existence qu'il menait au-dehors ; il les acceptait sans la moindre velléité de s'amender, comme un écot à payer pour être nourri ; et, tandis que les invectives et les taloches maternelles pleuvaient sur ses épaules, il songeait au pain dur avec une délectation de famélique.

Dès qu'il avait apaisé sa faim, il profitait de la liberté que lui laissait forcément la señora Angustias, pressée de s'en aller à son travail, pour s'enfuir de la maison.

À la Campana, cette noble agora de la tauromachie, où circulaient toutes les nouvelles intéressantes pour les aficionados, ses camarades lui fournissaient des renseignements qui le faisaient palpiter d'enthousiasme :

« Zapaterin, il y a course demain !... »

Les villages de la province célébraient les fêtes de leurs saints patrons par des « capées » de taureaux déjà courus, et les petits toreros s'y rendaient avec l'espérance de pouvoir conter, au retour, les belles passes qu'ils auraient faites sur les arènes glorieuses d'Aznalcollar, de Bollullos ou de Mairena. Ils se mettaient en route pendant la nuit, la cape sur l'épaule, si c'était en été, ou enveloppés dans ladite cape, si c'était en hiver, l'estomac vide, et parlant continuellement de taureaux. Si le voyage était de plusieurs jours, ils campaient, le soir, à la belle étoile, ou ils étaient admis par charité dans le fenil d'une ferme. Malheur aux raisins, aux melons et aux figues qu'ils rencontraient sur leur chemin, dans la belle saison ! Leur unique inquiétude était qu'un autre groupe, une autre quadrille eût eu la même idée qu'eux et arrivât inopinément dans le village pour leur faire concurrence.

Lorsqu'ils parvenaient au terme de leur voyage, les sourcils poudreux, la gorge sèche, éreintés, éclopés par la longue marche, ils se présentaient à la mairie. Le plus effronté, qui remplissait les fonctions de directeur, vantait à l'alcade le mérite de ses gens ; et ils se déclaraient très satisfaits si la générosité municipale les logeait dans l'écurie de l'auberge et les régalait d'un pot-au-feu, parfaitement nettoyé quelques minutes plus tard.

Sur la place du village, close au moyen de chariots et d'estrades en planches, on lâchait de vieux taureaux, véritables forteresses de chair, couverts de croûtes et de cicatrices, aux cornes ébréchées et gigantesques : des bêtes que, depuis maintes années, on avait combattues dans toutes les fêtes de la province ; de vénérables animaux « qui savaient le latin », qui connaissaient toutes les malices, qui étaient dans le secret de toutes les roueries tauromachiques. De quelque lieu sûr, les gars du village asticotaient ces bêtes, et les spectateurs s'amusaient moins du taureau que des toreros venus de Séville. Ceux-ci déployaient les capes en flageolant de peur sur leurs jambes ; mais leur courage était stimulé par les tiraillements de leur estomac. Culbute ; joyeuse vocifération de l'assistance.

Lorsqu'un d'entre eux, pris de panique soudaine, se réfugiait derrière les palissades, la cruauté campagnarde l'accablait d'insultes ; on cognait sur les mains du fuyard, cramponnées au bois de la clôture ; on lui donnait des coups de bâton sur les cuisses, pour le forcer à sauter de nouveau dans l'arène :

« Hue donc, poltron ! Montre ta face au taureau, charlatan ! »

Parfois, quatre camarades emportaient de l'arène un des *diestros*, pâle comme une feuille de papier, les yeux vitreux, la tête pendante, la poitrine pareille à un soufflet crevé. Le vétérinaire accourait, et, ne voyant pas de sang, rassurait tout le monde. Ce n'était que la commotion ressentie par le bonhomme, qui avait été lancé à plusieurs mètres de distance, puis était retombé à terre comme un paquet de linge sale. D'autres fois, c'était l'angoisse d'avoir été foulé aux pieds par une bête d'un poids énorme. On jetait au vaincu un seau d'eau sur la tête, et, quand il avait repris connaissance, on lui faisait boire un grand verre d'eau-de-vie de Cazalla. Un prince même n'aurait pas été mieux soigné. Ensuite le *diestro* rentrait dans l'arène.

Quand le bouvier n'avait plus de taureaux à lâcher et que la nuit approchait, deux membres de la quadrille prenaient la meilleure cape qu'il y eût dans la compagnie, et, la tenant par les coins, allaient d'estrade en estrade solliciter une gratification. Sur l'étoffe rouge pleuvaient les pièces de billon, plus ou moins abondantes selon le plaisir qu'avaient donné aux indigènes les exploits des *diestros* ; et ceux-ci reprenaient aussitôt le chemin de la ville, sachant bien qu'à l'auberge ils avaient épuisé leur crédit. En chemin, il n'était pas rare qu'ils se battissent pour le partage des sous noués dans un mouchoir.

Le reste de la semaine était employé à raconter ces exploits aux copains qui n'avaient pas été de l'expédition et qui ouvraient de grands yeux. Les jeunes héros péroraient sur leurs *veronicas*[1] de Garrobo, sur leurs *navarras*[2] de Lora, sur

1. Passe de cape très brillante, où le torero, placé en face du taureau et ayant les pieds sur la même ligne que les pieds de devant de l'animal, déploie la cape, attend de pied ferme, et, au moment où l'animal va donner le coup de corne, l'écarte en portant la cape de côté, soit à droite, soit à gauche, selon les cas.

2. Passe de cape où le torero, placé comme il est dit ci-dessus étend presque entièrement la cape sur le sol, et, au moment où l'animal va donner le coup de corne, la ramène vivement et la relève devant la tête du taureau.

la terrible *cogida* soufferte au Pedroso, non sans imiter les airs et les attitudes des vrais professionnels qui, à quelques pas de là, se consolaient du manque d'engagement par toute sorte de hâbleries et de mensonges.

Une fois, la señora Angustias fut plus d'une semaine sans nouvelles de Juanillo. Enfin on lui annonça vaguement qu'il avait été blessé dans une capée au village de Tocina. « Mon Dieu ! où ce village-là pouvait-il bien être ? Comment y aller ? » Elle tint son fils pour mort, le pleura, se disposa à partir ; et, au moment où elle était prête à se mettre en route, elle vit reparaître Juanillo, pâle, affaibli, mais n'en parlant pas moins de son accident avec une joie mâle. « Ce n'était rien : une piqûre dans une fesse, un trou qui avait plusieurs centimètres de profondeur. » Et, avec l'impudeur du triomphe, il voulait montrer la chose à tous les voisins, affirmant qu'on pouvait y enfoncer le doigt sans trouver le fond. Il était fier de la puanteur d'iodoforme qu'il répandait sur son passage, et il se félicitait de la sollicitude avec laquelle on l'avait soigné dans ce village qui, à l'en croire, était le meilleur de toute l'Espagne. Les habitants les plus riches, comme qui dirait l'aristocratie, s'étaient intéressés à son sort ; l'alcade était venu le voir et lui avait payé le voyage de retour. Juanillo avait même dans sa poche trois douros, qu'il offrit à sa mère avec une générosité de grand homme. Toute cette gloire à quatorze ans ! Et sa joie fut encore plus grande, quand, à la Campana, quelques toreros — des toreros pour de bon — daignèrent faire attention au gamin et lui demander comment allait sa blessure.

Après cet accident, il ne remit plus les pieds dans la boutique de son patron. Il savait maintenant ce que c'était que les taureaux. Sa blessure avait servi à le rendre plus audacieux. Être torero, rien que torero ! La señora Angustias renonça aux corrections, que désormais elle jugeait inutiles. Elle fit comme si son fils n'existait plus. Lorsqu'il se présentait à la maison, le soir à l'heure où la mère et la sœur soupaient ensemble, elles le servaient sans lui adresser la parole et elles essayaient de l'accabler par leur mépris ; mais cela ne gênait en rien sa mastication. S'il arrivait trop tard, elles ne lui gardaient pas même une croûte de pain, et il était réduit à s'en retourner comme il était venu.

Avec d'autres garnements aux yeux vicieux, mélange panaché d'apprentis criminels et de futurs toreros, il était l'un des promeneurs nocturnes de l'Alameda d'Hercule. Les voisines le rencontraient quelquefois dans les rues, causant avec de petits messieurs dont la présence faisait rire les femmes, ou avec de graves personnages auxquels la médisance donnait des sobriquets de filles. Il y avait des saisons où il vendait des journaux ; pendant les grandes fêtes de la Semaine sainte, il offrait des caramels aux dames assises sur la place de San Francisco ; en temps de foire, il errait dans le voisinage des hôtels, à la recherche d'un « Anglais », — pour lui tous les étrangers étaient des Anglais, — avec l'espoir de lui servir de guide.

« Milord, milord, je suis torero ! » disait-il aussitôt qu'il apercevait une figure exotique, comme si cette qualité professionnelle devait être pour les étrangers une indiscutable recommandation.

Et, afin de prouver son dire, il ôtait sa casquette et rejetait en arrière sa coleta, mèche d'un empan qu'il portait dressée au sommet de la tête.

Il avait pour compagnon de misère Chiripa[1], gamin du même âge que lui, petit de corps, aux yeux malicieux, sans père ni mère, qui vagabondait dans Séville depuis qu'il avait l'âge de raison et qui exerçait sur Juanillo l'autorité de l'expérience. Chiripa avait une joue tailladée par la cicatrice d'un coup de corne, et le Zapaterin considérait cette balafre comme beaucoup plus honorable que son invisible blessure.

Quand, à la porte d'un hôtel, quelque voyageuse éprise de couleur locale causait avec les petits toreros, admirant leurs coletas, s'extasiant au récit de leurs blessures et finissant par leur offrir de l'argent, Chiripa disait sur un ton sentimental :

« Ne le donnez pas à lui, qui a encore sa mère. Mais moi, je suis seul au monde. Ah ! quand on a une mère, on ne connaît pas son bonheur !...

— C'est vrai... c'est vrai !... » gémissait Juanillo.

D'ailleurs cet attendrissement n'empêchait pas Juanillo de continuer son existence irrégulière, de ne faire chez la

1. « Raccroc » ; se dit proprement, au jeu de billard, d'un carambolage fait par hasard plutôt que par adresse.

señora Angustias que de rares apparitions et d'entreprendre souvent des voyages loin de Séville.

Chiripa était passé maître en l'art de vivre d'expédients. Les jours de course, il sentait naître en lui le ferme propos de pénétrer dans le cirque avec son camarade, et, pour y réussir, il avait recours à divers stratagèmes : escalader les murs, se glisser parmi la foule, attendrir les employés par d'humbles supplications. Une fête tauromachique qu'ils ne verraient pas, eux, des gens du métier !...

Lorsqu'il n'y avait point de capée dans les villages de la province, ils allaient lancer leur loque aux bouvillons des pâturages de Tablada.

Néanmoins, tous ces attraits de la vie de Séville ne suffisaient pas à satisfaire leur ambition. Chiripa, qui avait couru le monde, parlait à son camarade des belles choses qu'il avait vues en de lointaines provinces. Nul mieux que lui ne savait voyager gratis, en se coulant furtivement dans les trains. Le Zapaterin écoutait avec délices les descriptions que l'autre lui faisait de Madrid, de cette ville de rêve où il y avait un cirque qui était pour ainsi dire la cathédrale de la tauromachie.

Un jeune homme riche, pour se moquer d'eux, leur dit, un jour, sur la porte d'un café, dans la rue des Serpents, qu'ils gagneraient beaucoup d'argent à Bilbao, parce que les toreros n'y pullulaient pas comme à Séville ; et les deux vauriens entreprirent de s'y rendre, le gousset vide, sans autre bagage que leurs capes, de vraies capes qui avaient appartenu à des toreros de cartel, guenilles hors d'usage achetées pour quelques réaux [1] dans une friperie.

Ils s'introduisaient avec précaution dans un wagon et se cachaient sous les banquettes ; mais la faim et d'autres nécessités les obligeaient à révéler leur présence aux voyageurs ; et ceux-ci finissaient par compatir à leur situation, riaient de leurs étranges mines, de leurs coletas, de leurs capes, leur offraient charitablement les restes des provisions de voyage. Lorsque, dans une gare, un employé leur donnait la chasse, ils couraient de voiture en voiture ou essayaient d'escalader les toits et de s'y tapir, en attendant que le train se remît en marche. Maintes fois on les surprit, on leur tira les oreilles,

1. Le réal valait 0,25 franc-or.

on leur administra force gifles, force coups de pied ; et ils durent rester en panne sur le quai de quelque station perdue, tandis que le train s'éloignait comme une espérance qui s'envole. Alors ils attendaient le passage d'un autre train, bivouaquant en plein air ; et, s'ils se voyaient surveillés de trop près, ils gagnaient pédestrement la station suivante, marchant à travers champs et se flattant que, là-bas, ils auraient plus de chance.

Après plusieurs jours d'un voyage entrecoupé de longs arrêts et de nombreuses taloches, ils arrivèrent à Madrid. Dans la rue de Séville et à la Puerta del Sol, ils admirèrent les groupes de toreros sans engagement, êtres supérieurs desquels ils osèrent solliciter, mais en vain, une aumône pour continuer leur pèlerinage. Un garçon d'arène, qui était Andalou, eut pitié d'eux, leur permit de coucher dans les écuries et leur procura même le plaisir d'assister à une course de *novillos* dans le fameux cirque, qui leur parut moins imposant que celui de leur pays natal.

Effrayés de leur propre audace et voyant reculer de plus en plus le terme de leur expédition, ils retournèrent à Séville par le même moyen qu'ils en étaient venus. Mais ils avaient pris goût aux voyages faits clandestinement en chemin de fer. Depuis lors, quand ils entendaient parler de fêtes qui devaient se célébrer par la capée traditionnelle dans les bourgs lointains de l'Andalousie, ils se mettaient en route. Ils allèrent ainsi jusque dans la Manche et dans l'Estramadure ; et, si leur malchance les obligeait à faire le chemin à pied, ils demandaient asile dans les maisons des paysans, gens crédules et d'humeur accueillante, qu'ils étonnaient par leur jeunesse, par leur audace, par leurs intarissables mensonges, et à qui ils faisaient accroire qu'ils étaient de vrais toreros.

Cette existence errante les induisait à employer des ruses d'hommes primitifs, afin de pourvoir à leurs besoins. Dans le voisinage des fermes, ils rampaient sur le ventre pour voler les légumes sans être vus. Ils se tenaient à l'affût pendant des heures entières, guettant l'imprudence d'une poule isolée à laquelle ils tordaient le cou ; puis ils continuaient leur route, et, à l'étape, ils allumaient un feu de bois sec, flambaient le pauvre volatile et le dévoraient à moitié cru, avec une gloutonnerie de jeunes sauvages. Ils redoutaient les chiens de garde plus que les taureaux : c'étaient des bêtes difficiles à combattre, qui, rendues furieuses par leur mine hétéroclite et flairant en leurs personnes des ennemis de la propriété, s'élançaient sur eux en leur montrant les crocs.

Souvent, lorsqu'ils dormaient en plein air dans le voisinage d'une station, en attendant le passage d'un train, une paire de gardes civils[1] s'approchait d'eux. À l'aspect du balluchon rouge qui servait d'oreiller à ces vagabonds, les soldats de l'ordre se tranquillisaient, leur soulevaient doucement la casquette, et, découvrant l'appendice chevelu de la coleta, s'éloignaient en riant, sans pousser plus avant leur enquête : ce n'étaient pas de petits larrons, c'étaient des aficionados qui s'en allaient à une capée. Et la raison de cette tolérance, c'était un mélange de sympathie pour le spectacle national et de respect à l'égard de l'obscur avenir. Qui pouvait savoir si, par la suite, l'un de ces gars dépenaillés, suant la misère, ne deviendrait pas une « étoile de l'art », un grand homme qui tuerait des taureaux en l'honneur des rois, qui vivrait comme un prince, et dont les prouesses et les moindres mots seraient rapportés dans les gazettes ?...

Un après-midi, en Estramadure, pour émerveiller davantage la rustique assistance qui applaudissait les fameux *diestros* « venus exprès de Séville », les deux gamins voulurent planter les banderilles à un vieux taureau bravache[2]. Juanillo mit ses « bâtons » à la bête, puis s'arrêta près d'une estrade, pour jouir de l'ovation populaire qu'on lui octroyait sous forme de terribles tapes sur les épaules et d'offres de boire un coup. Mais soudain des exclamations d'horreur l'arrachèrent à l'ivresse de la gloire. Chiripa n'était plus sur le sol de l'arène ; tout ce qu'il y restait de lui, c'étaient les banderilles roulées dans la poussière, une sandale et la casquette. Le taureau s'agitait, irrité comme devant un obstacle, et secouait avec rage un paquet[3] de nippes qu'il tenait accroché à l'une de ses cornes et qui ressemblait à une marionnette. Ce paquet informe, ballotté par de violents coups de tête, sauta en l'air

1. La *guardia civil* espagnole est l'équivalent de notre gendarmerie.

2. *Bravucón*, faux brave. On qualifie ainsi les taureaux timides qui pourtant ne se refusent pas à combattre.

3. *Bulto*. On désigne sous ce nom tout objet, vivant ou inanimé, contre lequel s'exerce la rage du taureau.

et lança un jet de sang ; mais, avant de retomber à terre, il fut rattrapé par l'autre corne qui, à son tour, le secoua longuement. Enfin le pauvre paquet s'abattit sur le sol et y demeura flasque, inerte, ruisselant comme une outre percée d'où le vin s'échappe à gros bouillons.

Le bouvier, au moyen de ses *cabestros* [1], fit rentrer le taureau dont personne n'osait s'approcher, et le malheureux Chiripa fut emporté sur un matelas à l'*ayuntamiento* [2], dans un réduit qui servait de prison. Son camarade l'y vit, la face blanche comme du plâtre, les yeux opaques, le corps tout rouge du sang que ne pouvaient arrêter les linges trempés dans du vinaigre, seul remède dont on disposât.

« Adieu, Zapaterin ! soupira le mourant. Adieu, Juaniyo ! »

Et ce fut tout. Consterné, le camarade du mort revint à Séville, hanté en chemin par ces yeux vitreux, par ces adieux lamentables. Il avait peur. Une vache, qui serait sortie d'une cour de ferme au petit pas, l'aurait mis en fuite. Il pensait à sa mère et aux sages conseils qu'elle lui avait prodigués. Ne valait-il pas mieux se consacrer à la cordonnerie et vivre en paix ?

Ces bons propos durèrent tant qu'il fut seul. Mais, rentré à Séville, Juanillo subit l'influence du milieu. Ses amis l'entourèrent, voulurent apprendre de lui tous les détails de la catastrophe. À la Campana, les toreros professionnels le questionnèrent, se rappelant avec pitié ce jeune vaurien qui leur avait si souvent fait des commissions. Lui, enhardi par de telles marques d'estime, il donnait carrière à ses facultés imaginatives, racontait comment il s'était précipité sur le taureau dès qu'il avait vu son camarade blessé, comment il avait empoigné la bête par la queue, et maintes autres prouesses en dépit desquelles Chiripa s'en était allé de ce monde.

La peur se dissipa. Torero, rien que torero ! Puisque d'autres l'étaient, pourquoi ne le serait-il pas aussi ? Il songeait aux haricots avariés et au pain dur de sa mère, aux humiliations que lui coûtait chaque pantalon nouveau, à la faim, inséparable compagne de la plupart de ses équipées. Au

1. Littéralement « licous » ; bœufs dressés, que les taureaux sont accoutumés à suivre docilement et qu'on introduit dans l'arène lorsqu'on veut ramener au *toril* une bête de combat.

2. La mairie.

surplus, il convoitait passionnément le luxe et toutes les jouissances ; il reluquait avec envie les calèches et les chevaux ; il s'arrêtait, pensif, aux portes des maisons opulentes, et, à travers les *cancelas*[1], contemplait les *patios* d'une somptuosité orientale, leurs portiques en carreaux de faïence, leurs dallages de marbre, leurs fontaines gazouillantes qui, jour et nuit, égrenaient des jets de perles sur une vasque entourée de feuillages verts. Son sort était décidé. Tuer des taureaux ou mourir ; être riche, et que les journaux parlassent de lui, et que les gens le saluassent, dût-il payer de sa vie ce bonheur ! Il méprisait les grades inférieurs de la tauromachie. Il voyait les banderilleros s'exposer autant que les matadors pour trente douros par course, et, après une existence de fatigues et de coups de corne, arriver à la vieillesse sans autre ressource que de monter quelque misérable boutique avec les économies péniblement amassées ou d'obtenir un emploi à l'abattoir. Plusieurs d'entre eux mouraient à l'hôpital, et il y en avait beaucoup qui demandaient l'aumône à leurs collègues jeunes. Au diable les banderilles ! Au diable le long apprentissage où l'on subit pendant des années le despotisme d'un maître ! Tuer des taureaux tout de suite, entrer tout de suite dans l'arène comme espada !

Le malheur du pauvre Chiripa donnait à Juanillo de l'ascendant sur ses camarades, et il put former une quadrille de *diestros* en haillons, qui l'accompagnaient dans les capées des villages. On le respectait, parce qu'il était le plus hardi et le mieux vêtu. Quelques filles de mœurs légères, séduites par la virile beauté du Zapaterin, qui allait déjà sur ses dix-huit ans, et aussi par le prestige de sa coleta, se disputaient, dans une bruyante rivalité, l'honneur de donner leurs soins à son élégante personne. En outre, il comptait sur un protecteur, ancien magistrat qui avait un faible pour la gentillesse des jeunes toreros ; et l'intimité de Juanillo avec ce vieillard exaspérait la señora Angustias qui, pour la qualifier, retrouvait les plus vilains mots qu'elle avait appris jadis, au temps où elle était ouvrière à la Fabrique de tabacs.

Le Zapaterin se pavanait dans des complets de drap anglais

1. Nom andalou des portes grillées qui, sous le porche d'une maison, ferment l'entrée du *patio*. — Le *patio* est une cour intérieure, ordinairement entourée de galeries comme un cloître.

bien ajustés à la sveltesse de sa taille, portait toujours des chapeaux d'une fraîcheur parfaite. Les « commanditaires » veillaient avec un soin scrupuleux à la blancheur de ses cols et de ses plastrons de chemise ; et, certains jours, il exhibait sur son gilet une de ces doubles chaînes d'or que portent les femmes, prêtée par son respectable ami et ayant déjà paré la poitrine d'autres « petits commençants ».

Il fréquentait les vrais toreros ; il avait de quoi payer des verres aux vieux péons qui lui racontaient les exploits des maîtres célèbres. On tenait pour certain que des protecteurs travaillaient en faveur de ce « gosse » et qu'à la première occasion il pourrait débuter dans une *novillada* au cirque de Séville.

Déjà le Zapaterin était matador. Un jour, à Lebrija, comme on venait de lâcher dans l'arène un jeune taureau très vif, ses compagnons l'avaient excité à tenter le jeu suprême. « Oserais-tu avancer la main ? » Et il avait avancé la main. Dès lors, enhardi par la facilité avec laquelle il était sorti de cette épreuve, il s'empressa d'accourir à toutes les capées où l'on devait mettre à mort un *novillo*, à toutes les fermes où l'on combattait et où l'on tuait des bêtes.

Le propriétaire de la Rinconada, riche métairie où il y avait de petites arènes, était un enthousiaste qui tenait table ouverte et pailler disponible pour tous les aficionados faméliques qui viendraient l'amuser en combattant son bétail. Juanillo, dans un moment de misère, y alla avec d'autres camarades, pour manger à la santé de l'hidalgo rural, fût-ce au prix de quelques culbutes. Ils arrivèrent à pied, après deux journées de marche ; et le propriétaire, à la vue de cette bande poudreuse, dit solennellement :

« Celui qui se comportera le mieux, je lui paierai son billet pour retourner à Séville en chemin de fer. »

Le propriétaire passa deux jours à fumer sur le petit balcon de ses arènes, pendant que les jeunes gars de Séville combattaient ses bouvillons et se faisaient plus d'une fois attraper et piétiner.

« Ça ne vaut rien, farceur ! » disait-il, mécontent d'une passe de cape mal exécutée.

Et, quand un des gars demeurait étendu sur le sable, après que le taureau lui avait passé sur le corps :

« Relève-toi donc, grand poltron ! criait-il. On va t'apporter un verre de vin, pour te guérir de la venette. »

Le Zapaterin tua un bouvillon si fort au goût du propriétaire que celui-ci le fit asseoir à sa table, au lieu que les camarades restaient dans la cuisine avec les bouviers et les garçons de labour, plongeant la cuiller de corne dans la marmite [1] fumante.

« Tu as gagné ton retour en chemin de fer, mon mignon. Tu iras loin, si le cœur ne te manque pas. Tu as des moyens. »

Le Zapaterin, installé dans un compartiment de seconde classe pour revenir à Séville, tandis que sa quadrille faisait la route à pied, se dit qu'une vie nouvelle commençait pour lui et jeta un regard d'envie sur cette immense métairie, sur ces vastes olivaies, sur ces champs de blé, sur ces moulins, sur ces prés à perte de vue, où paissaient des milliers de chèvres et où quantité de taureaux et de vaches ruminaient, immobiles, les pattes ramassées sous le ventre. Quelle richesse ! Ah ! s'il arrivait un jour à posséder un domaine comme celui-là !...

La renommée des hauts faits qu'il avait accomplis dans les *novilladas* des villages parvint jusqu'à Séville et attira sur lui l'attention de ces amateurs inquiets et insatiables qui espèrent toujours voir un astre naissant éclipser les anciennes étoiles.

« Il paraît que ce garçon-là promet », disaient-ils, quand ils le voyaient passer dans la rue des Serpents, à pas menus, les bras balancés avec affectation. Il faudra le voir sur « le terrain de la vérité ».

Pour eux et pour le Zapaterin, ce terrain était l'arène de Séville. Le gaillard ne demandait pas mieux que de s'y rencontrer face à face avec « la vérité ». Son protecteur avait acheté pour lui un costume de gala passablement défraîchi, défroque d'un espada sans renom. Une course de *novillos* s'organisa pour une œuvre de bienfaisance, et des amateurs influents, épris de nouveautés, obtinrent qu'on l'admît gratis au programme, en qualité de matador.

Le fils de la señora Angustias ne voulut pas que l'on imprimât sur les affiches ce sobriquet de « Zapaterin », qu'il désirait faire oublier. Pas de sobriquet et moins encore de bas emplois. Il entendait se faire connaître sous son vrai nom de famille, être « Juan Gallardo », et que nul surnom ne rappelât

1. *Caldereta*, ragoût d'agneau, spécialement celui que font les pâtres.

sa trop modeste origine aux grands personnages qui, dans l'avenir, seraient indubitablement ses amis.

Tout le quartier de la Feria vint en masse à la course, avec une ferveur turbulente et patriotique. Les habitants de la Macarena [1] aussi s'intéressèrent à la chose, et les autres faubourgs ouvriers se laissèrent gagner par l'entraînement.

Gallardo « taura », estoqua, fut bousculé par un *bicho* sans recevoir de blessure, et tint le public dans une anxiété continuelle par son jeu aussi heureux que téméraire. Certains amateurs, dont on respectait les décisions, souriaient de complaisance. Sans doute ce jeune homme avait encore beaucoup à apprendre ; mais il avait du courage et de la bonne volonté, ce qui était l'essentiel.

« Au surplus, il commence à tuer tout de bon, et le voilà enfin sur "le terrain de la vérité". »

Pendant la course, les serviables filles qu'il avait pour amies se démenaient, ivres d'enthousiasme, avec des contorsions d'hystériques, les yeux mouillés de larmes, bavant d'émotion, épuisant en plein jour le vocabulaire des mots amoureux que, d'habitude, elles réservaient pour la nuit. L'une jetait son châle dans l'arène ; une autre, pour faire mieux, y ajoutait sa camisole et son corset ; une troisième allait jusqu'à se dépouiller de sa jupe ; et les spectateurs les empoignaient en riant, pour les empêcher de se précipiter elles-mêmes dans le redondel ou de rester en chemise.

De l'autre côté du cirque, le vieux magistrat souriait dans sa barbe blanche, attendri, admirant béatement la bravoure du « mignon » et le bon air qu'il avait sous le costume de gala. Mais, lorsqu'il vit son protégé roulé par le taureau, il se renversa en arrière comme s'il allait s'évanouir. Ça, c'était trop fort pour lui !

Sur la contre-barrière se rengorgeait le mari d'Encarnación, sœur du jeune matador. C'était un sellier nommé Antonio, établi en boutique dans le faubourg de la Macarena : un homme sérieux, ennemi de la vie de bohème, et qui, épris des grâces de la cigarière, s'était marié avec elle, mais à la condition expresse de n'avoir pas de relations avec ce *maleta* de Juan. Aussi le jeune Gallardo, offensé de la froide mine que

1. Faubourg qui fait suite à la rue de la Feria.

lui faisait son beau-frère, ne s'était-il pas risqué à mettre les pieds dans la boutique et n'avait-il pas cessé de dire « vous » au sellier, chaque fois qu'il l'avait rencontré, l'après-midi, chez la señora Angustias.

« Je vais voir comment on lapidera d'oranges ton voyou de frère », avait dit Antonio à sa femme, en partant pour le cirque.

Et maintenant, de sa place, il acclamait le *diestro*, l'appelait « Juaniyo », le tutoyait ; et il se gonfla d'orgueil quand le novillero, attiré à force de cris, finit par l'apercevoir et lui répondit en le saluant de son estoc.

« C'est mon beau-frère ! expliquait le sellier, pour se faire admirer de ses voisins. J'ai toujours pensé que ce garçon-là deviendrait quelqu'un dans l'art tauromachique. Ma femme et moi, nous avons beaucoup fait pour lui... »

Le retour fut triomphal. La foule se rua sur Juanillo, comme si, dans les démonstrations de son enthousiasme, elle voulait le dévorer. Heureusement que le beau-frère Antonio était là pour mettre de l'ordre, pour couvrir de son corps le jeune homme et pour l'amener jusqu'à la voiture de louage où il s'assit à côté de lui.

Lorsqu'ils arrivèrent au misérable logis du quartier de la Feria, la voiture était suivie d'une foule nombreuse qui, à la façon d'une manifestation populaire, poussait des vivats et faisait sortir les gens sur leurs portes. La nouvelle des succès remportés aux arènes par le *diestro* était arrivée avant lui, et les habitants accouraient pour le voir de près et pour lui serrer la main.

La señora Angustias et sa fille se tenaient sur le seuil de la maison. Le sellier enleva presque Juan dans ses bras pour le faire descendre de voiture, jaloux de le monopoliser, criant et gesticulant, au nom de la famille, pour empêcher que personne le touchât, comme si c'était un malade.

« Le voici, Encarnación ! dit-il en le poussant vers sa femme. Mieux que Roger de Flor [1] en personne ! »

1. Célèbre aventurier du Moyen Âge, originaire d'Allemagne, établi à Brindes, dans le royaume de Naples. Il conduisit de Messine à Constantinople une expédition de Catalans et d'Aragonais, obtint de l'empereur Andronic II les premières dignités de l'empire, alla guerroyer contre les Turcs sur lesquels il remporta de grandes victoires ; mais, rappelé traîtreusement à Andrinople par Michel Paléologue, fils aîné de l'empereur, il fut décapité dans un banquet avec cent trente chevaliers et capitaines.

Et Encarnación n'eut pas besoin d'en demander davantage : car elle savait que son mari, en vertu de lointaines et confuses lectures, considérait ce personnage historique comme le résumé de toutes les perfections humaines et ne se permettait d'associer son nom qu'à des événements prodigieux.

Des voisins, qui revenaient de la course, félicitèrent galamment la señora Angustias et lui dirent, en contemplant dévotement sa panse volumineuse :

« Bénie soit la mère qui a enfanté un garçon si brave ! »

Ses amies l'étourdirent de leurs embrassades :

« Quel bonheur !... Et combien ton fils va gagner d'argent !... »

Les yeux de la pauvre mère trahissaient l'ahurissement et le doute. Était-ce bien son Juanillo qui faisait ainsi courir les gens d'admiration ? Est-ce qu'ils étaient tous devenus fous ?... Mais soudain elle se précipita sur lui, comme si le passé avait cessé d'être, comme si ses ennuis et ses colères n'avaient été qu'un rêve, comme si elle reconnaissait enfin sa honteuse erreur ; et ses bras énormes et flasques s'enroulèrent au cou du jeune torero, dont une joue fut trempée de ses larmes :

« Mon enfant !... Juaniyo !... Si ton pauvre père te voyait !...

— Ne pleurez pas, mère. Aujourd'hui, c'est jour d'allégresse. Vous allez voir ! Si Dieu veut que j'aie de la chance, je vous logerai dans une belle maison, et vos amies vous regarderont passer en carrosse, et vous porterez un foulard de Manille qui fera écarquiller les yeux à bien des gens... »

Le sellier accueillit ces projets de grandeur par des signes d'approbation adressés à sa femme, laquelle n'était pas encore revenue de la surprise que lui causait le changement radical constaté dans les manières de son mari.

« Oui, si ce garçon veut s'en donner la peine, il réalisera tout ce qu'il annonce. Il est extraordinaire. Mieux que Roger de Flor en personne !... »

Ce soir-là, dans les cabarets des faubourgs et dans les cafés, on ne parla que de Gallardo :

« Le torero de l'avenir !... Aussi éclatant que les roses !... Un luron qui rabattra le plumet à tous les califes de Cordoue ! »

Et ces affirmations exprimaient le latent orgueil de Séville, perpétuelle rivale de Cordoue qui n'est pas moins féconde en bons toreros.

À partir de ce jour, l'existence de Gallardo changea du tout au tout. Les jeunes gens de bonne famille le saluaient, le faisaient asseoir avec eux sur la terrasse des cafés. Les bonnes filles, qui jusqu'alors l'avaient nourri et qui avaient pris soin de sa toilette, furent peu à peu écartées avec un aimable dédain. Le vieux protecteur lui-même s'éloigna prudemment, après avoir reçu de son protégé quelques rebuffades, et il reporta sa tendre amitié sur d'autres «petits», qui commençaient.

L'entreprise du cirque recherchait Gallardo, le cajolait comme s'il eût été déjà un homme célèbre. Quand on mettait son nom sur l'affiche, le succès était assuré : salle comble. Le menu peuple applaudissait avec enthousiasme «le gamin de la señora Angustias», prônait sa valeur. La renommée du nouveau matador se répandit bientôt dans toute l'Andalousie.

Dès lors le sellier, sans que personne eût requis ses services, se mêla de tout et se constitua le défenseur des intérêts de son beau-frère. Antonio qui, à l'en croire lui-même, était un homme de tête et fort expérimenté en affaires, voyait déjà le chemin tracé devant lui :

«Ton frère, disait-il à sa femme, le soir, sur l'oreiller du lit conjugal, a besoin d'être assisté d'un homme pratique qui administre ses finances. Crois-tu qu'il ne ferait pas bien de me prendre comme fondé de pouvoir ? Pour lui, ce serait une excellente chose. Mieux que Roger de Flor en personne... Et pour nous... »

Le sellier contemplait en imagination les gains énormes qu'allait faire Gallardo, et il songeait aussi aux cinq enfants que lui avait déjà donnés Encarnación, sans compter ceux qui ne manqueraient pas de venir encore : car c'était un époux d'une inlassable et prolifique fidélité. Qui sait si la fortune de l'oncle ne reviendrait pas un jour aux neveux ?...

Pendant un an et demi, Juan tua des *novillos* sur les meilleures «places» d'Espagne. Sa renommée s'était propagée jusqu'à Madrid, et les amateurs de la capitale furent curieux de connaître «ce gamin de Séville» dont les journaux parlaient si souvent et que préconisaient les connaisseurs andalous.

Gallardo, escorté par un groupe de fervents compatriotes qui résidaient à Madrid, se pavana sur le trottoir de la rue de Séville[1], près du Café anglais. Les filles de mœurs faciles souriaient de ses galants propos et avaient les yeux fascinés par la lourde chaîne d'or et par les gros diamants qu'il avait acquis avec ses premiers gains ou pris à crédit sur ses gains futurs. Un matador doit, par la parure de sa personne et par les invitations prodiguées à tout le monde, montrer qu'il a de l'argent plus qu'il ne lui en faut. Comme ils étaient loin, les jours où, en compagnie du pauvre Chiripa, il avait vagabondé sur ce même trottoir, craignant la police, contemplant les toreros avec des yeux émerveillés, et recueillant précieusement les bouts de leurs cigares !

À Madrid, la chance favorisa son travail. Il s'y fit des amis. Bientôt un groupe d'enthousiastes se forma autour de lui. On le proclama « le torero de l'avenir » et on s'indigna qu'il n'eût pas reçu encore l'alternative.

« Il va ramasser l'or à la pelle ! disait le beau-frère à Encarnación. Il va devenir archi-millionnaire, pourvu qu'il ne soit pas arrêté par quelque mauvais coup. »

La vie de la famille se modifia complètement. Gallardo, qui maintenant fréquentait la jeunesse dorée de Séville, ne permit plus que sa mère continuât d'habiter le taudis des années d'indigence. Si on l'avait écouté, les siens seraient allés se loger dans la plus belle rue de la ville. Mais la señora Angustias, par l'effet de cet amour que les personnes simples éprouvent en vieillissant pour les lieux où s'est écoulée leur jeunesse, voulut rester fidèle au quartier de la Feria.

Ils avaient loué un appartement bien meilleur. La mère ne travaillait plus, et les voisines lui faisaient la cour parce qu'elles trouvaient en elle une prêteuse obligeante, aux heures de dénuement. Juan, outre les lourds et voyants bijoux qui ornaient sa personne, possédait ce qui, pour les toreros, est le luxe suprême : un cheval alezan très vigoureux, avec une selle turque à hauts arçons et une grande mante garnie de

1. Cette rue, qui va de la *calle de Alcalá* à la *carrera de San Jerónimo*, est le rendez-vous habituel des toreros.

houppes multicolores. Enfourchant cette monture, il trottait par les rues sans autre but que de recevoir les compliments de ses amis, lesquels saluaient sa bonne grâce par des *olé* ! sonores. Pour le moment cela contentait son désir de popularité. D'autres fois, il se joignait à des fils de famille, et la brillante cavalcade s'en allait aux pâturages de Tablada, la veille d'une grande course, pour examiner le bétail que d'autres tueraient.

« Quand j'aurai reçu l'alternative... », répétait-il sans cesse, faisant dépendre de cet événement tous ses plans d'avenir.

Pour l'heure, il ruminait une série de projets dont la réalisation ne manquerait pas d'étonner sa mère, cette pauvre femme ébaubie du bien-être qui s'était brusquement introduit chez elle et dont elle jugeait l'accroissement impossible.

Vint enfin le jour de l'alternative, le jour où Gallardo fut reconnu matador en titre. Un maître célèbre lui céda l'épée et la muleta en plein redondel, dans le cirque de Séville, et la foule demeura muette d'enthousiasme en voyant comment, d'une seule estocade, il jetait bas le premier taureau « régulier[1] » qui se présentait devant lui. Le mois suivant, le diplôme de ce doctorat tauromachique fut contresigné sur la « place » de Madrid, où un autre maître non moins célèbre lui donna pour la seconde fois l'alternative, dans une course où l'on combattait des taureaux de Miura.

Il n'était plus novillero ; il était matador de cartel et figurait sur les affiches à côté de ces vieux espadas qu'il avait admirés comme d'inabordables divinités, lorsqu'il « capait » dans les villages. Il se rappelait avoir attendu l'un d'eux à une station, près de Cordoue, pour lui demander un petit secours, au moment où celui-ci passait dans le train avec sa quadrille ; et il avait pu manger, ce soir-là, grâce à la généreuse fraternité qui existe entre gens de coleta, fraternité en vertu de laquelle un matador au luxe princier allonge un douro et un cigare au voyou sordide qui en est à ses premières capées.

Les engagements commencèrent à pleuvoir sur le nouvel

1. *Formal*, c'est-à-dire remplissant toutes les conditions requises pour figurer dans les grandes courses. Voir au *Résumé tauromachique*, p. 249-250.

espada. Dans tous les cirques de la péninsule on était curieux de le voir. Les journaux spécialisés popularisaient son portrait et sa biographie, non sans enrichir celle-ci d'épisodes romanesques. Il ne tarderait pas à gagner énormément d'argent.

Le beau-frère accueillait ces succès par des mines revêches et par de sourdes protestations : « Ce garçon-là était un ingrat ! C'était l'histoire de tous ceux qui parvenaient trop vite. Antonio s'était donné tant de peine pour lui, s'était montré si inflexible dans ses pourparlers avec les directeurs, lors des courses de *novillos* ! » Or, depuis que Juan était « maître », ne s'était-il pas avisé de prendre comme fondé de pouvoir un monsieur qu'il connaissait à peine, un certain don José qui n'était pas de la famille et à qui il témoignait beaucoup d'estime, par la seule raison que c'était un vieil aficionado ?

« Il s'en repentira ! concluait le sellier. On n'a pas deux familles, on n'en a qu'une. Où rencontrerait-il une affection égale à celle des parents qui le connaissent depuis sa plus tendre enfance ? Tant pis pour lui ! Avec moi, il irait comme Roger… »

Et il s'interrompait, ravalait la seconde moitié du nom fameux, craignant les moqueries des banderilleros et des aficionados qui fréquentaient le logis du matador et qui avaient fini par remarquer cette adoration historique du sellier.

Gallardo, dans sa bonté de triomphateur, accorda une compensation à Antonio en le chargeant de surveiller les travaux de la maison qu'il faisait bâtir. Carte blanche pour la dépense. L'espada, stupéfait de la facilité avec laquelle l'argent lui venait entre les mains, n'était pas fâché que son beau-frère le volât un peu, et il se plaisait à le dédommager ainsi de ne pas l'avoir pris comme fondé de pouvoir.

Juan allait accomplir le plus cher de ses vœux en construisant une maison pour sa mère. La pauvre femme, qui avait passé sa vie à frotter les planchers des autres, aurait enfin son beau *patio* à elle, avec des dalles de marbre et des lambris de faïence, de belles pièces meublées comme chez les bourgeois, et des domestiques, beaucoup de domestiques qui la serviraient. Lui aussi, il se sentait attaché par une affection invétérée au quartier où s'était écoulée sa misérable adolescence. Il lui plaisait d'éblouir les gens qui avaient eu sa mère pour femme de ménage, de faire largesse d'une poignée de pesetas, les jours où ils n'avaient plus le sou, à ceux qui, jadis, apportaient chez son père leurs chaussures à réparer ou qui lui donnaient à lui-même une croûte de pain, quand il avait faim. Il acheta donc plusieurs vieilles maisons, notamment celle dont le porche avait abrité le savetier, les fit démolir et commença d'élever une luxueuse bâtisse qui aurait des murs blancs, des grilles de fenêtre peintes en vert, un vestibule revêtu de carreaux émaillés, une *cancela* de fer ouvragé à travers laquelle on apercevrait le *patio* et sa fontaine, des galeries à colonnes de marbre entre lesquelles pendraient des cages dorées pleines d'oiseaux chanteurs.

La satisfaction du beau-frère, lorsqu'il se vit pleine liberté pour l'achat des matériaux et pour la surveillance de l'œuvre, fut un peu diminuée par une fâcheuse nouvelle : Gallardo avait une fiancée. Le matador courait alors l'Espagne, voyageant d'une *plaza* à une autre, lançant des estocades et recevant des ovations ; mais, presque tous les jours, il écrivait à une certaine jouvencelle du quartier, et, pendant les brefs loisirs que lui laissait l'intervalle de deux courses, il quittait ses collègues et prenait le train pour venir à Séville « plumer la dinde [1] » avec elle.

« Voyez-vous ça ? grondait le sellier scandalisé, en s'adressant à sa femme et à sa belle-mère. Avoir une fiancée sans en souffler mot à la famille, comme si la famille n'était pas pour un chacun le seul endroit de ce monde où l'on puisse trouver une affection sincère ! Monsieur veut se marier. Apparemment il est fatigué de nous. Quel dévergondage !... »

Encarnación approuvait les récriminations de son mari par d'énergiques renfrognements de son beau et farouche visage, contente de pouvoir dire ce qu'elle pensait au sujet de ce frère dont la chance lui inspirait une secrète envie. « Oui, Juan avait toujours été un pas grand-chose ! Qui se ressemble s'assemble... »

Mais la mère protestait :

« Quant à ça, non ! Je la connais, moi, cette jeune fille, et sa brave femme de mère a été ma compagne à la Fabrique... Propre comme l'or, bien élevée, honnête, ayant bonne façon.

1. *Pelar la pava* se dit par plaisanterie de l'habitude qu'ont les fiancés andalous de s'entretenir pendant la nuit à une fenêtre. C'est à peu près l'équivalent de notre vieille expression française, « le jeu de la petite oie ».

J'ai déjà dit à Juan que, pour ce qui est de moi… Et le plus tôt sera le mieux ! »

Cette fille était orpheline et habitait chez des oncles qui possédaient un petit magasin de comestibles dans le quartier. Son père, ancien marchand de spiritueux, lui avait laissé deux maisons dans le faubourg de la Macarena.

« C'est peu, disait la señora Angustias. Mais, en somme, la petite ne vient pas toute nue : elle fournit son apport… Et pour la couture ? Jésus ! il faut voir ces menottes qui valent de l'or. Comme elle brode le linge ! Comme elle prépare son trousseau !… »

Juan se souvenait vaguement d'avoir joué avec elle dans son enfance, près du porche où travaillait le savetier, tandis que les deux mères bavardaient. Vive, sèche et brune comme un lézard de muraille, elle avait des yeux de bohémienne où la prunelle et l'iris, d'une même teinte, étaient plus noirs qu'une goutte d'encre, avec la cornée d'un blanc bleuâtre et le larmier d'un rose pâle. En courant, aussi agile qu'un garçon, elle montrait des jambes fines comme des roseaux, et ses cheveux s'ébouriffaient sur sa tête en mèches rebelles et tortillées, pareilles à des serpents noirs. Ensuite Juan l'avait perdue de vue, et, au temps où il était novillero et commençait à se faire un nom, il avait été plusieurs années sans la rencontrer.

Ils se retrouvèrent un jour de Fête-Dieu. C'est une des rares solennités où les femmes, retenues ordinairement chez elles par une paresse orientale, sortent dans la rue comme des Mauresques en liberté, avec une mantille de blonde et des œillets piqués sur la poitrine. Gallardo vit une jeune fille assez grande, élancée et robuste à la fois, la taille bien prise entre les courbes amples et fermes de hanches qui dénotaient toute la vigueur de la chair printanière. La face, d'une pâleur de riz, se colora à l'aspect du *diestro*, et les yeux lumineux se dissimulèrent sous les longs cils.

« Cette *gachi*-là me connaît, pensa Gallardo avec fatuité. Sûrement elle m'a vu au cirque. »

Il suivit la jeune fille, qui était chaperonnée par sa tante, et, lorsqu'il eut appris que c'était Carmen, la compagne de son enfance, il fut agréablement étonné par l'extraordinaire métamorphose du lézard brun de jadis.

Ils s'amourachèrent l'un de l'autre, se fiancèrent ; et tout le voisinage parla de leurs amours, que l'on considérait comme flatteuses pour le quartier.

« Je suis comme ça, disait Gallardo à ses admirateurs, en prenant un air de bon prince. Je ne veux pas imiter les toreros qui, en se mariant avec des demoiselles, n'épousent que des chapeaux, des plumes et des falbalas. Moi, je préfère celles de ma classe : joli foulard, belle tournure, gentil corps. *Olé* ! »

Les amis, enthousiasmés, faisaient l'apologie de la fille :

« Une prestance de reine, certains reliefs à rendre les gens fous. Et quelle chute de reins !... »

Mais alors le torero fronçait les sourcils : « Assez de plaisanteries, n'est-ce pas ? Moins on parlerait de Carmen et mieux cela vaudrait. »

La nuit, tandis qu'il causait avec elle par la grille d'une fenêtre et contemplait cette face de Mauresque encadrée par des pots de fleurs, le garçon d'un cabaret voisin se présentait devant eux avec deux verres de *manzanilla* posés sur un plateau. C'était l'envoyé qui venait « percevoir le loyer[1] » selon l'usage traditionnel qui permet de faire cette galanterie aux fiancés, quand ils se parlent à la grille. Le torero buvait un verre, offrait l'autre à Carmen ; puis il ordonnait au garçon :

« Dis à ces messieurs que je les remercie bien et que je viendrai tout à l'heure. Dis aussi au patron qu'il ne reçoive pas d'argent et que Juan Gallardo paiera tout. »

Et, dès qu'il avait fini de jaser avec sa belle, il entrait au cabaret, où l'attendaient ceux qui lui avaient fait la galanterie, tantôt des gens de connaissance, tantôt des inconnus qui désiraient boire un verre avec l'espada.

Au retour de la première tournée qu'il fit comme matador de cartel, il passa les nuits d'hiver à la fenêtre de Carmen, enveloppé dans sa cape à petit collet, gracieuse et pompeuse, en drap verdâtre, avec des chamarrures et des arabesques brodées de soie noire.

« On me dit que tu bois beaucoup, soupirait Carmen, la face collée contre les barreaux.

— Allons donc !... Des politesses que me font les amis et

1. *Cobrar el piso.*

qu'il faut bien leur rendre… Et puis, vois-tu, un torero est un torero, et il ne peut pas vivre comme un frère de la Merci.

— On me dit que tu vas avec de mauvaises femmes.

— Mensonges ! C'était autrefois, quand je ne te connaissais pas… Ah ! les gredins ! je voudrais bien savoir quelles sont les carognes qui te soufflent de semblables choses !

— Et quand nous marions-nous ? continuait-elle, coupant court par cette demande à l'indignation de son fiancé.

— Quand ma maison sera terminée, et plût à Dieu que ce fût demain ! Mon polichinelle de beau-frère n'en finit pas. Le fripon y trouve son profit et s'endort volontiers sur la besogne.

— Lorsque nous serons mariés, je mettrai ordre à cela. Tu verras que tout ira bien. Tu verras comme ta mère m'aime… »

Et ces dialogues se prolongeaient, en attendant le mariage dont parlait tout Séville. L'oncle et la tante de Carmen s'entretenaient de l'affaire avec la señora Angustias, toutes les fois qu'ils la rencontraient ; et néanmoins c'était à peine si le torero mettait les pieds au logis de sa fiancée, comme si une terrible prohibition lui en eût interdit la porte. Les deux amoureux préféraient se voir à la fenêtre, conformément à l'usage.

L'hiver s'écoula. Gallardo montait à cheval et allait chasser dans les propriétés de quelques richards, qui le tutoyaient d'un air protecteur. Il lui fallait conserver son agilité corporelle par un exercice incessant, pour l'époque où recommencerait la saison des courses. Il avait peur de perdre ses « moyens », c'est-à-dire sa force et sa légèreté.

Celui qui faisait la plus infatigable propagande pour la gloire de Gallardo, c'était don José, le monsieur qui lui servait de fondé de pouvoir et qui l'appelait « son matador ». Don José intervenait dans tous les actes de Gallardo et s'attribuait sur lui des droits supérieurs à ceux de la famille elle-même. C'était un particulier qui vivait de ses rentes, sans autre occupation que de causer taureaux et toreros. Pour lui, les courses étaient la seule chose intéressante qu'il y eût au monde et il divisait les peuples en deux catégories : d'une part, les nations privilégiées qui possèdent des arènes tauromachiques ; d'autre part, celles, trop nombreuses, où il n'y a ni soleil, ni gaieté, ni bon *manzanilla*, et qui sont d'autant plus à plaindre qu'elles se font l'illusion d'être fortunées et puissantes, quoiqu'il ne leur soit pas même donné de voir une mauvaise course de *novillos*.

Il apportait à sa passion l'énergie d'un guerrier et la foi d'un inquisiteur. Bedonnant mais encore jeune, chauve avec une barbe blonde, ce père de famille, jovial et aimant à rire dans la vie ordinaire, était féroce et irréductible sur les gradins du cirque, lorsque ses voisins exprimaient des opinions différentes de la sienne. Il se sentait capable de se battre avec toute l'assistance pour défendre un torero ami, et il troublait les applaudissements du public par des protestations imprévues, quand ces applaudissements s'adressaient à un torero qui n'avait pas eu la chance de gagner son affection.

Il avait été officier de cavalerie, par goût des chevaux plutôt que par goût de la guerre. Son embonpoint et sa passion pour les taureaux lui avaient fait quitter le service ; et maintenant il passait l'été à voir des courses, l'hiver à en parler.

Être le guide, le mentor, le fondé de pouvoir d'un espada !... Lorsque cette ambition lui vint, tous les « maîtres » avaient déjà le leur, et l'apparition de Gallardo fut pour lui une bonne fortune. Au moindre doute exprimé sur les mérites de « son matador », il s'empourprait de colère. et la discussion tauromachique prenait tout de suite la forme d'un démêlé personnel. Il comptait comme une action d'éclat le fait d'avoir assailli à coups de canne, dans un café, deux aficionados ignares qui reprochaient au nouvel espada d'être trop hardi.

Le papier imprimé lui semblait insuffisant pour proclamer la gloire de Gallardo, et, les matins d'hiver, il allait se poster sur le coin d'un trottoir chauffé par un rayon de soleil, à l'entrée de la rue des Serpents, lieu où passaient souvent quelques-uns de ses amis.

« Parfaitement ! Il n'y a qu'un homme ! disait-il à haute voix, comme s'il se parlait à lui-même, en feignant de ne pas voir les personnes qui s'approchaient. Le premier homme du monde ! Et, si quelqu'un prétend le contraire, il n'a qu'à me le dire... Oui, l'unique !

— Qui est-ce ? demandaient les amis, gouailleurs, en faisant semblant de ne pas comprendre.

— Qui c'est ?... Juan, naturellement !

— Quel Juan ? »

Ici, geste de surprise et d'indignation :

« Quel Juan ?... Est-ce qu'il y a plusieurs Juan, par hasard ?... Il s'agit de Juan Gallardo !

— Ma parole ! on dirait que c'est toi qui vas l'épouser !... »

Un instant après, voyant arriver d'autres amis, il oubliait ces mauvais plaisants et se mettait à redire :

« Parfaitement ! Il n'y a qu'un homme ! Le premier homme du monde ! Et si quelqu'un prétend le contraire, il n'a qu'à ouvrir le bec : je suis là pour lui répondre ! »

Le mariage de Gallardo ne fut pas une médiocre fête. À cette occasion, on inaugura la maison neuve, dont le sellier était si fier qu'il en montrait le *patio*, les colonnes, les revêtements de faïence, comme si tout cela eût été l'œuvre de ses mains.

La bénédiction nuptiale fut donnée à San Gil, devant la Vierge de l'Espérance, dite Vierge de la Macarena. À la sortie de l'église, le soleil fit resplendir les fleurs exotiques et les oiseaux peinturlurés des centaines de châles à dessins chinois dans lesquels étaient drapées les amies de l'épousée. Un député avait été « parrain du mariage ». Parmi les feutres blancs et noirs des confrères invités, on remarquait les luisants chapeaux à haute forme du fondé de pouvoir et d'autres personnages admirateurs de Gallardo. Ils souriaient tous, flattés de la caresse de popularité qui les frôlait, tandis qu'ils marchaient à côté de l'espada.

À la porte de la maison, il y eut distribution d'aumônes pendant toute la journée. Des pauvres étaient même venus des villages voisins, attirés par le bruit de ce fameux mariage.

On fit grande ripaille dans le *patio*. Des photographes prirent des « instantanés » pour les journaux de Madrid : car la noce de Gallardo était un événement national. Jusqu'à une heure avancée de la nuit, les guitares jouèrent sur un ton plaintif, accompagnées par des battements de mains et par le cliquetis des castagnettes. Les filles, bras en l'air, frappaient de leurs petits pieds les dalles de marbre, tandis qu'autour de leur joli corps les jupes et les châles tournoyaient au rythme des *sevillanas*[1]. On débouchait par douzaines les bouteilles des généreux vins andalous ; on se passait de main en main les verres du chaud *jerez*, du capiteux *montilla*[2], du pâle et parfumé *manzanilla* de Sanlucar.

Tout le monde était ivre, mais d'une ivresse douce, tranquille et mélancolique, qui ne se manifestait que par le soupir et par le chant. Quelquefois, plusieurs personnes se mettaient à entonner en même temps des chansons tristes, qui ne parlaient que de bagnes, de meurtres, et aussi de la « pauvre mère », cette éternelle muse du chant populaire en Andalousie.

Les derniers invités se retirèrent à minuit, et les jeunes époux demeurèrent seuls dans leur maison avec la señora Angustias. Le sellier, en partant avec sa femme, eut un geste de désespoir. Ivre, il était au surplus furieux, parce que personne n'avait pris garde à lui, ce jour-là. « Il était quelqu'un, pourtant ! N'appartenait-il pas à la famille ? »

« Ils nous chassent, Encarnación ! Cette sainte nitouche, avec sa face de Vierge de l'Espérance, va être maîtresse de tout, et il ne restera pas ça pour nous autres ! Tu vas voir la maison s'emplir de marmots !... »

Et le prolifique mari s'indignait à l'idée de la postérité qu'allait avoir l'espada, de cette postérité qui ne viendrait au monde que pour nuire à la sienne propre.

Mais une année se passa sans que les prédictions du señor Antonio parussent en voie de s'accomplir. Gallardo et Carmen se montraient dans toutes les fêtes avec la faste et l'élégance d'un jeune couple riche et admiré : elle, avec des châles qui arrachaient des cris d'admiration aux femmes pauvres ; lui, étalant ses diamants et toujours prêt à tirer son porte-monnaie, soit pour payer quelque chose aux amis, soit pour faire l'aumône aux mendiants qui accouraient par bandes. Les gitanas, cuivrées et bavardes comme des sorcières, assiégeaient Carmen de leurs prophéties heureuses : « Que Dieu la bénît ! Elle allait avoir un poupon, un *churumbel*[3] plus beau

1. Airs de danse propres à Séville.

2. *Montilla*, petite ville de la province de Cordoue ; cru de vins renommés, analogues à ceux de Jerez.

3. « Enfant. » Mot emprunté à la langue des gitanos.

que le soleil. Cela se connaissait au blanc de ses yeux. Déjà elle était quasi à moitié chemin… »

Mais Carmen, baissant les paupières, rougissait en vain de plaisir et de pudeur ; en vain l'espada se redressait, fier de ses œuvres. L'enfant attendu n'arrivait pas.

Une seconde année se passa encore sans que le ménage vît ses espérances réalisées. La señora Angustias s'attristait, lorsqu'on lui parlait de ces déceptions. Sans doute elle avait d'autres petits-fils, les enfants d'Encarnación, lesquels, sur la recommandation expresse du sellier, demeuraient toute la journée chez leur grand-mère et s'efforçaient de plaire en tout à monsieur leur oncle. Mais, désireuse de réparer ses duretés d'autrefois par l'ardeur de la tendresse qu'elle vouait aujourd'hui à Juan, elle aurait voulu un petit-fils de lui, pour l'élever à sa mode et pour reporter sur ce chérubin tout l'amour qu'elle n'avait pas accordé à la malheureuse jeunesse du père.

« Je sais ce que c'est ! disait tristement la vieille. Carmen a trop d'inquiétudes. Il faut la voir, cette pauvre créature, pendant que Juan est à courir par le monde !… »

L'hiver, dans la morte saison, quand le torero demeurait chez lui ou se rendait à la campagne pour des « essais [1] » de bouvillons et pour des parties de chasse, tout allait bien. Alors Carmen était heureuse : car elle savait que son mari ne courait aucun risque. Aussi riait-elle à tout propos et son visage s'animait-il des couleurs de la santé. Mais, dès que revenait le printemps et que Juan repartait pour « taurer » dans les *plazas* d'Espagne, la pauvre femme, pâle et souffrante, était prise d'une invincible langueur, et, à la moindre allusion, ses yeux s'agrandissaient d'effroi, s'emplissaient de larmes.

« Il a soixante-douze courses cette année ! disaient les familiers de la maison, parlant des engagements de Juan. Personne n'est aussi recherché que lui. »

Et Carmen souriait avec une mine désolée. Soixante-douze après-midi d'angoisse où elle serait comme un condamné en

1. *Tientas*. Ces essais décrits plus loin, ont pour objet de faire la sélection des bêtes les plus braves et les plus féroces. Les autres sont vouées à la boucherie ou à la mutilation.

chapelle désirant et redoutant à la fois l'arrivée du télégramme ! Soixante-douze journées de terreur, de dévotions affolées par la crainte superstitieuse qu'un mot omis dans une prière pût influer sur le sort de l'absent ! Soixante-douze journées de cruel étonnement à vivre dans une maison paisible, à voir autour de soi les visages accoutumés, à sentir l'existence suivre son cours habituel, doux et calme comme s'il ne se passait rien d'extraordinaire dans le monde, à entendre les neveux de son mari jouer dans le *patio* et le marchand de fleurs chanter dans la rue sa marchandise, tandis que, là-bas, là-bas, dans des villes inconnues, son cher Juan, sous des milliers d'yeux, luttait contre des bêtes féroces et voyait la mort effleurer sa poitrine à chaque mouvement du chiffon rouge qu'il tenait au poing !

Ah ! ces jours de course, jours de fête où le ciel paraissait plus beau, où la rue, déserte en semaine, résonnait sous les pas des promeneurs du dimanche, où, dans le cabaret d'à côté, les guitares bourdonnaient, accompagnées de chansons et de battements de mains ! Carmen, elle, pauvrement vêtue, la mantille abaissée sur les yeux, sortait de chez elle pour fuir ses mauvais rêves et allait se réfugier dans les églises. Sa foi simple, que l'inquiétude peuplait de vagues superstitions, la faisait errer d'autel en autel, selon que, dans sa confiance inquiète, elle attribuait momentanément plus ou moins de miraculeuse efficacité à telle ou telle image sainte.

Certains jours, elle entrait à San Gil, l'église populaire qui avait vu le meilleur moment de son existence ; et elle s'agenouillait devant la Vierge de la Macarena, contemplait longuement la face brune de la statue aux yeux noirs et aux longs cils, de cette statue à laquelle, disait-on, elle-même ressemblait. Elle se fiait à cette Vierge : ce n'était pas pour rien qu'on l'appelait Notre-Dame de l'Espérance, et sûrement, à cette heure, la Macarena protégeait Juan par sa divine intercession.

Mais bientôt l'incertitude et la crainte se faisaient jour à travers cette croyance et la déchiraient. La Vierge n'était qu'une femme, et les femmes peuvent si peu de chose ! Leur destin est de souffrir et de pleurer, comme elle-même pleurait pour son mari, comme celle-là pleurait pour son fils. Il fallait se recommander à des puissances plus fermes, il fallait implorer le secours d'une protection plus vigoureuse. Et alors, avec l'égoïsme de la douleur, elle abandonnait sans scrupule la Macarena, comme on néglige une amitié inutile. La fois suivante, elle s'en allait à l'église de San Lorenzo, pour y trouver Notre-Seigneur Jésus du Grand Pouvoir, l'homme-Dieu couronné d'épines, portant sa croix sur ses épaules, tout en sueur et tout en larmes, œuvre que Montañés[1] a su rendre effrayante.

La dramatique tristesse du Nazaréen trébuchant contre les pierres et accablé sous le poids de la croix semblait consoler la pauvre femme. Ce titre vague et magnifique la tranquillisait. Si le Dieu vêtu de velours violet et de broderies d'or daignait écouter ses soupirs, ses oraisons dites à la hâte, avec une vertigineuse rapidité, de telle sorte que le plus grand nombre possible de paroles fût prononcé dans le moins de temps possible, elle était sûre que Juan sortirait sain et sauf de l'arène où il «taurait» en ce moment-là. D'autres fois aussi, elle donnait de l'argent à un sacristain qui lui allumait des cierges, et elle passait des heures à contempler le reflet des petites flammes rouges qui miroitaient; sur la statue, croyant voir sur cette face vernie, dans ces alternances d'ombres et de lumière, des sourires de consolation, des signes de bienveillance qui lui présageaient du bonheur.

Le Seigneur du Grand Pouvoir ne la trompait pas. Lorsqu'elle rentrait à la maison, elle y trouvait le petit papier bleu, qu'elle ouvrait d'une main tremblante: — «Rien de nouveau.» — Et enfin elle pouvait respirer, elle pouvait dormir, comme le condamné délivré pour quelque temps de la crainte d'une mort immédiate. Mais, deux ou trois jours plus tard, il lui fallait recommencer à subir le supplice de l'incertitude, la torture de l'inconnu.

Quelquefois, poussée par la solidarité de la douleur, elle allait voir les femmes des toreros qui appartenaient à la quadrille de Juan, comme si ces femmes pouvaient lui donner des nouvelles.

La femme du Nacional, qui tenait un cabaret dans le faubourg, accueillait l'épouse du matador avec tranquillité et

1. Martinez Montañés, mort en 1649, célèbre sculpteur de statues polychromes dont un grand nombre sont dans les églises de Séville.

s'étonnait de ces craintes : « Pour ce qui la concernait personnellement, elle était habituée à cette existence-là. Son mari devait aller bien, puisqu'il n'envoyait pas de nouvelles. Les télégrammes coûtaient cher, et un banderillero ne gagne pas gros. Puisque les marchands de journaux ne criaient pas d'accident, on devait en conclure que rien de fâcheux n'était arrivé. » Et elle continuait à s'occuper de son débit, comme si l'inquiétude ne pouvait s'infiltrer dans sa sensibilité imperméable.

D'autres fois, passant le pont, Carmen allait au faubourg de Triana, chez la femme de Potaje, le picador. C'était une espèce de gitana qui vivait dans une masure semblable à un poulailler, au milieu de marmots sales et cuivrés qu'elle terrorisait par ses cris de stentor. La visite de l'épouse du chef l'emplissait d'orgueil ; mais les alarmes de Carmen la faisaient presque rire. « Il ne fallait pas avoir peur. Les toreros à pied se tiraient toujours d'affaire, et le señor Juan Gallardo avait beaucoup de bonheur dans les attaques. En somme, les taureaux ne tuaient pas souvent l'espada. Ce qu'il y avait de terrible, c'étaient les chutes de cheval. On ne savait que trop comment finissaient tous les picadors, après une vie d'effroyables culbutes : celui qui ne mourait pas sur place d'un accident imprévu et foudroyant, terminait ses jours dans la folie. Ainsi mourrait le pauvre Potaje ; et il aurait enduré tout ça pour une poignée de douros, tandis que d'autres… »

Cette dernière phrase, elle ne la prononçait pas ; mais ses yeux exprimaient une protestation intérieure contre les injustices du sort et contre ces beaux garçons qui, dès qu'ils empoignaient une épée, accaparaient les bravos, la popularité et l'argent, sans courir plus de risques que n'en couraient leurs humbles auxiliaires.

Peu à peu Carmen s'accoutuma à sa situation. Les cruelles attentes des jours de courses, les visites à la Vierge et aux saints, les scrupules superstitieux, elle accepta tout cela comme autant de choses qui faisaient nécessairement partie de son existence. D'ailleurs, la chance persistante de son mari et les continuelles conversations qui se tenaient à la maison sur les péripéties des combats, la familiarisaient avec le péril. À la longue, le taureau sauvage devint pour elle un animal bonasse et noble, venu au monde tout exprès pour donner richesse et gloire à ceux dont le métier était de l'occire.

Jamais elle n'assistait à une course de taureaux. Depuis l'après-midi où elle avait vu son futur mari débuter dans la *novillada*, elle n'était pas retournée au cirque. Elle sentait qu'elle n'aurait pas le courage de regarder ce spectacle, même si Gallardo n'y jouait aucun rôle. Elle s'évanouirait de terreur à voir d'autres hommes affronter le péril, vêtus du même costume que son Juan.

Après trois ans de mariage, l'espada fut blessé à Valence. Carmen n'en fut pas informée tout de suite. Le télégramme arriva à son heure, portant l'habituel « Rien de nouveau » ; et cela se fit par une délicate attention de don José, le fondé de pouvoir, qui alla tous les jours chez Carmen, qui recourut à d'habiles tours de passe-passe pour lui épargner le chagrin de lire les récits des journaux, et qui réussit à empêcher, pendant une semaine entière, qu'elle apprît la fâcheuse aventure.

Lorsque Carmen, par l'indiscrétion de quelques voisines, sut ce qui était arrivé, elle voulut aussitôt prendre le train et courir près de son mari : car elle s'imaginait qu'il était abandonné de tout le monde et qu'il manquait de soins. Mais cela ne fut pas nécessaire. Au moment où elle allait partir, le matador arriva, pâle en raison du sang qu'il avait perdu, condamné à tenir longtemps une jambe immobile, mais affectant d'être allègre et gaillard, parce qu'il voulait tranquilliser sa famille. Dès lors la maison fut comme un sanctuaire, et des centaines de personnes traversèrent avec recueillement le *patio* pour venir saluer « le premier homme du monde ». Celui-ci, assis dans un fauteuil de jonc, la jambe allongée sur un tabouret, fumait paisiblement, comme si sa chair n'avait pas été labourée par une atroce blessure.

Le docteur Ruiz, qui l'avait ramené à Séville, déclara qu'il serait guéri dans un mois. La vigueur de cet organisme l'étonnait. Pour lui, en dépit de sa longue pratique de chirurgien, la facilité avec laquelle se guérissaient les toreros demeurait un mystère. La corne souillée de sang et d'excréments, souvent déchiquetée à l'extrémité en menues échardes, brisait les chairs, les lacérait, les perforait, de telle sorte que c'était tout à la fois une blessure pénétrante, une contusion, un arrachement. Et néanmoins ces plaies horribles se guérissaient plus vite que les blessures ordinaires.

« Comment cela se fait-il ? disait le vieux chirurgien, d'un air perplexe. Je ne sais pas. C'est un prodige. Ou ces gaillards-là ont des muscles de chien, ou la corne, avec toutes ses immondices, garde une vertu curative que nous ignorons... »

Quelque temps après, Gallardo recommença de combattre, et, contrairement à ce qu'avaient prédit ses ennemis, son accident ne refroidit en rien ses ardeurs de matador.

Au bout de quatre ans de mariage, l'espada fit une grande surprise à sa femme et à sa mère. Ils allaient devenir propriétaires, mais propriétaires en grand, ayant à eux des terres dont on ne voyait pas le bout, avec des olivaies, des moulins, de nombreux troupeaux : — un domaine aussi beau que celui des plus riches messieurs de Séville. Gallardo était comme tous les toreros, qui ne rêvent que d'être propriétaires terriens, d'avoir des chevaux et des centaines de bœufs. La richesse urbaine, les valeurs de bourse ne les tentent guère, et ils n'y entendent rien ; mais le taureau les fait penser aux verts pâturages, le cheval leur rappelle la campagne. La nécessité continuelle du mouvement et de l'exercice, la chasse et la marche, pendant les mois d'hiver, les poussent à désirer la possession du sol. Pour Gallardo, on n'était riche qu'à la condition d'avoir une métairie et beaucoup de bétail. De ses années de misère, où il cheminait à pied sur les routes, parmi les cultures et les fermes, il gardait la fervente envie de posséder des lieues et des lieues d'un terrain qui lui appartiendrait et qui serait enclos de piquets reliés par des ronces artificielles, afin d'en interdire l'accès au reste des hommes.

Son fondé de pouvoir connaissait ce désir. C'était lui qui se démenait pour les intérêts de Gallardo, qui touchait l'argent dû pour les entrepreneurs de courses, qui en dressait des comptes qu'il essayait vainement d'expliquer à son matador.

« Je n'entends rien à ces chansons-là ! déclarait Gallardo, fier de son ignorance. Je ne sais que tuer des *bichos*. Faites ce qu'il vous plaira, don José. J'ai confiance en vous ; je suis sûr que vous ferez pour le mieux. »

Et don José, qui ne s'occupait guère de ses propres biens et qui en abandonnait l'administration aux soins peu expérimentés de sa femme, s'inquiétait jour et nuit de la fortune de son matador et plaçait les fonds de celui-ci avec une âpreté d'usurier, pour en tirer le plus gros revenu possible. Un jour, il aborda gaiement son protégé.

« J'ai trouvé ce que tu souhaitais. Un domaine grand comme le monde, et à très bon marché. Une occasion superbe ! La semaine prochaine, nous signerons le contrat. »

Gallardo voulut savoir le nom et la situation du domaine.

« C'est la Rinconada, où tu as "tauré" dans ta jeunesse. »

Tous les vœux du matador étaient comblés.

Lorsque Juan Gallardo, en compagnie de sa femme et de sa mère, vint prendre possession du domaine, il leur montra le pailler où il avait couché avec ses compagnons de misère, la pièce où il avait mangé à la table du fermier, la petite arène où il avait estoqué un bouvillon, gagnant ainsi pour la première fois le droit de voyager en chemin de fer sans être réduit à se cacher sous les banquettes.

IV

En hiver, lorsque Gallardo n'était pas à sa ferme de la Rinconada, un cercle d'amis se réunissait chez lui, après le repas du soir, dans la salle à manger.

Les premiers à venir étaient toujours le sellier et sa femme lesquels, au surplus, avaient à demeure deux de leurs enfants dans la maison du matador. Carmen, comme si le silence de cette vaste maison lui pesait et qu'elle tâchât d'oublier ainsi sa stérilité, gardait volontiers près d'elle les derniers-nés d'Encarnación. Ces bambins, tant par tendresse naturelle que sur l'expresse recommandation de leurs parents, ne cessaient de câliner la belle tante et le généreux oncle, de les embrasser, de ronronner sur leurs genoux comme de petits chats.

Encarnación, aussi lourde maintenant que sa mère, avec un ventre déformé par les continuelles grossesses, avec des lèvres où l'âge commençait à mettre des moustaches, souriait servilement à sa belle-sœur, tout en geignant du mal que lui donnaient ses mioches. Mais, avant même que Carmen pût répondre un mot, le sellier intervenait :

« Ne les gronde pas, ma femme ! Ils aiment tant leur oncle et leur tante ! La petite surtout : elle ne peut pas vivre sans sa *tiita*[1] Carmen... »

Et les deux bambins habitaient là comme sous leur propre toit, devinant, dans leur malice enfantine, ce que le père et la mère attendaient d'eux, exagérant les cajoleries et les mignardises pour ces parents riches dont ils entendaient tout le monde parler avec respect. Dès que l'on avait fini de souper, ils baisaient la main de la señora Angustias et de leurs parents, se jetaient au cou de Gallardo et de sa femme, et quittaient la salle à manger pour aller au lit.

La grand-mère occupait un fauteuil au haut bout de la table. Quand l'espada avait des invités, — et c'étaient presque toujours des gens d'une certaine situation sociale, — la bonne maman ne voulait pas s'asseoir à la place d'honneur. Mais Gallardo protestait :

« Allons, petite mère ! La présidence vous appartient de droit. Asseyez-vous ici, ou nous ne nous mettons pas à table. »

Et il lui offrait le bras, la conduisait à son fauteuil, lui prodiguait les plus affectueuses caresses, comme s'il voulait la dédommager ainsi du tourment qu'il lui avait causé au temps de sa jeunesse.

Lorsque le Nacional, dans la soirée, venait passer une heure chez le « maître », un peu avec le sentiment d'accomplir un devoir de subordonné, le cercle s'animait. Gallardo, vêtu d'une riche *zamarra*[2], comme un propriétaire campagnard, la tête nue et la coleta plaquée jusque sur le front, accueillait son banderillero avec une amabilité gouailleuse. « Que disaient les aficionados ? Quels mensonges faisait-on circuler ? Comment marchait l'affaire de la République ? »

« Garabato, donne donc à Sebastián un verre de vin. »

Mais le Nacional repoussait cette politesse : « Pas de vin : il n'en buvait jamais. C'était la faute du vin, si la classe ouvrière était déplorablement arriérée... »

1. « Petite tante. »

2. Espèce de jaquette sans manches, faite en peaux de mouton ou de chèvre garnies de leur poil, que portent en hiver les gens de la campagne.

Sur ce, tout le monde éclatait de rire, comme si le banderillero avait dit un mot très plaisant auquel chacun s'attendait. Et Sebastián commençait à débiter ses rengaines.

Le seul qui demeurât silencieux, les yeux hostiles, c'était le sellier. Il haïssait le Nacional, en qui il voyait un ennemi. Sebastián, lui aussi, en honnête et fidèle époux, était prolifique, et un essaim de moutards bourdonnait dans le cabaret autour des jupons de la mère. Les deux plus jeunes avaient eu pour parrain et pour marraine Gallardo et Carmen, de sorte que l'espada et le banderillero étaient alliés par le compérage.

« Cet hypocrite ! Il amenait tous les dimanches chez le matador les deux filleuls habillés de leurs meilleures nippes, pour baiser la main de leur parrain et de leur marraine ! » Et le sellier pâlissait d'indignation, chaque fois que les enfants du Nacional recevaient un cadeau. « Ils venaient voler ses enfants à lui ! Ce fripon-là était capable de s'imaginer qu'une partie de la fortune de Gallardo reviendrait aux filleuls ! Ah ! le voleur ! Un homme qui n'était pas de la famille !... »

Quand le sellier n'accueillait pas les discours du Nacional par un silence maussade et par des regards de haine, il essayait de le mortifier en déclarant qu'à son avis ce que l'on devrait faire, et tout de suite, ce serait de fusiller quiconque répandait parmi le peuple des idées fausses et subversives : car c'était un danger pour les honnêtes gens.

Le Nacional avait dix ans de plus que son chef. À l'époque où Juan commençait à combattre dans les « capées », Sebastián était déjà banderillero dans des « quadrilles de cartel ». Puis il avait fait une tournée en Amérique, avait tué des taureaux à Lima. Au commencement de sa carrière, il avait joui d'une certaine popularité, parce qu'il était jeune et agile. Lui aussi, pendant quelques mois, il avait été « le torero de l'avenir » ; et les amateurs de Séville, les yeux fixés sur lui, espéraient qu'il éclipserait les matadors des autres provinces. Mais cela dura peu. Lorsqu'il revint d'Amérique, d'où il rapportait le prestige de lointains et nébuleux exploits, la foule se précipita au cirque de Séville pour voir comment il tuait. Malheureusement, dans cette épreuve décisive, « le cœur lui faillit », comme disent les aficionados. Il planta les banderilles avec assurance, en travailleur sérieux qui accomplit consciencieusement sa besogne ; mais, quand il s'agit de tuer, l'instinct de la conservation, plus fort que la volonté, le retint à distance de la bête, et il ne profita pas des avantages que lui donnaient sa haute stature et la vigueur de son bras.

Le Nacional renonça donc aux plus hautes gloires de la tauromachie. Il serait banderillero, pas davantage. Il se résignerait à n'être qu'un prolétaire de son art, à demeurer sous la dépendance de « maîtres » plus jeunes, à gagner seulement un maigre salaire de péon, qui lui permettrait de faire vivre sa famille et d'amasser les quelques économies nécessaires pour entreprendre un petit commerce. Son honnêteté et ses bonnes mœurs étaient proverbiales dans le monde de la coleta. La femme de son chef l'aimait beaucoup et voyait en lui une espèce d'ange gardien qui veillait sur la fidélité du matador. En été, lorsque Gallardo, après avoir dépêché plusieurs taureaux, entrait avec tous ses hommes dans le café chantant d'une ville de province, impatient de s'amuser et de faire la débauche, le Nacional restait muet et grave au milieu des chanteuses en robe de gaze, aux lèvres et aux yeux maquillés, tel un Père du désert au milieu des courtisanes d'Alexandrie. Ce n'était pas qu'il se scandalisât ; mais il pensait à sa femme et à ses marmots qui l'attendaient là-bas, à Séville. Pour lui, tontes les imperfections et tous les vices du monde résultaient du défaut d'instruction, et sûrement ces pauvres chanteuses ne savaient ni lire ni écrire. C'était son cas, à lui aussi ; et ce défaut, auquel il attribuait sa propre insignifiance et l'étroitesse de sa cervelle, lui paraissait être l'explication suffisante de toutes les misères et de toutes les turpitudes qui existent en ce monde.

Au temps de sa jeunesse, il avait été ouvrier dans une fonderie, et, comme membre actif de l'Internationale des travailleurs, il avait écouté assidûment les compagnons de son métier, qui, plus heureux que lui, pouvaient lire à haute voix ce que disaient les journaux dévoués au bien du peuple. À l'époque de la milice nationale, il avait joué au soldat, figurant dans les bataillons qui portaient le bonnet rouge, symbole de leur intransigeance fédéraliste. Il avait passé des journées entières devant ces tribunes élevées sur les places publiques, où les clubs décidaient de siéger en permanence et où les orateurs se succédaient du matin au soir, pérorant avec une andalouse faconde sur la divinité de Jésus-Christ et sur le renchérissement des objets de première nécessité, jusqu'à l'heure où, la période de répression étant venue, une grève le laissa dans la difficile situation de l'ouvrier signalé pour son esprit révolutionnaire. Aucun patron ne voulut le reprendre dans ses ateliers.

Alors, ayant le goût des courses de taureaux, il se fit torero à vingt-quatre ans, comme il aurait pu choisir n'importe quel autre métier. D'ailleurs il savait beaucoup de choses et il ne s'exprimait qu'avec mépris sur les absurdités de la société actuelle. On ne passe pas en vain plusieurs années à écouter la lecture des gazettes. Quelque médiocre qu'il pût être dans la tauromachie, il gagnerait toujours plus et mènerait une existence plus aisée qu'un ouvrier, même habile. En souvenir du temps où il portait le fusil de la milice, on le surnomma « le Nacional ».

Quoiqu'il eût déjà de longs services dans la profession tauromachique, il en parlait avec une sorte de remords et s'excusait de lui appartenir. Le comité de son district, malgré la résolution prise d'exclure du parti tous les coreligionnaires qui assisteraient aux courses de taureaux, parce que c'étaient des spectacles barbares et « rétrogrades », avait fait une exception en sa faveur et lui avait conservé son titre de membre actif[1].

« Je n'ignore pas, disait-il dans la salle à manger de Gallardo, que les combats de taureaux ont quelque chose de réactionnaire… quelque chose qui rappelle l'époque de l'Inquisition… Excusez-moi, si je ne réussis pas à m'expliquer mieux… Savoir lire et écrire n'est pas moins nécessaire aux gens que d'avoir du pain, et on a tort de dépenser de l'argent pour venir nous voir, alors que les écoles manquent. C'est ce qu'affirment les journaux venus de Madrid, et ils ont bien raison… Cependant mes coreligionnaires m'estiment, et le comité, sermonné à ce sujet par don Joselito, m'a maintenu sur la liste du parti… »

1. *Vocal*, membre qui a droit de voter.

Sa gravité tranquille, que n'altéraient en rien les brocards ou les exagérations de fureur comique par lesquelles l'espada et ses amis accueillaient de semblables déclarations, exprimait une orgueilleuse satisfaction pour cette faveur exceptionnelle dont l'avaient honoré ses coreligionnaires.

Don Joselito, humble maître d'école primaire, verbeux et enthousiaste, présidait le comité du district. C'était un jeune homme d'origine israélite, qui portait aux luttes politiques l'ardeur des Macchabées et qui tirait vanité de sa laideur olivâtre et de sa face criblée de petite vérole, parce qu'elle lui donnait une certaine ressemblance avec Danton. Le Nacional l'écoutait toujours bouche béante.

Quand le fondé de pouvoir et les autres amis de Gallardo attaquaient ironiquement, par d'extravagantes objections, les doctrines du Nacional, le pauvre homme, embarrassé, se grattait la tête :

« Vous, vous êtes des messieurs et vous avez étudié, tandis que moi, je ne sais ni lire ni écrire. C'est pour cela que nous autres, gens de la basse classe, nous sommes bêtes comme des oies. Ah ! si don Joselito était ici !... Par la vie de la colombe bleue [1] ! je voudrais que vous l'entendiez, quand il se met à improviser comme un ange !... »

Et, pour fortifier sa foi un tantinet ébranlée par les vives saillies des railleurs, il allait, le lendemain, voir don Joselito qui, en tant que descendant des grands persécutés, semblait éprouver une amère volupté à lui montrer ce qu'il appelait son « musée des horreurs ». Ce juif, revenu sur la terre natale de ses ancêtres, collectionnait dans une salle de l'école les souvenirs de l'Inquisition, et il apportait à cette tâche la minutie vindicative d'un prisonnier évadé qui reconstruirait, os par os, le squelette de son geôlier. Là, sur les rayons d'une armoire, étaient alignés des livres reliés en parchemin, récits d'autodafés, questionnaires pour interroger les accusés pendant la torture. On y voyait, déployée contre une muraille, la bannière blanche chargée de la terrible croix verte. Dans les coins s'amoncelaient des instruments de torture, d'effroyables disciplines, tout ce que don Joselito trouvait aux étalages des brocanteurs, en fait d'objets capables de fendre, de tenailler,

1. Formule de jurement qui n'a aucun sens précis.

de déchiqueter ; et il s'empressait de cataloguer tout cela comme autant d'antiquailles provenant du Saint-Office.

Le bon cœur du Nacional, dont l'âme simple était prompte à l'indignation, se soulevait devant cette ferraille rouillée et ces croix vertes.

« Grand Dieu !... Et il y a des gens qui disent... Par la vie de la colombe !... Je voudrais voir ici un tel et un tel !... »

Un ardent besoin de prosélytisme le portait à exhiber ses convictions en toute circonstance, sans s'inquiéter des gouailleries de ses camarades. Mais en cela aussi il montrait de la bonté : car il s'abstenait toujours de personnalités blessantes. Selon lui, ceux qui restaient indifférents au sort du peuple et qui ne figuraient pas sur la liste du parti, étaient « de pauvres victimes de l'obscurantisme national ». Le salut, ce serait que le peuple apprît à lire et à écrire. Pour son propre compte, il renonçait modestement à cette régénération, parce qu'il se croyait le crâne trop dur ; mais il rendait le monde entier responsable de son ignorance.

Souvent, pendant la saison d'été, lorsque la quadrille allait de province en province et que Gallardo, quittant son wagon de première classe, venait passer une heure dans le wagon de seconde classe où voyageaient « les gars », la portière s'ouvrait pour laisser monter un curé de campagne ou une couple de frères. Alors les banderilleros se touchaient le coude et regardaient du coin de l'œil le Nacional, rendu soudain plus grave et plus solennel par la présence de l'ennemi. Les picadors, Potaje et Tragabuches, garçons rudes et agressifs, amis des disputes et du grabuge, et qui d'ailleurs éprouvaient une instinctive aversion contre les soutanes, l'excitaient à voix basse :

« Tu le tiens !... Pousse-lui une botte !... Envoie-lui sur le museau une boutade de ta façon... »

Le matador, avec son autorité de chef de quadrille, autorité qu'il n'est permis à personne de contester ni de discuter, roulait de gros yeux en regardant le Nacional, et celui-ci observait une muette obéissance. Mais il y avait en lui quelque chose de plus fort que la subordination, c'était le zèle du prosélytisme ; et une parole insignifiante suffisait pour que cet homme naïf engageât brusquement une discussion avec les nouveaux venus et s'efforçât de les convertir à la vérité. Or la vérité, telle qu'il l'entendait, ressemblait beaucoup à un inextricable écheveau où s'entremêlaient confusément les réminiscences des prolixes tirades sorties de la bouche de don Joselito. Ses camarades, étonnés de son éloquence, écarquillaient les yeux et se sentaient flattés qu'un des leurs pût tenir tête à des hommes qui avaient étudié le latin, pût les mettre dans l'embarras ; ce qui, par le fait, n'était pas bien difficile, car les membres du clergé espagnol ont ordinairement peu d'instruction.

Les ecclésiastiques, abasourdis par la dialectique impétueuse du Nacional et par les rires des autres toreros, finissaient par recourir à l'argument suprême : « Eh quoi ! eux, des hommes qui exposaient si fréquemment leur vie, ils ne pensaient pas à Dieu et ils admettaient de pareilles impiétés ? Est-ce qu'à cette heure leurs femmes et leurs mères n'étaient pas à prier, pour écarter d'eux le péril ?... »

Alors ceux de la quadrille devenaient sérieux, prenaient un air de gravité craintive, songeaient aux médailles et aux scapulaires que des mains féminines avaient cousus dans leurs costumes de combat, au moment où ils étaient partis de Séville. Et l'espada, atteint au vif dans ses superstitions assoupies, s'irritait contre le Nacional, comme si l'irréligion du banderillero était un danger pour son propre salut.

« Tais-toi et rengaine tes bêtises !... Pardonnez-lui, messieurs, je vous prie. C'est un brave homme ; mais on lui a tourné la cervelle avec toutes ces blagues-là... Tais-toi, te dis-je, et ne réplique point ! Malédiction ! Si tu ouvres la bouche, je te la remplis de... »

Et Gallardo, pour apaiser ces ministres de Dieu, qu'il croyait dépositaires de l'avenir, accablait le Nacional de menaces et de blasphèmes. Le Nacional, ainsi rembarré, se réfugiait dans un silence dédaigneux. « Partout l'ignorance et la superstition ! Pourquoi ? Parce qu'on ne savait ni lire ni écrire... » Et, ferme dans sa foi, avec l'obstination de l'homme simple qui ne possède que deux ou trois idées et qui s'y cramponne lors même qu'on les lui ébranle par les plus rudes secousses, il reprenait de nouveau la discussion, quelques heures plus tard, sans se soucier de la colère du matador.

Son anticléricalisme ne le quittait pas même en plein

redondel, au milieu de ces capeadors et de ces picadors qui, après avoir fait leur prière à la chapelle du cirque, entraient dans l'arène avec l'espoir que les objets bénits, cousus dans leurs vêtements, les préserveraient d'une catastrophe. Lorsqu'un taureau énorme, de grand poids [1], au cou épais et au poil d'un noir foncé, arrivait à la *suerte* des banderilles, le Nacional, bras ouverts et « bâtons » dans les mains, se plaçait à courte distance de la bête qu'il provoquait par des insultes :

« Viens-y [2], curé ! »

Le « curé » s'élançait, furieux, et, à l'instant où il passait près du Nacional, celui-ci lui plantait de toute sa force les bâtons dans le garrot, en disant à haute voix, comme s'il eût proclamé une victoire :

« Pour le clergé ! »

Gallardo finissait par s'amuser des extravagances du Nacional :

« Tu me rends ridicule. On va remarquer ma quadrille et on dira que nous sommes une bande d'hérétiques. Tu sais qu'il y a des publics à qui cela ne plaît pas. Un torero ne doit être qu'un torero... »

Mais, en somme, le matador aimait beaucoup son banderillero, et il n'oubliait pas l'attachement de cet homme, attachement qui, plus d'une fois, avait été jusqu'au sacrifice. Peu importait au Nacional qu'on le sifflât, lorsque, ayant affaire à un taureau dangereux, il posait les banderilles n'importe comment, pour terminer plus vite. Il ne cherchait pas la gloire, ne faisait ce métier que pour gagner sa vie. Mais, dès que Gallardo s'avançait, estoc au poing, vers une bête redoutable, le banderillero demeurait à côté de lui, prêt à le secourir de cette lourde cape et de ce bras vigoureux qui obligeaient les bêtes à « humilier [3] ». Deux fois, comme Gallardo avait roulé dans l'arène et courait le risque d'être

1. *Toro de libras* ou *de muchas libras*. Tels sont les taureaux de Castille, qui pèsent jusqu'à 400 kilos et même davantage, tandis que les taureaux d'Aragon et de Navarre ne pèsent pas plus de 250 kilos.

2. Littéralement « entre ! » — *Entrar, no entrar en suerte*, se dit du taureau qui attaque ou qui se dérobe.

3. *Humillar*. On dit que le taureau « humilie », quand il baisse la tête au moment de l'attaque. Cette « humiliation » permet au torero de le combattre sans trop de danger.

atteint par les cornes, le Nacional s'était jeté sur le taureau, ne pensant plus ni à ses enfants, ni à sa femme, ni à son cabaret, ni à rien, décidé à mourir lui-même pour sauver son chef.

La señora Angustias avait pour lui l'affection que les humbles éprouvent entre eux et qui les rapproche les uns des autres, lorsqu'ils se trouvent dans un milieu plus élevé :

« Assieds-toi à côté de moi, Sebastián... Vrai, tu ne veux rien prendre ?... Teresa et les petits sont en bonne santé ?... Et ton établissement, marche-t-il ? Conte-moi un peu ça... »

Le Nacional disait à la bonne vieille les affaires des jours précédents, la quantité de vin vendue au débit, le nombre des bouteilles livrées en ville ; et elle l'écoutait avec l'attention d'une femme qui a connu la misère et qui sait la valeur d'un centime. Puis il parlait du développement possible de son commerce. Un débit de tabac installé dans le cabaret lui irait comme un gant. Le matador pourrait sans doute obtenir cela pour lui, en usant de ses relations amicales avec les grands personnages. Mais Sebastián éprouvait des scrupules à demander une telle faveur.

« Voyez-vous, *seña* Angustias, il s'agit là d'une chose qui dépend du gouvernement ; et moi, j'ai mes principes. Je figure sur la liste du parti, je suis du comité. Que diraient mes coreligionnaires ? »

La vieille lui reprochait ces scrupules. Son vrai devoir, c'était d'apporter à sa famille le plus de pain qu'il pourrait. Cette pauvre Teresa ! Avec tant de petits !...

« Ne fais pas la bête, Sebastián. Chasse toutes ces araignées qui te trottent par la cervelle... Non, ne me réponds pas ; ne recommence pas à me débiter tes sottises ordinaires. Songe que, demain matin, j'irai entendre la messe à la Macarena... »

Mais Gallardo et don José, qui fumaient de l'autre côté de la table, avec un verre d'eau-de-vie à portée de leur main, s'amusaient à faire discourir le Nacional pour se moquer de ses idées, et ils l'asticotaient en disant du mal de don Joselito :

« Un imposteur qui dérange le cerveau des ignorants comme toi, Sebastián ! »

Le banderillero accueillait avec mansuétude les railleries de l'espada et de son fondé de pouvoir. Douter de don Joselito ! Une pareille absurdité ne réussissait pas à l'indigner. C'était comme si on lui eût dit que Gallardo, son autre idole, ne savait pas tuer un taureau. Mais, quand il entendait le sellier, pour lequel il éprouvait une invincible aversion, prendre part à ces plaisanteries, il perdait son calme. Qu'était ce gueux, vivant aux crochets du maître, pour se permettre de le contredire, lui, Sebastián ? Et alors, abandonnant toute modération, sans avoir égard à la présence de Carmen et de la señora Angustias, il se lançait, tête baissée, dans l'exposition de ses principes, avec la même chaleur que s'il avait discuté au comité de son parti. Faute de meilleurs arguments, il criblait d'injures les croyances de ces farceurs-là :

« La bible ? De la mélasse !... La création du monde en cinq jours ? De la mélasse !... L'histoire d'Adam et d'Ève ? De la mélasse !... Tout ça, mensonges et superstitions ! »

Et ce mot « mélasse », qu'il appliquait, pour ne pas user d'un autre terme plus irrespectueux, à tout ce qui lui semblait faux et ridicule, prenait sur ses lèvres une extraordinaire intonation de mépris. « L'histoire d'Adam et d'Ève » était pour lui l'occasion de sarcasmes qui n'en finissaient pas. Il avait beaucoup réfléchi sur ce point, aux heures de muette somnolence, durant les voyages qu'il faisait avec la quadrille, et il avait trouvé un argument irréfutable, tiré tout entier de sa propre jugeote. Comment était-il possible de prétendre que tous les hommes descendissent d'un couple unique ?

« Moi, on m'appelle Sebastián Venegas, n'est-ce pas ? Et toi, Juaniyo, on t'appelle Gallardo. Et vous, don José, vous avez aussi votre nom de famille. Car chacun a le sien, et, lorsque les noms sont les mêmes, c'est que les personnes sont parentes. Si donc nous étions tous petits-enfants d'Adam, et si, je suppose, Adam s'appelait Pérez, nous porterions tous le nom de Pérez comme nom de famille. Est-ce clair, ça ?... Eh bien, puisque chacun de nous a son nom de famille à lui, il faut en conclure qu'il y a eu de nombreux Adams, et tout ce que nous racontent les curés, c'est... de la mélasse. Mais les gens sont si arriérés ! Malheureusement l'instruction nous manque, et le clergé abuse de notre ignorance. Il me semble que je m'explique !... »

Gallardo, se renversant sur sa chaise à force de rire, saluait l'orateur par un hourra qui imitait le mugissement du taureau. Le fondé de pouvoir, avec une gravité andalouse, lui tendait la main et le félicitait :

« Touche là ! Tu as très bien parlé ! Mieux que Castelar ! »

La señora Angustias, elle, par une terreur de vieille femme qui voit déjà proche la fin de son existence, s'indignait d'entendre tenir sous son toit de pareils discours :

« Silence, Sebastián ! Ferme ta vilaine bouche d'enfer, damné ! Autrement, je te mets à la porte !... Si je ne te connaissais pas !... Si je ne savais pas que tu es un honnête homme !... »

Mais elle ne tardait guère à se réconcilier avec le banderillero, en songeant à la grande affection que celui-ci avait vouée à son fils et en se rappelant ce qu'il avait fait pour Juan dans de périlleuses conjonctures. Au surplus, c'était une grande sécurité pour elle et pour Carmen, que cet homme sérieux, de bonnes mœurs, figurât dans la quadrille à côté des autres « gars » : car l'espada, livré à lui-même, était excessivement léger de caractère et se laissait entraîner aisément par le désir d'être admiré des femmes.

L'ennemi des curés et d'Adam et Ève était en possession d'un secret qui le rendait circonspect et sévère, lorsqu'il voyait son chef assis entre la señora Angustias et Carmen. Ah ! si ces femmes avaient su ce qu'il savait !

Le Nacional désapprouvait la liaison de Juan avec doña Sol, et, en dépit du respect que tout banderillero doit au « maître », il avait osé, un jour, lui parler avec une rude franchise, en s'autorisant de son âge et de leur vieille amitié.

« Attention, Juaniyo ! À Séville on sait tout. C'est l'unique sujet des conversations. La nouvelle arrivera jusque chez toi, et il en résultera un de ces chambards dont le bon Dieu aura le poil brûlé !... Songe que la *seña* Angustias fera des mines de *Mater dolorosa* et que la pauvre Carmen finira par se mettre en colère... Tu as affaire à une roublarde qui te donnera du fil à retordre. Prends garde ! »

Le matador, ennuyé et réjoui à la fois d'entendre dire que toute la ville connaissait le secret de ses amours, feignit de ne pas comprendre :

« De quelle roublarde prétends-tu parler ? Qu'est-ce que tu me chantes là ?

— Et qui veux-tu que ce soit, sinon cette grande dame qui fait tant jaser sur son compte ? Il s'agit de doña Sol, de la nièce du marquis de Moraima, l'éleveur de taureaux. »

Et, comme l'espada souriait sans mot dire, flatté, dans le fond, que son banderillero fût si bien renseigné, le Nacional continua sur un ton de prédicateur, en homme désabusé des vanités de ce monde :

« Ce que tu dois faire, Juan, c'est oublier cette dame. La paix du ménage est ce qu'il y a de meilleur au monde, surtout pour nous autres qui sommes en danger de revenir, un soir, éclopés à la maison… Et puis, les femmes, c'est… de la mélasse ! Elles se valent toutes, et ce serait folie de compromettre le bonheur de son existence en courant de l'une à l'autre… Votre serviteur, depuis vingt-cinq ans qu'il vit avec sa Teresa, ne l'a pas trompée une seule fois, même en pensée. Et pourtant je suis torero, j'ai eu mes beaux jours, et plus d'une fille m'a fait les yeux doux… »

Gallardo se moqua de la semonce du banderillero : « Il parlait comme un père capucin ; et c'était lui qui voulait manger les curés tout crus ? »

« Nacional, ne fais pas la bête ! Chacun est ce qu'il est, et, quand les femmes viennent à nous, le plus sage est de les laisser venir. Pour le peu de temps qu'on vit ! Un de ces jours, je sortirai peut-être de l'arène les pieds devant… D'ailleurs, tu ne sais pas ce que c'est qu'une grande dame. Si tu la voyais, elle ! Toutes les roses des jardins de l'Alcazar, tous les jasmins qui embaument le Paradis !… »

Puis, remarquant l'expression scandalisée et peinée qui apparaissait sur la face du Nacional, il ajouta ingénument, comme pour rassurer le banderillero :

« J'aime beaucoup Carmen, tu sais ! Je l'aime autant que jamais… Pourtant, j'aime aussi l'autre ; mais ce n'est pas la même chose… Il m'est impossible de t'expliquer ça… Ce n'est pas la même chose, voilà tout !… »

Et le banderillero ne put tirer de son entretien avec le matador que cette réponse évasive.

Pendant la morte saison, Gallardo ne trouvait rien d'aussi agréable que de rester chez lui et de n'avoir plus à voyager continuellement en chemin de fer. Tuer cent taureaux par an, avec tous les périls et tous les labeurs de la lutte, était pour lui une fatigue moindre que ces voyages qui duraient plusieurs mois et où il devait se transporter sans cesse d'une ville à une autre.

Elles étaient rudes, ces pérégrinations faites en plein été, sous un soleil torride, à travers des plaines brûlantes, dans de vieux wagons dont le toit était chauffé à blanc. La cruche [1] d'eau de la quadrille, remplie à toutes les stations, ne suffisait pas à apaiser la soif. En outre, les compartiments étaient bondés de voyageurs, parce que les gens affluaient de la campagne à la ville, pour jouir des fêtes et assister aux courses de taureaux. Souvent Gallardo, par crainte de manquer le train, se hâtait de tuer sa dernière bête, et, encore vêtu de l'étincelant costume de combat, il courait jusqu'à la gare et filait vers le wagon comme un météore, entre les groupes de voyageurs et les chariots de bagages. Il changeait de vêtements dans un compartiment de première classe, sous les regards de ses compagnons de voyage qui n'étaient pas fâchés de faire route avec une célébrité ; et il passait la nuit affalé sur les coussins, tandis que les autres se serraient pour lui laisser le plus de place possible. Ils avaient pour lui de la déférence : car ils se disaient que, le lendemain, cet homme leur procurerait le plaisir d'une émotion tragique, sans aucun péril pour eux-mêmes.

Lorsqu'il arrivait, rompu, dans une ville en liesse, dont les rues étaient décorées de banderoles et d'arcs de triomphe, il avait à subir le supplice de l'adoration fanatique. Les aficionados entichés de son nom l'attendaient à la gare et lui faisaient la conduite jusqu'à l'hôtel. Ces gens, qui avaient bien dormi et qui étaient de bonne humeur, l'entouraient, le bousculaient, prétendaient le voir expansif et loquace, comme si le seul fait de les rencontrer devait être nécessairement pour lui le plus vif des plaisirs.

Après la course, s'il n'était pas obligé de repartir le soir même pour une autre *plaza*, les « connaisseurs » de l'endroit venaient à l'hôtel lui présenter leurs félicitations : « Une fois

1. *Botijo*, cruche pourvue d'une anse et d'une canule. Pendant les chaleurs, les gens du peuple emportaient presque toujours une de ces cruches en voyage.

de plus, il avait été le premier torero du monde ! Ah ! cette estocade du quatrième taureau !... »

« N'est-ce pas ? répondait Gallardo avec une vanité enfantine. Je n'ai pas été mauvais... »

L'intarissable verbiage des « connaisseurs » ne s'inquiétait pas du temps qui s'écoulait. Déjà la nuit était venue, on avait allumé les becs de gaz, et les aficionados ne s'en allaient pas. La quadrille qui, en vertu de la discipline traditionnelle, attendait les ordres du chef, se tenait silencieuse dans un coin de la chambre et ne pouvait ni se déshabiller ni manger, tant que l'espada n'en aurait pas donné la permission. Les picadors, harassés par l'armure [1] de fer qui garnissait leurs jambes, moulus par les terribles chutes de cheval, roulaient entre leurs genoux le feutre raide ; et les banderilleros, serrés dans leurs vêtements de soie et trempés de sueur, donnaient tacitement à tous les diables ces individus « collants ».

Souvent la course n'était pas unique. Il fallait tuer des taureaux trois ou quatre jours de suite ; et, quand la nuit arrivait, l'espada, fourbu, mais ne pouvant dormir, parce que les émotions récentes avaient irrité ses nerfs, envoyait promener le respect humain et s'asseyait en manches de chemise devant la porte de son hôtel, pour prendre le frais. Les « gars » de la quadrille, logés dans le même hôtel, se tenaient auprès du « maître » comme des collégiens punis. L'un d'eux, plus hardi, se risquait enfin à lui demander l'autorisation de faire un petit tour dans les rues illuminées et sur le champ de foire.

« Non ! se récriait le matador. Demain, ce sont des Miuras. Je sais ce que vous appelez « un petit tour ». Tu rentrerais à l'aube avec deux verres de trop, et tu aurais sûrement laissé une partie de ta vigueur dans quelque galante aventure. Non, non ; je défends qu'on sorte. Tu satisferas ton envie quand nous aurons terminé. »

Et, quand c'était terminé, si l'on avait quelques jours libres jusqu'à la prochaine course qui se donnerait dans une autre ville, la quadrille retardait son départ. Alors c'étaient

1. Les *picadors* ont les jambes et la cuisse droite protégées contre les cornes du taureau par une armature de fer que l'on appelle *mona*. Cette sorte de haute guêtre, inventée au XVIIe siècle par don Gregorio Gallo, écuyer du roi, fut d'abord appelée *gregoriana*, puis *espinillera*.

des ripailles loin de la famille, c'étaient des débauches où l'on avait à satiété le vin et les femmes, en compagnie d'aficionados enthousiastes qui ne concevaient pas autrement la vie de leurs idoles.

Les dates des fêtes obligeaient le matador à des voyages absurdes. Il partait de telle ville pour aller travailler à l'autre extrémité de l'Espagne, et, quatre jours plus tard, il revenait sur ses pas pour combattre dans une localité voisine de la première. Les mois d'été, les seuls où les courses fussent très fréquentes, il les passait dans les trains, faisant de perpétuels zigzags sur toutes les voies ferrées de la péninsule, tuant des taureaux le jour et dormant la nuit en wagon.

« Si on mettait à la file tous les kilomètres que je parcours en été, disait Gallardo, cela irait pour le moins jusqu'au pôle Nord ! »

Au début de la saison, il entreprenait gaiement ces voyages, exalté par les articles des journaux qui parlaient sans cesse de lui et qui attendaient son arrivée avec impatience, par l'espoir de faire des connaissances imprévues et de mettre à profit les bonnes fortunes dont la curiosité féminine lui offrait souvent l'occasion, par la perspective de vivre ainsi, d'hôtel en hôtel, une vie dont la perpétuelle agitation et les désagréments mêmes contrastaient avec la monotonie de celle qu'il menait dans sa maison de Séville ou dans la montagneuse solitude de la Rinconada. Mais, après quelques semaines de cette vie vertigineuse, où il gagnait cinq mille pesetas par après-midi de travail, il commençait à geindre comme un enfant éloigné de ses parents.

« Ah ! ma maison de Séville, si fraîche, tenue plus nette qu'une tasse d'argent par ma pauvre Carmen ! Ah ! les sauces que fricote ma mère... des sauces à s'en lécher les doigts !... »

Il n'oubliait Séville que les soirs de vacances, quand il n'avait pas de taureaux à combattre le lendemain, et que toute la quadrille, entourée d'amateurs désireux de laisser aux toreros un agréable souvenir de leur ville, s'installait dans un café de *cante isamenco*[1] où tout, femmes et chansons, était pour le matador.

1. Cette expression intraduisible désigne des établissements où l'on chante et où l'on danse des *tangos* (sortes de gigues) et autres *bailes* d'un caractère spécialement andalou.

Le reste de l'année, pendant les périodes de repos que Gallardo passait chez lui, il goûtait la satisfaction de l'homme puissant qui, oubliant les honneurs, peut vivre enfin la vie de tout le monde. Affranchi des horaires de chemin de fer, n'ayant plus à s'inquiéter des taureaux, il demeurait très tard au lit. Rien à faire, ni aujourd'hui, ni demain, ni après-demain ! Ses voyages n'allaient pas plus loin que la rue des Serpents ou la place San Fernando. À la maison tout paraissait changé : maintenant qu'on était sûr de le garder plusieurs mois, on y était plus gai et on s'y portait mieux.

Il allait se promener, le feutre rejeté en arrière, balançant sa canne à pomme d'or et regardant avec complaisance les gros diamants qu'il avait aux doigts. Plusieurs personnes l'attendaient dans le vestibule, debout près de la *cancela* qui laissait voir entre ses barreaux le *patio* blanc et lumineux, d'une réjouissante propreté. Il y avait là des gens brûlés par le soleil et qui puaient la sueur âcre, vêtus de blouses sales, coiffés de larges chapeaux aux bords effilochés. C'étaient des ouvriers agricoles qui se rendaient d'une contrée à une autre et qui, traversant Séville, trouvaient tout naturel de demander un secours au fameux matador qu'ils appelaient « señor Juan ». Il y avait aussi des habitants de la ville, qui tutoyaient l'espada et qui l'appelaient « Juaniyo ». Gallardo, avec cette mémoire des physionomies qu'ont les hommes habitués à vivre parmi les foules, reconnaissait le visage de ceux-ci et ne se fâchait pas de leur tutoiement : c'étaient d'anciens camarades, qui avaient été à l'école avec lui ou qui l'avaient fréquenté pendant son enfance vagabonde.

« Eh bien, les affaires ne vont pas ? Les temps sont durs pour tout le monde ! »

Et, avant que cette familiarité les eût encouragés à des confidences plus intimes, il se tournait vers Garabato, qui tenait encore la *cancela* ouverte :

« Va dire à la señora qu'elle te donne une paire de pesetas pour chacun d'eux. »

Puis il partait en sifflant, content de sa propre générosité et de la beauté de la vie. Dans le cabaret voisin, les mioches du cabaretier et les habitués venaient sur le pas de la porte, la bouche souriante, dévorant des yeux le matador comme s'ils ne l'avaient jamais vu.

« Salut, messieurs ! »

Un enthousiaste s'avançait à sa rencontre, tenant un verre à la main. Mais il refusait :

« Merci pour la politesse ; mais je ne bois pas. »

Et il se délivrait de l'enthousiaste, poursuivait son chemin. Quelques instants plus tard, dans une autre rue, il était abordé par deux vieilles amies de sa mère. Elles lui demandaient d'être parrain du petit-fils de l'une d'elles : la pauvre chère fille allait accoucher d'un moment à l'autre, et le gendre, un « gallardiste » forcené qui, à la sortie des courses, avait maintes fois joué du bâton pour défendre son idole, n'osait pas demander lui-même au « maître » cette insigne faveur.

« Mais, coquin de sort ! est-ce que vous me prenez pour une bonne d'enfants ? J'ai déjà plus de filleuls qu'il n'y a de morveux à l'hospice. »

Pour se débarrasser d'elles, il leur conseillait d'aller trouver sa mère : il ferait ce que celle-ci voudrait. Et, sans plus s'arrêter jusqu'à la rue des Serpents, il se remettait en route, saluant les uns, laissant d'autres jouir de l'honneur de marcher à côté de lui dans une glorieuse intimité, sous les regards des passants.

Il faisait une apparition au Club des Quarante-cinq, pour voir si son fondé de pouvoir y était. Ce club était un cercle aristocratique qui, comme le nom l'indique, n'admettait qu'un nombre limité de membres, et où l'on ne parlait que taureaux et chevaux. Les membres étaient de riches aficionados et d'opulents éleveurs, entre autres le marquis de Moraima, l'un des plus huppés, que l'on écoutait comme un oracle.

Or, pendant une de ces promenades, un vendredi, dans l'après-midi, Gallardo eut la fantaisie d'entrer à l'église paroissiale de San Lorenzo. Sur le parvis s'alignaient de somptueux équipages. Ce jour-là, toute l'aristocratie de Séville allait prier devant la statue de Notre-Seigneur Jésus du Grand Pouvoir. Les dames descendaient de leurs voitures en robes de deuil, coiffées de précieuses mantilles, et les hommes aussi entraient à l'église, attirés par l'affluence féminine.

Gallardo fit comme les autres : un torero doit mettre à profit toutes les occasions de se frotter aux gens qui occupent une haute position. Le fils de la señora Angustias éprouvait un orgueil de triomphateur quand des richards le saluaient et que des dames élégantes murmuraient son nom, en le désignant des yeux. Au surplus, il était dévot à Notre-Seigneur du Grand Pouvoir. S'il tolérait, sans trop se scandaliser, que le Nacional exprimât ses opinions sur Dieu ou la Nature, c'était parce que la divinité était pour lui quelque chose de vague et d'indécis, dont l'existence ressemblait un peu à celle d'une personne qu'on ne connaît que pour en avoir ouï parler et sur le compte de laquelle, par cette raison même, on peut entendre avec calme toute sorte de médisances. Mais, quant à la Vierge de l'Espérance et à Jésus du Grand Pouvoir, c'était une autre affaire : ceux-ci, il les connaissait personnellement depuis son enfance, et il ne permettait pas qu'on y touchât. Sa sensibilité de garçon robuste s'émouvait devant la douleur tragique du Christ portant la croix sur ses épaules, et cette face angoissée, livide, suante, lui rappelait certains camarades qu'il avait vus couchés dans les infirmeries des cirques. Il fallait être bien avec ce puissant Seigneur. Le matador se mit donc à réciter dévotement plusieurs *Pater noster*, debout en face de l'image où la flamme des cierges se reflétait en étoiles rouges dans la cornée des yeux africains.

Un mouvement des femmes agenouillées près de lui vint distraire son attention. Une dame passait entre les dévotes, qui la regardaient curieusement : une dame grande, mince, d'une beauté éclatante, vêtue d'un costume clair, coiffée d'un large chapeau à plumes sous lequel flamboyait l'or lumineux de la chevelure. Gallardo la reconnut. C'était doña Sol, la nièce du marquis de Moraima, « l'ambassadrice », comme on l'appelait à Séville.

Elle traversa les rangs des femmes sans s'occuper des marques de leur curiosité, satisfaite toutefois qu'on la regardât et qu'on chuchotât son nom, comme si tout cela était un hommage naturel qu'on était tenu de lui rendre partout où elle se présentait. Elle s'agenouilla, inclina la tête un instant, comme pour prier ; puis ses yeux limpides, d'un bleu verdâtre où s'allumaient des points d'or, explorèrent l'église de leurs regards tranquilles, comme si elle avait été au théâtre et qu'elle eût cherché parmi la foule des figures de connaissance. Les yeux souriaient, quand elle apercevait une amie; puis ils recommençaient à errer sur l'assistance, si bien qu'à la fin ils rencontrèrent ceux de Gallardo.

L'espada n'était pas modeste. Habitué à se voir admiré par des milliers d'yeux, les jours de courses, il croyait bonnement que tous les regards devaient s'adresser à lui. Maintes femmes, aux heures de complet abandon, lui avaient avoué l'émoi, la curiosité et le désir qui s'étaient emparés d'elles, la première fois qu'elles l'avaient vu dans le redondel. Or, quand les yeux de doña Sol rencontrèrent ceux du torero, ils ne se baissèrent pas; tout au contraire, elle continua de le dévisager avec une froideur de grande dame, et ce fut le matador qui, toujours respectueux avec les riches, fut obligé de baisser les siens.

« Quelle femme ! pensa-t-il, dans sa fatuité d'idole populaire. Est-ce que cette *gachi* serait pour moi ? »

Sorti de l'église, il éprouva comme une impossibilité de s'éloigner, et, afin de la revoir, il s'attarda près du portail. Son cœur, ainsi que dans les après-midi d'heureuse chance, l'avertissait que la conjoncture était extraordinaire. C'était la même palpitation mystérieuse qui, dans l'arène, le rendait sourd aux protestations du public et l'excitait aux suprêmes audaces, toujours avec succès.

Lorsqu'elle sortit à son tour, elle le regarda pour la deuxième fois, sans témoigner aucune surprise, comme si elle avait deviné qu'il serait à l'attendre près du portail. Elle monta dans une voiture découverte, en compagnie de deux amies; puis, au moment où le cocher fit partir les chevaux, elle retourna encore la tête vers lui, une seconde, et sa bouche esquissa un léger sourire.

Tout l'après-midi, Gallardo resta préoccupé. Il songeait à ses précédentes bonnes fortunes, aux triomphes que lui avait valus sa fière allure de torero : — des conquêtes qui l'avaient enflé d'orgueil, qui l'avaient induit à se croire irrésistible, et qui, maintenant, lui inspiraient une sorte de honte. Mais une femme comme celle-là, une grande dame qui, après avoir couru toute l'Europe, vivait en reine à Séville, ça, oui, c'était une conquête ! À son émerveillement devant la beauté de doña Sol s'ajoutait le respect instinctif de l'ancien voyou qui, dans un pays où la naissance et la richesse ont tant de prestige, avait appris dès le berceau à vénérer les grands de ce monde. Ah! s'il réussissait à attirer l'attention d'une pareille femme!...

Son fondé de pouvoir, lié avec tout ce qu'il y avait de mieux à Séville et grand ami du marquis de Moraima, lui avait parlé quelquefois de doña Sol. Elle avait, disait-on, la cervelle un peu dérangée, et son nom romantique s'accordait bien avec l'originalité de son caractère et l'indépendance de ses mœurs. Maîtresse d'une grande fortune après la mort de sa mère, elle s'était mariée à Madrid avec un personnage plus âgé qu'elle, mais qui était ambassadeur. Cette qualité n'était pas pour déplaire à une jeune fille impatiente de voir du nouveau et de briller dans les milieux les plus aristocratiques.

« Elle s'est bien amusée, la petite! racontait don José à Gallardo. Pendant les dix ans de son tour d'Europe, elle a rendu fous bien des gens. Et elle visait haut, tu sais. Les reines, les impératrices avaient peur d'elle, et, six mois après l'arrivée de l'ambassadeur, elles intriguaient sous main pour obtenir que son gouvernement le déplaçât, lui et sa redoutable femme. Finalement le pauvre ambassadeur, après être allé étudier sur place la géographie de l'Europe entière, a pris le parti de mourir... D'ailleurs, s'il faut en croire la légende, elle ne se contentait pas des têtes couronnées. On prétend qu'à Paris elle s'est acoquinée avec un peintre, qu'en Allemagne elle a été grande amie d'un musicien, qu'en Russie elle a couru après un anarchiste qui ne se souciait pas d'elle... Depuis quelques mois qu'elle est revenue à Séville, après dix ans passés dans ces pays froids et brumeux, elle s'est éprise de notre ciel d'azur et de notre hiver ensoleillé, s'est toquée des choses de notre pays, aime à la folie nos mœurs populaires, trouve tout cela très curieux, très « artistique ». Une femme forte, habituée aux sports, grande écuyère qu'on voit galoper aux environs de Séville en robe noire d'amazone, avec une jaquette d'homme, une cravate rouge, un feutre blanc posé sur l'or de sa chevelure. On l'a vue aussi qui, une garrocha[1] passée à l'arçon de sa selle, s'en

1. Longue pique semblable à celle des picadors, et dont se servent les *pastores*, c'est-à-dire les bouviers à cheval.

allait, avec un peloton d'amis convertis en piquiers, jusqu'aux pâturages de Tablada, pour y poursuivre et y renverser des taureaux [1] ; et elle prenait beaucoup de plaisir à cette fête hardie et périlleuse… Quelle femme, n'est-ce pas, Juanillo ? Quelle femme intéressante ! »

Le fondé de pouvoir ajoutait que doña Sol, depuis son retour à Séville, menait une vie exemplaire ; qu'elle s'était fait recevoir comme membre d'une confrérie de charité, celle du Christ de Triana [2], la plus populaire de toutes ; que, certaines nuits, sa maison s'emplissait de guitaristes et de danseuses ; que les unes et les autres amenaient leurs familles et même leurs parents les plus éloignés ; qu'on s'empiffrait d'olives, de saucisson, et que doña Sol, assise comme une sultane dans un grand fauteuil, passait des heures à demander danse sur danse, toujours des danses andalouses, tandis que les domestiques, raides dans leur frac et graves comme des lords, faisaient circuler les plateaux chargés de vins, de liqueurs et de friandises.

Quatre jours après la rencontre dans l'église de San Lorenzo, le fondé de pouvoir aborda l'espada, d'un air mystérieux.

« Mon gaillard, tu es l'enfant chéri de la chance. Sais-tu qui m'a parlé de toi ? »

Et, se penchant à l'oreille du torero :

« C'est doña Sol ! » murmura-t-il.

Elle avait interrogé don José sur son matador, avait exprimé le désir qu'on le lui présentât. C'était un type si original, si parfaitement espagnol !

« Elle dit qu'elle t'a vu plusieurs fois tuer des taureaux, à Madrid et ailleurs. Elle t'a applaudi. Elle reconnaît que tu es très brave… Vois un peu : si tu allais lui planter les banderilles ! Quel honneur pour toi ! Tu deviendrais le collègue de tous les rois d'Europe ou quelque chose d'approchant. »

Gallardo souriait avec modestie et baissait les yeux ; mais, en même temps, il dandinait son élégante personne, d'un air

1. *Acosar, derribar reses.* On trouvera un peu plus loin la description de cette opération.

2. Faubourg situé sur la rive droite du Guadalquivir et habité par les ouvriers et les gitanos.

qui semblait dire que l'hypothèse de don José n'avait rien de bien extraordinaire.

« Toutefois il ne faut pas que tu te fasses d'illusions, Juanillo ! continua le fondé de pouvoir. Si doña Sol veut connaître de près un torero, c'est par goût de la couleur locale, rien de plus. « Amenez-le après-demain à Tablada », m'a-t-elle dit. Il s'agit d'un *derribo de reses* de la *ganaderia*[1] de Moraima. Le marquis a organisé cette partie pour amuser sa nièce. Je suis invité. Nous irons ensemble. »

Le surlendemain, le matador et son fondé de pouvoir sortirent du quartier de la Feria dans l'après-midi, équipés en vrais « garrochistes », au milieu d'une foule accourue sur le pas des portes ou groupée sur les trottoirs.

« Ils vont à Tablada », disaient les badauds.

Don José, à cheval sur une jument blanche et robuste, était en costume de campagne : gros veston, pantalon de drap, guêtres jaunes, et, par-dessus le pantalon, les jambières de cuir que l'on appelle *zajones*. L'espada, lui, avait endossé pour cette fête le vêtement bizarre qu'avaient coutume de porter les anciens toreros, avant que les mœurs modernes eussent rendu leur habillement semblable à celui des autres mortels. Il était coiffé d'un chapeau *calañés*[2] de velours pelucheux, assujetti sous le menton par une bride. Le col de sa chemise, qui n'avait pas de cravate, était attaché par deux diamants ; et deux autres diamants, très gros, scintillaient sur le plastron tuyauté. Sa veste et son gilet étaient de velours lie-de-vin, avec pattes et soutaches noires ; sa ceinture était de soie incarnat ; une culotte collante, à broderies sombres, modelait ses cuisses fines et musculeuses, serrées aux genoux par des jarretières noires à bouffettes de rubans ; ses guêtres couleur d'ambre avaient des franges de cuir le long de l'ouverture ; et ses brodequins, de même couleur, à demi cachés dans de larges étriers arabes, étaient armés de grands éperons d'argent. À l'arçon de sa selle, sur la riche mante de

1. Haras de taureaux de combat. Les propriétaires s'attachent à conserver de génération en génération la pureté de « la race », *casta*, de sorte que les bêtes qui proviennent de la même *ganaderia* présentent ordinairement le même aspect général, la même structure, les mêmes qualités, la même élégance de type, le même *trapio*.

2. Petit chapeau rond à bords retroussés.

Jerez dont les houppes flottaient à droite et à gauche du cheval, reposait un surtout gris à empiècements noirs et à doublure rouge.

Les deux cavaliers trottaient, portant à l'épaule, comme une lance, la garrocha de bois fin et résistant, dont l'extrémité supérieure était garnie d'un tampon d'étoupe fixé par une cordelette et formant bourrelet autour du fer. Au passage, on leur faisait des ovations :

« *Olé* les braves ! »

Les femmes saluaient avec la main :

« Dieu vous protège, beaux garçons ! Amusez-vous bien, señor Juan ! »

Ils éperonnèrent leurs montures pour laisser en arrière la bande de gamins qui les suivait, et le pavé bleuâtre des ruelles aux murs blancs résonna sous le heurt rythmé des sabots.

Dans la rue tranquille où demeurait doña Sol, rue bordée d'hôtels aristocratiques aux grilles pansues et aux larges miradors[1], ils rencontrèrent d'autres « garrochistes » qui attendaient devant la porte, immobiles en selle et appuyés sur leurs lances. C'étaient de jeunes messieurs, parents ou amis de la dame, qui saluèrent le torero avec une aimable familiarité, contents qu'il fût de la partie. Enfin le marquis de Moraima parut, et il monta aussitôt à cheval.

« Ma nièce va descendre dans une minute. Les femmes, vous savez !... Elles ne sont jamais prêtes. »

Il disait cela avec la gravité sentencieuse qu'il donnait à toutes ses paroles, comme si elles avaient été des oracles. Le marquis était un homme âgé, osseux, aux longs favoris blancs ; mais sa bouche et ses yeux conservaient une ingénuité enfantine. Courtois et mesuré dans son langage, vif dans ses gestes, souriant peu, c'était un grand seigneur d'autrefois, presque toujours vêtu en homme de cheval, ennemi de la vie mondaine, ennuyé des obligations sociales que sa situation lui imposait, lorsqu'il était à Séville, et n'aspirant qu'à courir la campagne avec ses fermiers et ses bouviers, qu'il traitait familièrement et presque en camarades. À peine savait-il encore écrire, faute de pratique ; mais, lorsqu'on lui

1. Balcons vitrés.

parlait de bêtes de combat, d'élevage de taureaux ou de chevaux, de travaux agricoles, ses yeux s'animaient et, par leur expression résolue, décelaient le grand connaisseur.

Le soleil se voila, et le drap d'or, tendu d'un côté de la rue sur la blancheur des murs, pâlit : un gros nuage traversait la zone bleue découpée par les deux rangées des toits. Quelques invités regardèrent le ciel.

« Ne vous inquiétez pas, dit le marquis, solennel. J'ai vu tout à l'heure un morceau de papier emporté par le vent dans une direction que je sais : il ne pleuvra pas aujourd'hui. »

Tout le monde fut rassuré : il ne pouvait pas pleuvoir, puisque le marquis affirmait qu'il ne pleuvrait pas. Celui-ci se connaissait au temps comme un vieux pâtre, et il n'y avait pas de danger qu'il commît jamais une erreur.

Le marquis aborda le matador :

« Cette année, je te prépare des courses magnifiques. Quels taureaux ! On verra si tu les tues comme de bons chrétiens. L'autre année, tu sais, je n'ai pas été content du tout : les pauvres bêtes méritaient mieux. »

Doña Sol parut, relevant d'une main son amazone noire, sous laquelle on apercevait les tiges de ses hautes bottines de cuir gris. Elle portait une chemise d'homme serrée au cou par une cravate rouge, une courte jaquette, un gilet de velours amarante, un chapeau andalou de velours qui s'inclinait gracieusement sur les boucles de sa chevelure. Elle monta lestement en selle et prit la garrocha des mains d'un domestique. Tandis qu'elle saluait ses amis et s'excusait de les avoir fait attendre, ses yeux observaient Gallardo. Don José, poussant sa jument, s'approcha pour faire la présentation. Mais doña Sol le prévint et s'avança la première vers le matador :

« Je vous remercie d'être venu. Enchantée de faire connaissance avec vous. »

Et elle tendit une petite main fine, délicieusement parfumée, que le matador, surpris et troublé, serra fortement dans sa grosse main habituée à terrasser des monstres. Mais la petite main blanche et rose, au lieu de s'écraser sous la pression brutale, répondit par une vigoureuse étreinte et se dégagea facilement.

Gallardo, malgré son émotion, comprit qu'il fallait

répondre quelque chose ; et, comme s'il parlait à un aficionado, il balbutia :

« Merci… Ça va bien, chez vous ?… »

Un discret éclat de rire, échappé à doña Sol, se perdit dans le bruit que faisaient les sabots des chevaux sur le pavé. La dame partit au grand trot, et tout le peloton des cavaliers la suivit en manière d'escorte. Gallardo, honteux, se tenait en arrière, plongé encore dans la stupéfaction et soupçonnant confusément qu'il avait dit une sottise.

La cavalcade galopa d'abord près du fleuve, laissa derrière elle la Tour de l'Or [1], puis s'engagea dans des avenues sablées qui traversaient des jardins ombreux et gagna une route bordée de cabarets et de guinguettes. Lorsqu'ils arrivèrent à Tablada, ils virent sur la plaine verdoyante, près de la palissade qui séparait la prairie de l'enclos où était le bétail, un fourmillement noir de gens et de voitures.

Le Guadalquivir coulait le long de cette prairie. Sur la rive opposée, au haut d'une colline, s'élevait San-Juan-d'Aznalfarache, couronné par un château en ruine ; et des maisons de campagne montraient leur blancheur entre les olivaies d'un gris d'argent. À l'autre extrémité du vaste horizon, sur un fond d'azur où voguaient des nuages cotonneux, on apercevait les constructions de Séville, dominées par la masse imposante de la cathédrale et par la merveilleuse Giralda, qui, sous la lumière du soleil déjà déclinant, se teignait d'un rose tendre.

Les cavaliers, non sans peine, s'ouvrirent un chemin parmi la foule grouillante. La curiosité qu'inspiraient les bizarreries de doña Sol avait attiré là presque toutes les dames de Séville. Ses amies la saluaient, de leurs voitures, et la trouvaient très belle dans son costume à demi masculin. Ses cousines, les filles du marquis de Moraima, les unes encore célibataires, les autres venues avec leurs maris, lui recommandaient la prudence :

« Au nom de Dieu, Sol, ne t'expose pas !… »

Les « derribadors » entrèrent dans l'enceinte, accueillis au

1. Construite au bord du Guadalquivir, cette tour faisait partie des fortifications de l'Alcazar. Elle fut transformée en trésorerie par Pierre le Cruel, et, de nos jours, elle est occupée par la capitainerie du port.

passage par les applaudissements des gens du peuple qui étaient accourus aussi à la fête. Et les chevaux, apercevant de loin et flairant l'ennemi, commencèrent à s'agiter, à piaffer, à hennir sous la main ferme de ceux qui les montaient.

Cependant les taureaux s'étaient groupés au centre de l'enceinte. Les uns paissaient tranquillement ou demeuraient immobiles sur le pré dont l'herbe était un peu rouillée par l'hiver, les pattes rapprochées et le mufle bas ; d'autres, plus farouches, trottaient vers le fleuve ; et les bœufs vénérables, les prudents *cabestros*, se mettaient aussitôt à leur poursuite, faisant tinter la sonnaille qu'ils portaient au cou, tandis que les bouviers les aidaient à opérer le ralliement en lançant avec leurs frondes des pierres qui frappaient droit dans les cornes des fugitifs[1].

Les cavaliers demeurèrent longtemps à la même place, comme s'ils tenaient conseil sous les yeux impatients du public, qui espérait quelque chose d'extraordinaire.

Le premier qui se détacha du groupe fut le marquis, accompagné d'un de ses amis. Ils galopèrent jusqu'aux taureaux, arrêtèrent près d'eux leurs montures, se dressèrent sur les étriers, brandirent en l'air leurs garrochas et poussèrent de grands cris, pour effrayer le bétail. Alors un taureau noir, aux cuisses puissantes, se sépara du troupeau et partit en courant vers le fond de l'enceinte.

Le marquis avait raison d'être fier de sa *ganaderia* : elle ne comptait que des bêtes fines, améliorées par d'habiles croisements. Ce n'était pas le bœuf destiné à fournir de la viande, le ruminant à la peau sale, épaisse et rugueuse, aux sabots larges, à la tête pendante, aux cornes énormes et mal placées. C'étaient des animaux d'une vivacité nerveuse, d'une robuste musculature, qui faisaient trembler le sol et soulevaient sous leurs pieds des nuages de poussière : poil soyeux et lustré comme celui d'un cheval de luxe ; oreilles d'un rouge foncé ; encolure ample et superbe ; jambes courtes ; queue longue et mince ; cornes bien faites, aiguës et polies comme si un artisan les avait façonnées ; sabots

1. Les *vaqueros* (bouviers à pied) se servent de la *honda* (fronde) pour faire tourner le bétail à droite ou à gauche, en visant le bout des cornes qui est très sensible au choc des pierres.

courts, petits et ronds, mais assez durs pour couper l'herbe comme un outil d'acier.

Les deux cavaliers poursuivirent l'animal, le harcelèrent, chacun de son côté, lui coupèrent le passage chaque fois qu'il essayait de s'écarter vers le fleuve, tant qu'enfin le marquis, éperonnant sa monture, gagna du terrain, s'approcha, la lance en arrêt, et planta le fer dans la croupe de la bête. Celle-ci, par l'impulsion combinée du bras et du cheval, perdit l'équilibre et roula sur le pré, le ventre en l'air, les cornes dans l'herbe et les quatre pattes au vent.

La rapidité et la facilité avec lesquelles l'éleveur avait accompli cette *suerte* provoquèrent au-delà de la palissade une explosion d'enthousiasme. *Olé* les vieux ! Personne ne s'entendait comme le marquis à tout ce qui concernait les taureaux. Il les maniait comme s'il les avait faits ; et ce n'était pas étonnant, puisqu'il s'occupait de ses élèves depuis leur naissance jusqu'au jour où ils allaient mourir dans le cirque.

Tout de suite après, d'autres cavaliers demandèrent à attaquer, pour conquérir les applaudissements de la foule ; mais le marquis préféra que ce fût sa nièce. Puisqu'elle tenait absolument à effectuer un *derribo*, mieux valait qu'elle y allât tout de suite, avant que le troupeau fût irrité par de continuelles provocations.

Doña Sol éperonna donc son cheval qui se défendait, effrayé par la présence des taureaux. Le marquis se disposait à accompagner sa nièce ; mais elle ne voulut pas de lui. « Non. Elle préférait avoir avec elle Gallardo, qui était un torero. Où donc était Gallardo ? »

Et le matador, encore honteux de sa gaucherie, vint se placer à côté de la dame, sans prononcer une parole.

Ils galopèrent tous les deux vers le groupe des taureaux [1]. Le cheval de doña Sol résistait, se cabrait, refusait presque d'avancer ; mais la vigoureuse amazone l'obligea à reprendre sa course. Gallardo agitait sa garrocha en poussant des cris qui étaient de véritables mugissements, comme au cirque, lorsqu'il excitait ses féroces adversaires, à entrer dans le jeu.

1. *Torada.*

Il ne lui fut pas difficile d'obtenir qu'une bête se détachât du troupeau. Un taureau blanc tacheté de roux, au cou énorme, aux fanons pendants, aux cornes acérées, se sépara des autres et partit vers le fond de l'enclos, comme si c'était sa *querencia*[1] et qu'il fût irrésistiblement attiré vers elle. Doña Sol s'élança à sa poursuite avec le matador.

« Attention, madame ! criait Gallardo. C'est un vieux taureau, un malin. Prenez garde qu'il ne se retourne ! »

Et en effet le taureau se retourna. Comme doña Sol se préparait à exécuter la même passe que le marquis et faisait obliquer son cheval pour planter la garrocha dans la croupe et terrasser la bête, celle-ci, devinant le péril, fit volte-face et se campa, menaçante, devant les cavaliers qui la harcelaient. Le cheval de doña Sol dépassa le taureau, sans que l'amazone pût retenir sa monture, et la bête se précipita à ses trousses, de poursuivie devenue poursuivante.

La dame ne songea pas un instant à fuir. Là-bas, il y avait des milliers d'yeux qui la regardaient, et elle craignait les rires de ses amies, la compassion des hommes. Elle tira donc sur les rênes et fit front à la bête. Comme un picador, la garrocha sous le bras, elle enfonça le fer dans le cou du taureau qui chargeait sur elle, tête baissée. Un torrent de sang ruissela sur le poitrail blanc ; mais, dans son irrésistible impulsion, la brute continua d'avancer, sans se soucier de sa blessure, et elle plongea ses cornes sous le ventre du cheval, le secoua, l'enleva de terre. L'amazone fut désarçonnée, et une clameur d'émotion, jaillie de cent bouches, retentit près de la palissade. Le cheval, délivré des cornes, était parti dans une course folle, le ventre maculé de sang, les sangles brisées, la selle ballottant sur les reins.

Le taureau allait lui donner la chasse ; mais un objet plus voisin attira son attention. C'était doña Sol qui, au lieu de rester immobile sur l'herbe, venait de se relever, avait ramassé sa garrocha et l'avait bravement mise en arrêt, pour affronter de nouveau la bête. Une folle témérité ! Mais elle pensait à ceux qui la regardaient. Un défi à la mort ! Mais

1. « Lieu de prédilection. » C'est un endroit de l'arène où le taureau aime se tenir, par exemple à côté d'un cheval mort, et où il revient après chaque passe. Le taureau retiré dans sa *querencia* est plus dangereux à combattre.

cela valait mieux que de composer avec la peur et d'encourir le ridicule.

Derrière la palissade, on ne criait plus. La foule, muette de terreur, semblait pétrifiée. Tout le peloton des cavaliers s'était élancé au grand galop, parmi des nuages de poussière ; mais le secours arriverait trop tard. Le taureau grattait le sol avec ses sabots de devant, baissait le front, allait assaillir cette femme audacieuse qui persistait à le menacer de sa pique. Un simple coup de corne, et c'en était fait ! Mais, au même instant, un hurlement féroce détourna l'attention du taureau, et quelque chose de rouge passa devant ses yeux comme un jet de flamme. C'était Gallardo qui, sautant à bas de son cheval, venait d'abandonner la garrocha pour prendre le surtout qu'il portait à l'arçon de sa selle.

« Oooh !... Par ici ! »

Et le taureau, attiré par cet adversaire digne de lui, se précipita sur la doublure rouge, tournant le dos à cette femme en jupe noire et en corsage amarante, qui, dans la stupeur du péril, gardait toujours sa pique en arrêt.

« N'ayez pas peur, doña Sol, je le tiens ! » fit le torero, pâle aussi d'émotion, mais souriant et sûr de son adresse.

Sans autre défense que le vêtement doublé de rouge, il combattit la bête, l'éloigna, évita les charges furieuses par de gracieux écarts. La foule, ne pensant plus à sa récente angoisse, se mit à applaudir d'admiration. Quel bonheur ! Être venu pour un simple *derribo*, et avoir la chance d'assister à une course quasi régulière, de voir gratuitement Gallardo combattre !

Le torero, enhardi par l'impétuosité avec laquelle la bête chargeait, oublia doña Sol et tous les autres, attentif seulement à esquiver les attaques. Le taureau se retournait, furibond de voir que cet homme invulnérable glissait entre ses cornes ; et de nouveau il se ruait sur lui, mais il ne rencontrait jamais que l'écran rouge du surtout. L'animal finit par se lasser, ne bougea plus, et, tremblant sur ses jambes, baissa son mufle baveux. Alors Gallardo, profitant de cette hébétude, ôta son chapeau andalou et en toucha le crâne du monstre. Un immense hourra s'éleva derrière la palissade pour saluer cette prouesse.

Des cris et des tintements de sonnailles résonnèrent derrière le matador, et bouviers et *cabestros* apparurent autour de l'animal, l'enveloppèrent, le ramenèrent vers le gros du troupeau.

Gallardo ramassa sa garrocha, rattrapa son cheval qui, habitué aux taureaux, ne s'était pas beaucoup éloigné, remonta en selle et revint vers la palissade au petit galop, prolongeant, par cette lenteur voulue, la bruyante ovation de la foule. Les cavaliers, qui avaient reconduit doña Sol hors de l'enceinte, saluèrent le vainqueur avec de grands témoignages d'enthousiasme, et don José, après lui avoir fait signe de l'œil, lui chuchota mystérieusement :

« Un vrai brave ! Tu n'as pas été manchot. Très bien, parfaitement bien ! Maintenant elle est à toi, c'est moi qui te le dis. »

En dehors de la palissade, doña Sol était assise dans le landau des filles du marquis. Ses cousines, effarées, l'entouraient, la palpaient, voulaient à toute force lui trouver sur le corps quelque chose de démis, lui offraient des verres de *manzanilla* pour faire passer la peur. Mais elle, souriant vaguement, d'un air de supériorité, accueillait avec une sorte d'indifférence dédaigneuse ces exagérations de la tendresse féminine.

Lorsqu'elle vit Gallardo arriver sur son cheval au milieu de la foule, parmi les chapeaux agités et les mains tendues, elle lui sourit cordialement :

« Venez près de moi, Cid Campeador ! Donnez-moi votre main ! »

Et de nouveau leurs mains se joignirent dans une longue et vigoureuse étreinte.

Le soir, tout Séville parla de l'événement. Chez le matador, on en fit de longs commentaires. La señora Angustias était aussi rayonnante qu'après une grande course : son fils avait sauvé une de ces dames de la noblesse qu'elle regardait avec admiration, habituée au respect par de longues années de domesticité. Mais Carmen demeurait silencieuse, ne sachant que penser de cette aventure.

Plusieurs jours s'écoulèrent sans que Gallardo eût des nouvelles de doña Sol. Son fondé de pouvoir n'était pas en ville ; il était parti avec quelques amis pour une chasse à courre.

Enfin, un après-midi, don José reparut à ce café de la rue des Serpents où se réunissaient les aficionados. Il prit Gallardo à part, lui dit qu'il était rentré dans la matinée, qu'il avait trouvé chez lui un billet par lequel doña Sol le priait de passer chez elle, et qu'il venait de lui faire visite.

« Mais, sacrebleu, tu es donc pire qu'un loup ? conclut le fondé de pouvoir en emmenant son matador. Cette dame t'attendait. Elle est restée chez elle plusieurs jours, pensant que tu irais la voir d'un moment à l'autre... On ne fait pas des choses pareilles ! Après lui avoir été présenté et après ce qui s'est passé au *derribo*, tu dois une visite. C'est bien le moins que tu lui demandes des nouvelles de sa santé... »

L'espada s'arrêta, gratta sa tête sous son feutre.

« C'est que..., murmura-t-il, gêné, c'est que... Eh bien, oui, je lâche le mot : cela m'intimide. Vous savez bien que je ne suis pas un empoté, que les femmes ne me font pas peur, que je suis capable tout comme un autre de dire deux mots à une *gachi*... Mais avec celle-là, non ! C'est une grande dame qui en remontrerait à Lepe [1]. Quand je la vois, je comprends que je suis une bête, et je ne peux pas ouvrir la bouche sans faire une gaffe... Non, don José, je n'y vais pas, il n'est pas possible que j'y aille !... »

Mais don José, sûr de finir par le convaincre, l'entraîna jusque chez doña Sol en lui racontant son entretien avec l'ambassadrice. Elle était un peu offensée de la négligence de Gallardo. Toute l'aristocratie de Séville avait été la voir, excepté lui.

« Tu sais qu'un torero doit être en bons rapports avec les gens de la haute. Il s'agit d'avoir de l'éducation et de montrer que tu n'es pas un vacher élevé dans une étable. Une si grande dame, qui te distingue et qui t'attend !... Tu n'oses pas y aller seul ? Eh bien ! j'irai avec toi.

— Ah ! si vous m'accompagnez... »

Et Gallardo soupira de soulagement. Ils entrèrent dans l'hôtel qu'habitait doña Sol. Le *patio*, de style arabe, avait des arcades multicolores d'un charmant travail, qui rappelaient les arcs en fer à cheval de l'Alhambra. Un jet d'eau

1. Expression proverbiale qui signifie : être très instruit, très perspicace. Il s'agit de D. Pedro de Lepe, évêque de Calahorra et de la Calzada, auteur d'un livre intitulé *Catecismo católico*.

retombait avec une suave harmonie sur une vasque où nageaient des poissons vermeils. Dans les quatre galeries aux plafonds ornés de caissons, séparées du *patio* par des colonnades de marbre, le torero vit d'anciens panneaux sculptés, des tableaux aux tons noircis, des saints à la face livide, de vénérables meubles aux ferrures rouillées, aux ais si criblés de trous de vers qu'on aurait pu les croire fusillés avec du plomb de chasse.

Un valet de pied leur fit gravir le large escalier de marbre. Et le torero eut de nouveaux étonnements à voir là des retables où de sombres silhouettes se détachaient sur des fonds dorés ; des vierges massives et comme taillées à coups de hache, peintes de couleurs pâlies et d'or mourant, arrachées à de vieux autels ; des tapisseries d'une douce teinte de feuille sèche, encadrées de fleurs et de fruits, dont l'une représentait des scènes du calvaire, tandis qu'une autre montrait une troupe de lurons velus, cornus et pieds fourchus, que des demoiselles peu vêtues semblaient combattre comme des taureaux.

« Ce que c'est que l'ignorance ! disait le matador à don José. Moi qui croyais que tout cela n'était bon que pour les couvents ! Il paraît que ces gens aussi en font cas... »

Déjà la nuit approchait, et, à mesure qu'ils montaient, des lampes électriques s'allumaient sur leur passage, tandis qu'aux vitres des fenêtres brillaient encore les dernières splendeurs du soir. Gallardo allait de surprise en surprise. Lui, si fier de ses meubles achetés à Madrid, somptueusement capitonnés de soies voyantes, chargés de sculptures compliquées, très lourds, très riches, criant pour ainsi dire le gros prix qu'ils avaient coûté, il n'en revenait pas de voir là des sièges légers et fragiles, blancs ou verts, des tables et des armoires aux lignes simples, des murs d'une seule teinte, sans autres ornements que de petits tableaux placés à de larges intervalles et suspendus par de longs cordons, tout un luxe dont le vernis discret paraissait dû au seul travail des menuisiers. Il avait honte de sa propre surprise et de ce qu'il avait admiré chez lui comme le comble du faste. « Ce que c'est que l'ignorance !... » Et, lorsqu'il s'assit, il ne le fit pas sans appréhension : il craignait que la chaise ne se rompît sous son poids.

L'arrivée de doña Sol le détourna de ces réflexions. Il la vit comme il ne l'avait pas vue encore, débarrassée du chapeau et de la mantille, auréolée de cette chevelure lumineuse qui semblait justifier son nom romantique. Les bras, d'une merveilleuse blancheur, sortaient des longues manches de soie d'une tunique japonaise qui, croisée sur la poitrine, laissait à découvert l'attache d'un cou adorable, finement ambré, embelli par ces deux lignes qui rappellent le collier de Vénus. Les mouvements de ses mains faisaient scintiller avec un éclat magique des pierreries de toutes les couleurs, serties dans les bagues de forme singulière qui paraient ses doigts. Aux poignets délicats tintaient des bracelets d'or, l'un en filigrane oriental, où couraient de mystérieuses inscriptions, les autres massifs, auxquels étaient suspendues des amulettes et des figurines exotiques, souvenirs de lointains voyages. Quand elle s'assit pour causer, elle croisa les jambes avec une aisance masculine et fit danser à la pointe de son pied une babouche rouge à talon d'or, mignonne comme un jouet et rehaussée d'épaisses broderies.

Gallardo était suffoqué d'émotion ; ses oreilles bourdonnaient ; ses yeux se voilaient ; c'était à peine s'il distinguait des yeux clairs, fixés sur lui avec une expression moitié caressante, moitié ironique. Pour dissimuler cette émotion, il souriait et montrait ses dents : — tout à fait la niaise frimousse d'un bambin qui veut être aimable.

Elle le remercia de son exploit de l'autre jour.

« Mais non, madame !... De rien... Ça n'en vaut pas la peine... »

Il réussit pourtant à reprendre un peu de sang-froid. Puis, comme la dame et don José s'étaient mis à causer taureaux, il retrouva enfin de l'assurance. Elle lui parla des courses où elle l'avait vu « taurer », lui en rapporta exactement les principaux épisodes. Il fut très fier d'apprendre que cette femme l'avait contemplé en de semblables circonstances et de constater qu'elle en gardait la mémoire fidèle.

Elle ouvrit une boîte laquée, que décoraient des fleurs étranges, et elle offrit aux deux hommes des cigarettes à bout doré, qui exhalaient un parfum pénétrant et bizarre.

« Elles sont à l'opium, dit-elle. C'est très agréable. »

Et elle en alluma une ; puis, de ses yeux verdâtres où les

jeux de la lumière mettaient un frisson d'or liquide, elle suivit les ondoyantes spirales de la fumée.

Le torero, habitué au fort tabac de la Havane, aspirait avec curiosité la fumée de celui-ci. « Du foin... un plaisir de dames... » Mais, insensiblement, le subtil parfum que répandait cette fumée acheva de dissiper son malaise.

Doña Sol, les yeux attachés aux siens, l'interrogeait sur sa vie. Elle voulait connaître les coulisses de la gloire, les dessous de la célébrité, la vie errante et misérable du torero qui n'a pas réussi encore à gagner les bonnes grâces du public. Et Gallardo babillait, babillait avec une subite confiance, racontait ses premiers temps, insistait avec une orgueilleuse complaisance sur l'humilité de son origine : mais il avait soin toutefois d'omettre ce qu'il regardait comme honteux dans l'histoire de sa jeunesse aventureuse.

« Très intéressant ! très original ! répétait la belle femme.

— Le premier homme du monde ! intervenait don José avec un brusque enthousiasme. Croyez-moi : il n'y a pas deux gaillards comme lui. Si vous saviez combien son organisme est résistant aux blessures !... »

Et, aussi fier de la vigueur de Gallardo que s'il eût été son père, il énumérait les cicatrices que celui-ci avait sur le corps, les décrivait comme s'il les voyait à travers les habits. Les yeux de la dame le suivaient dans cette promenade anatomique avec une sincère admiration. Un vrai héros, simple, embarrassé, sauvage, comme tous ceux qui sont vraiment forts !... »

Doña Sol voulut les avoir l'un et l'autre à dîner. Elle serait seule, ce soir-là ; le marquis et ses nièces étaient allés à la campagne, et elle n'attendait personne. Mais don José répondit qu'il n'était pas libre : en rentrant, le matin, à Séville, il avait invité deux amis. Alors elle insista pour avoir au moins Gallardo.

« C'est une invitation sans façon. Il faut absolument que vous me teniez compagnie. Je n'admets pas d'excuse. Vous ferez pénitence avec moi... »

Et Gallardo, cédant à cette insistance aimable, se décida enfin à rester.

Comme il fut mal à son aise, le pauvre torero, lorsqu'il se vit tête à tête avec doña Sol, devant une table somptueusement servie ! Tout l'intimidait, et le luxe princier de cette vaste salle où les deux convives semblaient perdus, et les énormes candélabres de vermeil sur lesquels des abat-jour roses atténuaient la lumière électrique, et l'imposant maître d'hôtel qui, grave et impassible, les servait cérémonieusement. Au milieu de ce luxe aristocratique, il avait honte de lui-même, de ses vêtements, de son ignorance des usages, et c'était à peine s'il osait remuer la main.

Mais cette fâcheuse impression s'effaça vite. Doña Sol riait gentiment de sa sobriété, de la crainte avec laquelle il touchait à son assiette et à son verre, et elle lui donnait l'exemple du bon appétit. Aussi se décida-t-il bientôt à manger, et surtout à boire : les vins étaient généreux, et il espérait que, grâce à leur hilarante chaleur, il réussirait à se délivrer de cette gêne qui paralysait sa langue et qui l'avait d'abord empêché de dire autre chose que « merci bien ».

Le champagne acheva de le ragaillardir, et, lorsque doña Sol se leva de table, il lui offrit galamment le bras, non sans s'étonner lui-même de cette audace. N'était-ce pas ainsi qu'on fait dans le grand monde ? Sans doute il n'était qu'un torero ; mais un torero n'ignore pas nécessairement les belles manières.

Ils prirent le café au salon, où doña Sol, nonchalamment étendue sur les coussins d'un sofa, se mit à fumer ses cigarettes au parfum subtil, tandis que Gallardo, enfoncé dans un moelleux fauteuil, mâchonnait le précieux havane que lui avait présenté un domestique. Bientôt, engourdi par le travail de la digestion, il ne répondit plus aux paroles de la jeune femme que par des monosyllabes et par un sourire d'une fixité stupide.

Doña Sol, ennuyée de ce silence, alla s'asseoir au piano, et, de ses doigts longs et robustes, elle joua des *malagueñas* [1] au rythme allègre et voluptueux. Cette musique tira Gallardo de sa torpeur.

« *Olé*, s'écria-t-il, comme il aurait fait dans une taverne. C'est très bien, je ne vous dis que ça ! »

1. Airs de fandango propres à la province de Málaga.

Aux *malagueñas* succédèrent des *sevillanas* et d'autres airs andalous, tendres et rêveurs, que doña Sol jouait de mémoire.

« Parfait !... Vous avez des mains d'or !... Une autre !... Encore une autre !...

— Vous aimez la musique ? » lui demanda doña Sol.

À cette question qu'il ne s'était jamais posée, Gallardo répondit sans aucune hésitation qu'il l'aimait beaucoup. Et alors doña Sol passa du rythme vif des chants populaires à des compositions plus lentes, plus solennelles, que l'espada jugea être de la musique d'église. Ça, c'était moins amusant. Les exclamations d'enthousiasme s'éteignirent et la somnolence revint. Par instants, il sentait ses yeux se fermer malgré lui, et il comprenait qu'il ne tarderait pas à s'endormir.

Pour obvier à ce danger, il considéra la femme qui lui tournait les épaules. Quel corps ! Quelle nuque blanche et arrondie ! Quelle splendide chevelure ! Comme il serait bon d'appliquer un baiser sur cette chair-là ! Mais d'ailleurs doña Sol lui inspirait un respect insurmontable, tellement insurmontable que, peu à peu, les idées malhonnêtes s'éloignèrent de l'esprit du matador, et que, gagné de nouveau par la somnolence, il dut se pincer les cuisses pour se tenir éveillé, se couvrir la bouche avec la main pour étouffer les bâillements.

Soudain la voix de doña Sol le fit tressaillir. Elle chantait en s'accompagnant. Il prêta l'oreille, afin de comprendre les paroles ; mais, hélas ! les paroles étaient dans une langue étrangère dont il ne put saisir un traître mot.

« Dieu me damne ! Pourquoi ne chante-t-elle pas plutôt un *tango* ? Avec cette musique-ci, un chrétien est excusable de fermer l'œil !... »

Ce qu'elle chantait, c'était la prière d'Elsa, la plainte de la vierge blonde qui pense à l'homme fort, au guerrier redoutable pour ses ennemis, doux et timide avec les femmes. Elle avait dans la voix des tremblements de passion, et son chant s'adressait à l'homme qui était derrière elle. Certes celui-ci n'avait pas l'aspect légendaire de l'autre ; il était rude, naïf, un peu gauche. Mais, en imagination, elle le revoyait tel qu'il lui était apparu quelques jours auparavant, aux prises avec le taureau furieux comme les héros de Wagner avec les dragons épouvantables. Oui, oui, cet homme était *son* guerrier !

Cependant le « guerrier », une allumette à la main, essayait pour la quatrième ou cinquième fois de rallumer son cigare. Elle se tourna vers lui. Gallardo, mettant à profit l'heureuse interruption de la musique, se leva et fit un pas vers elle :

« Bonsoir, doña Sol. Merci bien. Il est tard et je m'en vais. »

Mais elle se leva aussi, et, les yeux fixés sur ceux du torero :

« Non, ne t'en va pas ! » dit-elle.

Il ne rentra chez lui que le lendemain, à l'aube.

V

Une grande satisfaction de vanité s'ajouta aux nombreux motifs qu'avait déjà Gallardo d'être content de sa personne. Quand il parlait au marquis de Moraima, celui-ci, bonhomme, point poseur, très reconnaissant du service rendu à sa nièce, le traitait avec une bienveillance familière ; et le matador à son tour, enorgueilli des clandestines faveurs de doña Sol, se considérait un peu comme de la famille et témoignait au riche hidalgo un respect quasi filial.

Ce grand seigneur vêtu comme un campagnard, vrai centaure culotté en picador et armé d'une forte garrocha, était un illustre personnage qui pouvait couvrir sa poitrine de cordons et de croix, revêtir dans le palais des rois un habit chargé de broderies et orné d'une clef d'or cousue à l'un des pans. Ses ancêtres les plus éloignés étaient venus à Séville avec le monarque qui expulsa les Maures, et ils avaient reçu de lui, en récompense de leurs hauts faits, d'immenses territoires pris aux vaincus, territoires dont les restes étaient ces vastes plaines où paissaient aujourd'hui les taureaux du marquis. Ses plus proches ascendants, amis et conseillers des souverains, avaient dépensé dans le faste de la cour une grande partie de leur patrimoine ; et lui-même, en dépit de sa bonhomie, de son affabilité, de la simplicité de sa vie rustique, il conservait la distinction de sa noble origine. Or Gallardo, dans son for intérieur, ne pouvait se défendre de penser avec une secrète infatuation qu'en somme ce personnage était devenu son oncle par alliance et qu'ainsi l'ancien Zapaterin était un tant soit peu apparenté à toute la glorieuse lignée.

La façon de vivre et les habitudes du matador changèrent. Il cessa presque d'aller dans les cafés où se réunissaient les aficionados. Sans doute ces aficionados étaient de bonnes gens, mais des gens de nulle importance, petits boutiquiers, ouvriers devenus patrons, modestes commis, oisifs qui vivaient miraculeusement d'expédients occultes, sans autre profession connue que de parler taureaux.

Gallardo passait devant les vitrages de ces cafés, saluait ses partisans qui lui répondaient en agitant les bras, pour l'engager à entrer.

« Je reviens », leur disait-il.

Mais, au lieu de revenir, il entrait dans un cercle aristocratique de cette même rue des Serpents, cercle où il y avait des valets de pied en culotte courte, une imposante décoration gothique, des services d'argent sur les tables. C'était don José qui l'y avait introduit, et on y tolérait la présence du matador comme une exception, parce que c'était un torero « convenable », parce qu'il s'habillait bien, parce qu'il dépensait beaucoup d'argent, et surtout parce qu'on savait que le marquis de Moraima lui témoignait de la bienveillance. D'ailleurs Gallardo, avec sa finesse d'ancien voyou, savait se faire aimer de cette brillante et ignare jeunesse.

« C'est un homme très instruit », disaient les membres du cercle, d'un air grave.

Et, par le fait, il en savait tout juste autant qu'eux.

Le fils de la señora Angustias ne se défendait pas d'un sentiment de fatuité, chaque fois qu'il s'avançait entre les domestiques militairement alignés sur son passage, et qu'un huissier, imposant comme un magistrat, le col ceint d'une chaîne d'argent, venait lui prendre son chapeau et sa canne.

C'était plaisir de se frotter à une société si élégante. Les jeunes gens, installés dans de hautes chaires de drame romantique, parlaient chevaux et femmes et tenaient le compte exact des duels qui advenaient en Espagne : car ils étaient tous des hommes d'un honneur vétilleux et d'une vaillance obligatoire. Il y avait au cercle une salle d'escrime, et il y avait aussi une autre salle où l'on jouait sans désemparer, depuis les premières heures de l'après-midi jusqu'à l'aube du lendemain.

Gallardo jouait beaucoup. C'était le meilleur moyen de lier d'étroites relations dans ce milieu-là. Il jouait et il perdait, avec la déveine d'un homme heureux ailleurs. Sa mauvaise chance était un sujet de gloriole pour les membres du cercle :

« Cette nuit, Gallardo s'est fait étriller, disaient-ils avec ostentation. Il a perdu au moins onze mille pesetas. »

Et ce prodige de puissance à supporter les pertes, comme aussi la sérénité avec laquelle le matador lâchait les écus, lui conciliaient le respect de ses nouveaux amis qui voyaient en lui le plus ferme soutien du jeu dans leur cercle.

Bientôt ce goût devint chez Gallardo une passion si forte qu'il lui arrivait parfois d'en oublier sa grande dame. Jouer avec ce qu'il y avait de mieux à Séville ! Être traité comme un égal par ces jeunes aristocrates, grâce à la fraternité que créent les prêts d'argent et les émotions communes !

Les amis du fondé de pouvoir interrogeaient celui-ci sur les pertes de l'espada. Gallardo allait se ruiner ; ce qu'il gagnerait avec les taureaux, le tapis vert le lui mangerait. Mais don José souriait avec dédain :

« Cette année, nous avons plus d'engagements que jamais. Nous récoltons de l'argent à n'en savoir que faire. Laissez donc ce garçon s'amuser. C'est pour cela qu'il travaille, et chacun a scs menus défauts… Lc premier homme du monde !… »

Don José considérait comme un triomphe de plus pour son idole, que l'on admirât le flegme avec lequel Gallardo faisait de grosses pertes. Un matador ne pouvait pas ressembler au reste des humains, qui chicanent sur des centimes. Sans compter que Gallardo gagnait tout ce qu'il voulait.

Depuis que l'espada avait commencé ce nouveau genre d'existence, il ne se contentait plus de fréquenter le cercle. Certains après-midi, il entrait au club des Quarante-cinq. Ce club était une sorte de sénat de la tauromachie. Les toreros n'y pénétraient pas aisément, et les respectables pères conscrits de l'*afición* gardaient ainsi toute liberté pour exprimer leurs opinions.

Au printemps et en été, les Quarante-cinq se réunissaient dans le vestibule et sur le trottoir de leur immeuble, et, assis dans des fauteuils de jonc, ils attendaient les télégrammes des courses. Ils ajoutaient peu de foi aux jugements de la presse, et d'ailleurs ils avaient besoin de connaître les nouvelles avant que les journaux parussent. À la tombée du jour, des télégrammes leur arrivaient de tous les lieux de l'Espagne où il y avait eu des *corridas*, et les membres du club, après en avoir écouté la lecture avec une gravité religieuse, commençaient à discuter et à construire des hypothèses sur les laconiques données de la dépêche.

Ils exerçaient, comme un sacerdoce qui les remplissait d'orgueil, la fonction de se tenir tranquillement assis devant leur porte à prendre le frais ; de connaître avec certitude, sans exagérations intéressées, ce qui s'était passé dans l'après-midi, soit au cirque de Bilbao, soit à celui de la Corogne, soit à celui de Barcelone, soit à celui de Valence ; de savoir les « oreilles » qu'avait obtenues tel matador, les sifflets que tel autre avait dû subir ; tandis que leurs concitoyens vivaient encore dans la plus triste des ignorances et étaient réduits à se promener dans les rues jusqu'à la publication des gazettes. Quand il y avait « de la toile cirée » et qu'un télégramme annonçait la terrible blessure d'un torero natif de leur province, l'émotion et la solidarité andalouse humanisaient les vénérables sénateurs jusqu'à faire qu'ils communiquassent ce secret d'importance à quelque ami aperçu dans la rue. Aussitôt la nouvelle s'en propageait dans tous les cafés du voisinage, et personne ne la révoquait en doute : c'était un télégramme reçu par les Quarante-cinq !

Par un privilège inouï, Gallardo avait réussi à se faire accepter peu à peu dans cette société. Il s'y présentait sous le prétexte de venir chercher son fondé de pouvoir, et il finissait par s'asseoir avec ces messieurs, parmi lesquels il y en avait plusieurs qui ne l'aimaient guère et qui avaient choisi un autre espada pour « leur matador ».

La décoration intérieure de l'hôtel des Quarante-cinq avait « du caractère », comme disait don José : — hauts lambris de faïence mauresque ; murs d'une propreté immaculée ; splendides affiches annonçant d'anciennes courses ; têtes « naturalisées » de taureaux fameux par le nombre des chevaux qu'ils avaient tués ou par la blessure faite à quelque espada célèbre ; capes de luxe et estocs offerts en don par des toreros, au moment où ils avaient coupé leur coleta [1].

Les valets en habit servaient les maîtres en costume campagnard ou même, pendant les chauds après-midi d'été, en manches de chemise. À l'époque de la Semaine sainte, quand d'illustres aficionados, venus de toute l'Espagne, assistaient à la réception donnée en leur honneur, les valets prenaient la livrée rouge et jaune, la culotte courte, la perruque blanche ; et, ainsi costumés comme des laquais de maison royale, ils présentaient des plateaux de *manzanilla* à ces opulents gentilshommes dont plusieurs avaient supprimé la cravate.

Dans l'après-midi, lorsque arrivait le marquis de Moraima, doyen du club, les autres faisaient cercle autour de lui, allongés dans de profonds fauteuils. Le fameux éleveur occupait un siège plus haut que les autres, une sorte de trône d'où il présidait à la conversation. On commençait toujours par parler du temps. Ces messieurs étaient pour la plupart des *ganaderos*, de riches propriétaires fonciers, toujours inquiets des besoins de la terre et des variations atmosphériques. Le marquis exposait les observations que lui suggérait l'expérience acquise en d'interminables chevauchées à travers la plaine andalouse, plaine déserte, immense, aux vastes horizons, pareille à une mer de verdure sur laquelle les taureaux, tels des requins endormis, semblaient flotter lentement parmi les houles des herbages. La sécheresse, redoutable fléau de cette plaine, était pour les sociétaires un sujet de conversation qui durait des soirées entières. Quand le ciel, après de longues semaines d'attente, se couvrait et

1. *Cortarse la coleta*. C'est ce que faisait le torero lorsqu'il abandonnait le métier et prenait sa retraite.

laissait choir enfin quelques gouttes d'eau, ces grands seigneurs campagnards souriaient de joie, se frottaient les mains ; et le marquis disait sentencieusement, à la vue des larges ronds que faisaient sur le trottoir les gouttes tièdes :

« Merci, mon Dieu ! Chacune de ces gouttes est une pièce de cinq douros ! »

Lorsque le temps ne les préoccupait pas, leur entretien roulait presque toujours sur le bétail et plus spécialement sur les taureaux, dont ils parlaient avec tendresse, comme s'il y avait eu entre ces bêtes et eux-mêmes une sorte de parenté. Les éleveurs accueillaient avec déférence les opinions du marquis, à cause du prestige que lui donnait sa fortune supérieure ; et les simples aficionados, qui ne sortaient guère de la ville, admiraient son habileté à produire des animaux farouches. « Ce qu'il savait, cet homme-là !... » Quant à lui, dès qu'il dissertait sur la sollicitude qu'exigeait cet élevage, il était tout pénétré de la grandeur de son rôle. Sur dix veaux, huit ou neuf étaient voués à la boucherie, après l'« essai » que l'on faisait de leur férocité. Un ou deux seulement, ceux qui s'étaient montrés braves devant la garrocha et qui avaient chargé contre le fer, étaient considérés comme des taureaux de combat et mis à part, pour être ensuite l'objet de soins assidus. Et quels soins !...

« Une *ganaderia* de taureaux sauvages ne doit pas être considérée comme une affaire, proclamait le marquis. C'est un luxe dispendieux. On nous paie un de ces taureaux quatre ou cinq fois plus cher qu'une bête de boucherie, c'est vrai ; mais le prix de revient est si élevé ! »

Il fallait veiller sur ces animaux à toute heure, se préoccuper de leur nourriture et de leur eau, les faire passer d'un lieu dans un autre selon les variations de la température. Chacun d'eux coûtait plus que l'entretien d'une famille ! Et, lorsque enfin le taureau était en bonne forme, il fallait encore l'entourer de précautions jusqu'au dernier moment, pour qu'il se présentât bien dans l'arène et fît honneur à la devise[1] qui flottait sur son cou. Le marquis, dans certains

1. *Divisa*, touffe de rubans que l'on fixe sur le cou du taureau, en arrière du garrot, par un petit fer barbelé, à l'instant où il sort du *toril* pour entrer dans l'arène. Chaque éleveur a sa « devise », dont les couleurs font connaître au public la provenance de l'animal.

cirques, était allé jusqu'à se battre avec les imprésarios et avec les autorités, refusant obstinément de livrer ses bêtes parce que les musiciens étaient placés au-dessus du toril, de sorte que le bruit des instruments étourdissait ces nobles animaux et les rendait moins braves et moins résolus, à leur sortie dans le redondel.

« Ils nous ressemblent ! disait-il avec attendrissement. Il ne leur manque que la parole. »

Et il parlait de Lobito [1], un vieux *cabestro*, assurant qu'il ne le vendrait pas, quand même on lui en offrirait tout Séville avec la Giralda. Dès que le marquis, galopant à travers les vastes pâturages, arrivait en vue du troupeau auquel appartenait le trésor, il lui suffisait d'attirer l'attention de l'animal en criant : « Lobito ! » Et Lobito quittait ses compagnons, venait à la rencontre de son maître, mouillait d'un mufle bénin les bottes du cavalier ; ce qui ne l'empêchait pas d'être une bête d'une formidable puissance, dont tous les taureaux avaient peur. Alors le marquis mettait pied à terre, tirait de son bissac un morceau de chocolat et le donnait à Lobito, qui, par gratitude, remuait sa tête armée de cornes immenses. Puis le marquis, un bras appuyé sur l'encolure, s'avançait tranquillement au milieu des taureaux qui s'agitaient, rendus inquiets et farouches par la présence de l'homme. Mais il n'y avait aucun danger. Lobito marchait comme un chien, couvrant son maître de son corps et regardant de tous côtés, pour imposer le respect à ses terribles compagnons. Si l'un d'eux, plus hardi, s'approchait pour flairer l'intrus, il rencontrait les cornes menaçantes du *cabestro* ; et si plusieurs d'entre eux, avec une maladroite lourdeur, se réunissaient pour lui barrer le passage, Lobito allongeait sa tête armée et les obligeait à faire place.

Quand le marquis racontait les hauts faits de quelques-uns des animaux sortis de ses pâturages, une émotion d'enthousiasme et de tendresse faisait trembler ses lèvres rasées et ses favoris blancs.

« Le taureau ! C'est l'animal le plus noble qu'il y ait au monde. Si les hommes lui ressemblaient, tout irait mieux…

1. « Louveteau. »

Par exemple, ce pauvre Coronel[1] dont vous avez là le portrait. Vous rappelez-vous quel joyau ? »

Et il indiquait une grande photographie, encadrée luxueusement, qui le représentait lui-même en costume de montagnard, beaucoup plus jeune qu'aujourd'hui, et entouré de fillettes vêtues de blanc. Ils étaient tous assis au milieu d'un pâturage, sur une masse noirâtre à l'une des extrémités de laquelle se dressaient deux cornes. Ce banc sombre et informe, c'était Coronel. D'énorme taille et fort agressif avec ses compagnons de troupeau, il était au contraire d'une affectueuse obéissance avec son maître et avec les personnes de la famille. Il ressemblait à ces mâtins, féroces pour les étrangers, mais qui se laissent tirer la queue et les oreilles par les enfants de la maison et qui supportent toutes leurs diableries avec des grognements de bonté. Les fillettes étaient les filles du marquis ; la bête flairait leurs petites robes, tandis qu'elles-mêmes, d'abord craintives et cramponnées aux jambes de leur père, osaient ensuite, avec la soudaine audace de l'enfance, lui gratter le mufle.

Un jour, après de longues hésitations, le marquis se décida à vendre Coronel pour le cirque de Pampelune, et il assista à la course. Ah ! quand il parlait de ce qui s'était passé, ce jour-là, ses yeux se brouillaient ! Jamais de sa vie il n'avait vu un taureau se présenter comme le sien. La bête était entrée fièrement dans l'arène et s'était campée au milieu, éblouie par le soleil après l'obscurité du toril, étonnée par la rumeur de ces milliers de personnes après le silence du corral. Mais, dès qu'un picador lui eut éraflé le *morillo*, elle emplit le cirque entier de sa magnifique fureur.

« Il n'y eut plus devant Coronel ni hommes ni chevaux ni rien ! En une seconde, il renversa toutes les haridelles, envoya en l'air les picadors. Les toreros couraient, les arènes étaient en désarroi comme si l'on y eût exécuté une ferrade[2]. Le public réclamait encore des chevaux, et Coronel attendait qu'un adversaire s'approchât, afin de le mettre

1. « Colonel. »

2. *Herradero*. Pour imprimer sur les jeunes bêtes la marque de l'éleveur, deux gardiens terrassent le veau, tandis qu'un troisième lui applique sur la cuisse droite le fer rouge, *hierro*, qui porte la marque. Cette opération, qui se pratique chaque année, ne s'accomplit pas sans désordre et sans tumulte.

à mal. La moindre provocation suffisait pour qu'il accourût, attaquant avec une noblesse et une impétuosité qui rendaient le public fou d'admiration. Lorsqu'on sonna pour la mort, malgré les quatorze coups de pique et le jeu complet de banderilles qu'il avait dans l'encolure, il était aussi vaillant et aussi puissant que s'il venait de quitter le pâturage. Alors... »

Toujours, à ce point de son récit, l'éleveur s'arrêtait pour raffermir sa voix, qui devenait chevrotante.

« Alors » le marquis de Moraima, qui était dans une loge, s'était trouvé tout à coup, sans savoir comment, derrière la barrière, parmi les garçons d'arène qui se démenaient et à proximité du matador qui préparait sa muleta avec une certaine lenteur, comme pour retarder le moment où il devrait affronter un adversaire si redoutable. « Coronel ! » s'était écrié le marquis, en se penchant sur la barrière et en frappant les planches avec ses mains. La bête n'avait pas bougé de place ; mais, à ce cri qui lui rappelait le pays lointain où elle ne reviendrait plus, elle avait levé le front. « Coronel ! » avait de nouveau crié le marquis. Et enfin elle avait tourné la tête, avait aperçu cet homme qui l'appelait de la barrière, s'était précipitée sur lui en ligne droite. Mais, à moitié chemin, elle avait interrompu sa course et s'était approchée doucement, jusqu'à toucher de ses cornes les bras tendus vers elle. Son poitrail était laqué de rouge par les filets de sang qui s'échappaient des trous ouverts dans le garrot ; les déchirures de la peau laissaient voir le muscle bleu. « Coronel, mon enfant ! » Et le taureau, comme s'il comprenait ces manifestations d'amour, avait haussé son mufle et mouillé de sa bave les favoris de l'éleveur, tandis que ses yeux clairs, injectés de sang, paraissaient dire : « Pourquoi m'as-tu envoyé ici ? » Sur quoi, le marquis, ne sachant plus ce qu'il faisait, avait plusieurs fois baisé les naseaux de la bête, humides encore des bouffées de rage.

« Qu'on ne le tue pas ! » avait crié une bonne âme, dans l'amphithéâtre. Et, comme si ces paroles eussent exprimé le sentiment unanime des spectateurs, une explosion de voix avait retenti de toutes parts, en même temps que des milliers de mouchoirs palpitaient sur les gradins ainsi qu'un vol de colombes. « Qu'on ne le tue pas ! » À cette minute, la foule, prise d'un vague attendrissement, méprisait son propre plaisir, abhorrait le brillant torero et son inutile héroïsme, admirait la vaillance de la bête et reconnaissait que, parmi cette multitude d'êtres doués de raison, la noblesse et la sensibilité avaient pour représentant le pauvre animal[1].

« Je l'ai remmené, concluait le marquis, ému. J'ai rendu à l'impresario ses deux mille pesetas. Je lui aurais donné toute ma fortune. Après un mois de repos au pâturage, Coronel n'avait même plus de marques sur le garrot. J'aurais voulu que le généreux animal mourût de vieillesse ; mais, en ce monde, les meilleurs ont le moins de chance ! Un taureau sournois[2], qui n'aurait pas osé le regarder en face, l'a traîtreusement assassiné d'un coup de corne... »

D'ailleurs le marquis et ses collègues en élevage passaient rapidement de cette tendre sympathie pour les bêtes à l'orgueil qu'ils ressentaient de leur férocité. Il fallait voir le dédain avec lequel ils parlaient des ennemis des courses, de ceux qui déclamaient contre l'art tauromachique au nom de la protection des animaux : « Des sottises d'étrangers ! Des erreurs d'ignorants qui ne voient dans le bétail que les cornes et qui confondent un bœuf de boucherie avec un taureau *de muerte* ! Le taureau espagnol est un animal féroce, le plus valeureux qu'il y ait au monde... » Et ils rappelaient de nombreux combats entre taureaux et grands fauves, combats qui avaient toujours abouti à l'éclatant triomphe de la bête nationale.

Le marquis riait au souvenir d'un autre de ses élèves. On préparait dans un cirque le combat d'un taureau contre un lion et un tigre, et il y avait envoyé Barrabas, animal vicieux qu'il était obligé de séparer des autres dans le pâturage, parce que Barrabas donnait des coups de corne à ses compagnons et en avait déjà tué plusieurs.

1. L'histoire de *Coronel* n'est pas de pure imagination. Une vingtaine d'années auparavant, au cirque de Barcelone, on combattait un taureau nommé *Culebro*. Après que l'animal eut été irrité par plusieurs coups de pique, le bouvier Salerito, qui avait longtemps donné ses soins à l'animal, l'appela ; et celui-ci s'approcha de l'homme, se laissa caresser, toucher le mufle. Les larmes vinrent aux yeux du bouvier, navré de voir qu'on allait tuer cette malheureuse bête.

2. *Marrajo*, rusé, perfide, qui n'attaque qu'à coup sûr.

« Or voici ce que j'ai vu de mes yeux, expliquait le marquis de Moraima. Barrabas avait été enfermé dans une grande cage de fer dressée au centre de l'arène. On lui lâcha d'abord le lion, et ce maudit félin, profitant de ce que le taureau n'a pas de malice, lui sauta sur la croupe et commença à s'escrimer des griffes et des dents. Barrabas bondissait, furieux, pour le décoller et le mettre à portée des cornes, là où est la défense, tant qu'enfin, dans une de ses évolutions, il réussit à lancer le fauve devant lui, l'accrocha ; et ensuite... Ah ! messieurs, tout comme une balle au jeu de paume !... Pendant un long moment il le fit sauter d'une corne à l'autre, le secoua comme une marionnette, et finalement, d'un air de mépris, le jeta dans un coin où celui qu'on appelle le roi des animaux, pelotonné sur lui-même, demeura coi comme un chat qu'on vient de battre. Quant au second acte, il fut beaucoup plus court que le premier. Dès que le tigre parut dans la cage, il fut accroché par Barrabas qui le lança en l'air et qui, après l'avoir bien fait sauter, le jeta dans un coin, comme l'autre. Puis Barrabas, qui était un mauvais plaisant, se promena de long en large et fit ses besoins sur les deux fauves... »

Ces récits provoquaient toujours de grands éclats de rire parmi les Quarante-cinq ; et un sentiment d'orgueil patriotique se mêlait à cette joyeuse hilarité, comme si la valeur du bétail espagnol prouvait aussi la supériorité de la nation espagnole sur tout le reste du monde.

Cependant la famille de Gallardo était à la ferme de la Rinconada. La señora Angustias, après une existence de misère passée dans les taudis de la ville, aimait la vie rustique. Carmen aussi se plaisait à la campagne. Son caractère de femme active la poussait à surveiller de près le travail des serviteurs, et elle savourait le plaisir de posséder de vastes propriétés. Au surplus, les enfants du sellier, ces neveux qui remplissaient autour d'elle le vide laissé par l'infécondité, avaient besoin de l'air des champs. Quant au matador, en faisant partir sa femme et sa mère pour la ferme, il leur avait promis de les rejoindre bientôt ; mais il retardait son arrivée sous toute sorte de prétextes, et il vivait dans sa maison de la ville sans autre compagnie que celle de son domestique

Garabato. C'était une existence de célibataire qui lui donnait toute liberté pour ses relations avec doña Sol.

Montés l'un et l'autre sur des chevaux fringants, vêtus comme le jour du *derribo de reses*, tantôt seuls, tantôt en compagnie de don José, dont la présence atténuait un peu le scandale de cette exhibition, ils allaient voir des taureaux dans les pâturages proches de Séville, « essayer » des bouvillons dans les parcs du marquis. Doña Sol aimait passionnément le danger, exultait d'allégresse à piquer les bêtes avec la garrocha ; et souvent, lorsqu'un animal, au lieu de fuir, se retournait contre elle et l'attaquait, Gallardo était obligé d'accourir à son aide.

D'autres fois, si l'on annonçait un « encagement [1] » de taureaux pour les cirques qui, sur la fin de la saison hivernale, donnaient des courses extraordinaires, ils se dirigeaient vers la gare de l'Empalme [2].

Doña Sol examinait curieusement ce lieu, qui est le centre d'exportation le plus important pour l'industrie taurine. Il y avait là d'immenses cours contiguës à la voie ferrée ; et d'énormes caisses de bois gris, montées sur roues, avec deux portes à coulisses, s'y alignaient par douzaines en attendant la bonne époque des expéditions, c'est-à-dire les courses d'été. Ces caisses avaient voyagé par toute la péninsule, portant dans leurs flancs des taureaux sauvages jusqu'aux villes les plus lointaines, puis revenant vides pour en prendre d'autres. Le leurre imaginé par l'homme et l'astucieuse adresse des gens du métier réussissaient à rendre aussi maniables qu'une marchandise quelconque ces bêtes féroces habituées à la liberté des champs.

Les taureaux à expédier en wagon arrivaient au galop, par une route large et poudreuse, entre deux haies de fils de fer garnis de pointes aiguës. Ils venaient de pâturages éloignés, et, quand ils approchaient de l'Empalme, leurs conducteurs, pour les tromper mieux, leur faisaient prendre une allure furibonde.

En avant chevauchaient à fond de train les mayorals [3] et

1. *Encajonamiento.*
2. À 6 km de Séville, sur la ligne de Madrid.
3. Chefs des bouviers.

les bouviers, la pique à l'épaule, et derrière eux couraient les sages *cabestros*, protégeant les conducteurs avec leurs cornes démesurées. Ensuite venaient les taureaux de combat, les bêtes farouches destinées à la mort, bien « enrobées [1] », c'est-à-dire entourées par des bœufs domestiques qui les empêchaient de s'écarter de la route et par de robustes vaqueros qui, fronde en main, étaient prêts à saluer d'un infaillible coup de pierre la paire de cornes qui se séparerait du groupe.

Parvenus aux cours, les cavaliers de tête s'écartaient, restaient dehors, et toute la bande des taureaux, véritable avalanche de poussière, de piétinements, de mugissements et de sonnailles, se précipitait dans l'enceinte avec une irrésistible impétuosité, tandis qu'on refermait vivement les portes sur la croupe du dernier animal. Les *cabestros*, instruits par l'expérience et obéissant aux bouviers, s'étaient mis de côté, aussitôt après avoir franchi la porte, et avaient laissé passer sans obstacle le tourbillon qui se ruait derrière eux. Des gens, assis à califourchon sur les murs ou juchés sur des balcons, excitaient les taureaux, soit par leurs cris, soit en agitant leurs feutres. Les taureaux traversaient la première cour sans s'apercevoir qu'ils étaient prisonniers, croyant toujours galoper en libre campagne ; et ils ne s'arrêtaient, étonnés et perplexes, que dans la seconde cour, lorsqu'ils voyaient en face d'eux la muraille, et que, se retournant, ils trouvaient derrière eux la porte close.

Alors commençait l'« encagement ». Un par un, les animaux, au moyen d'étoffes flottantes, de cris et de coups de garrocha, étaient dirigés jusqu'à un couloir au milieu duquel était placée la caisse de transport, avec ses deux portes levées. Cette caisse était comme un petit tunnel à travers lequel on apercevait un espace libre, une autre cour, un sol couvert d'herbe et des *cabestros* qui paissaient tranquillement. Cette vision du pâturage regretté attirait le taureau ; il s'engageait lentement dans le couloir, comme flairant un danger ; il hésitait à poser les pieds sur la rampe de bois qui, par sa pente douce, corrigeait la hauteur de la caisse montée sur roues ; il se méfiait de ce petit tunnel, où il était obligé

1. *Bien arropadas*.

de passer ; mais il sentait sa croupe houspillée continuellement par les coups qu'on lui envoyait des balcons et qui le forçaient à poursuivre ; il voyait deux files de gens qui, penchés sur les balustrades, l'excitaient par leurs sifflets et par leurs battements de mains. Du toit de la caisse sur laquelle se cachaient les charpentiers chargés de faire retomber les portes, un drapeau rouge pendait, ondulant dans le rectangle lumineux dont cette ouverture formait le cadre Le harcèlement, les cris, ce linge écarlate qui lui dansait devant les yeux et qui semblait le défier, la vue de ces paisibles compagnons qui paissaient de l'autre côté de l'inquiétant passage, tout cela finissait par le décider. Il prenait sa course pour franchir le petit tunnel, faisait trembler sous son poids la rampe de planches ; mais à peine était-il entré dans la caisse, la porte de devant retombait, et, trop vite pour qu'il pût reculer, celle de derrière retombait aussi. Les solides ferrures des verrous grinçaient, et l'animal se trouvait enveloppé d'obscurité et de silence, captif dans cette étroite cellule où il ne lui était possible de se coucher que sur ses pattes. Par une trappe du toit tombaient sur lui des brassées de fourrage ; les hommes de peine poussaient sur les petites roues le cachot ambulant et l'emmenaient au chemin de fer. Puis une autre caisse était disposée dans le couloir et la trompeuse opération recommençait, jusqu'à ce que toutes les bêtes fussent emballées pour le transport.

Doña Sol, avec sa violente passion de « couleur locale », admirait ces procédés de la grande industrie nationale et se plaisait à imiter les mayorals et les vaqueros. Elle adorait les champs et le grand air ; dans son âme fermentait ce goût de la vie pastorale que nous portons tous en nous comme un héritage reçu de lointains ancêtres, au temps où l'homme, ne sachant pas encore tirer parti des entrailles de la terre, vivait des troupeaux qu'il avait rassemblés et se nourrissait de leurs dépouilles. Être pâtre, pâtre d'un bétail sauvage, c'était pour doña Sol la plus intéressante et la plus héroïque des professions.

Cela ne laissait pas d'étonner un peu Gallardo, qui commençait à se dégriser de sa première ivresse et qui se demandait parfois si toutes les dames de l'aristocratie ressemblaient à doña Sol. Il ne comprenait rien aux caprices de cette femme, aux inégalités de son humeur. Il n'osait pas la tutoyer. Jamais elle ne l'avait invité à cette familiarité ; et, un jour que, d'une voix hésitante, il s'était risqué à le faire, il avait vu dans les yeux d'or une telle expression de surprise qu'il en avait rougi de honte et qu'il ne s'était plus permis de recommencer. Elle, au contraire, elle le tutoyait, comme faisaient tous les grands seigneurs amis du torero ; mais elle ne le tutoyait que dans le tête-à-tête et de vive voix. Lorsqu'elle avait à lui écrire un mot, par exemple pour l'avertir qu'elle sortirait et qu'il ne devait pas venir la voir, elle lui disait « vous », et elle n'employait que les expressions froidement polies dont on se sert avec un protégé de la classe inférieure.

« Voyez-vous cette *gachi* ! marmottait Gallardo vexé. C'est à croire qu'elle n'a jamais vécu qu'avec des fripouilles qui montraient ses lettres à tout le monde. Est-ce qu'elle a peur de moi ? S'imagine-t-elle qu'un matador ne saurait être un galant homme ? »

Outre ce froissement d'amour-propre, il avait une raison plus positive d'être de mauvaise humeur et de s'attrister. Maintenant, lorsqu'il se présentait chez la dame, il n'était pas rare qu'un de ces grands laquais habillés comme des princes lui barrât le chemin, en articulant d'un ton glacial : « Madame n'est pas visible. Madame est sortie. » Or l'espada devinait que c'était un mensonge, sentait pour ainsi dire la présence de doña Sol dans la pièce voisine, de l'autre côté de la portière. Sûrement elle était déjà fatiguée de lui, et c'était pour cela que, tout à coup, à l'heure de la visite habituelle, elle donnait ordre à ses domestiques de ne pas le faire entrer.

« La flamme est éteinte ! soupirait le matador en se retirant. Je ne reviendrai plus. Décidément cette *gachi* ne s'amuse pas avec moi… »

La famille de Gallardo retourna en ville pour les fêtes de la Semaine sainte. L'espada devait prendre part aux courses de Pâques. Maintes fois déjà, soit de Madrid, soit d'ailleurs, le maître, en sortant du cirque, avait télégraphié à doña Sol de même qu'à Carmen : « Rien de nouveau. » Mais c'était la première fois qu'il allait tuer en présence de la grande dame, depuis qu'il la connaissait, et cette circonstance le rendait inquiet, le faisait douter de lui-même. D'ailleurs il ne combattait jamais à Séville sans un peu d'émotion. Sur toute autre « place » de l'Espagne, il acceptait la possibilité d'un insuccès, parce qu'il ne reparaîtrait pas de sitôt en cet endroit-là ; mais au pays natal, où étaient ses plus grands ennemis !…

« On va voir si tu te distingues, lui disait son fondé de pouvoir. Songe à ceux qui te regarderont. J'entends que tu restes le premier homme du monde ! »

Le samedi de *Gloria* [1], à une heure avancée de la nuit, on fit l'*encierro* [2] du bétail destiné à la course, et doña Sol voulut assister comme « piquier [3] » à cette opération, qui avait le charme de s'effectuer dans les ténèbres. Il s'agissait de conduire les taureaux depuis le pâturage de Tablada jusqu'aux corrals du cirque. Gallardo, malgré le désir qu'il avait d'accompagner sa maîtresse, la laissa partir seule. Don José avait formellement mis son veto à la satisfaction de ce désir, attendu que le matador devait se reposer pour être frais et vigoureux le lendemain.

À minuit, le chemin qui mène du pâturage au cirque était animé comme un champ de foire. Dans les villas, par les fenêtres lumineuses, on voyait des ombres enlacées qui dansaient à la musique des pianos. À l'intérieur des auberges, dont les portes ouvertes projetaient sur le sol des carrés rougeoyants, résonnaient des exclamations, des rires, des accords de guitares, des tintements de verres ; et l'on devinait que le vin coulait en abondance.

Vers une heure du matin, un cavalier parut, s'avançant au petit trot sur la route. C'était « l'avertisseur », un rude bouvier, qui faisait halte devant les auberges et devant les villas éclairées, notifiant que le troupeau passerait dans un quart d'heure, qu'il fallait donc éteindre les lumières et ne faire

1. Le samedi saint. Ce jour-là, à 10 heures du matin, dans la cathédrale de Séville, on découvre le maître-autel au chant de *Gloria*, en déchirant le voile noir qui l'enveloppe.

2. Action d'amener au cirque et d'enfermer dans le *toril* les taureaux destinés à une course.

3. *Piquero*, gardien de taureaux armé d'une pique.

aucun bruit. Cet avis, donné au nom de la fête nationale, était obéi plus promptement qu'un ordre de l'autorité. Toutes les maisons devenaient obscures, confondaient leur blancheur avec la sombre masse des arbres ; et, sans souffler mot, les gens se groupaient derrière les grilles, derrière les palissades et les treillages, émus comme lorsqu'on attend quelque chose d'extraordinaire. Dans les allées voisines du fleuve, les becs de gaz s'éteignaient un à un, à mesure que les cris du bouvier annonçaient l'*encierro*.

Désormais tout était silencieux. En haut, sur les cimes des arbres, les étoiles scintillaient ; en bas, à ras de terre, l'oreille ne saisissait qu'une faible agitation, une sorte de fourmillement léger, comme d'une multitude d'insectes qui auraient grouillé dans l'ombre. L'attente paraissait longue aux spectateurs invisibles.

Enfin on entendit au loin un tintement grave de sonnailles ; et ce tintement grandit très vite, devint un fracas auquel se mêlait un galop confus qui faisait trembler le sol. D'abord passèrent quelques cavaliers qui, dans la nuit noire, semblaient gigantesques, et qui filaient à toute bride, la lance basse. C'étaient des bouviers. Ensuite passa un groupe de « garrochistes » amateurs, parmi lesquels galopait doña Sol, toute palpitante de cette folle chevauchée dans les ténèbres, de cette chevauchée où un faux pas de la monture sur la route, c'était la mort certaine par écrasement, sous les durs sabots du troupeau sauvage qui accourait par-derrière, à une allure enragée. Puis il y eut une rafale de carillons furieux, qui souleva des nuages de poussière ; et les taureaux passèrent comme un cauchemar, monstres nocturnes, énormes masses de chair frissonnante, lourds et pourtant agiles, soufflant et mugissant d'une façon horrible, donnant des coups de corne dans l'ombre, tout à la fois effrayés et irrités par les cris des gardiens qui les suivaient à pied, par le galop des cavaliers qui fermaient la marche et qui les harcelaient de leurs piques.

Le passage de ce tourbillon pesant et bruyant ne dura qu'une minute. Il n'y avait plus rien à voir. La foule, satisfaite de ce spectacle rapide, sortit de ses cachettes, et de nombreux enthousiastes s'élancèrent à la suite du troupeau, avec l'espérance d'arriver encore à temps pour le voir entrer dans les corrals.

Parvenus à la *plaza*, les cavaliers s'étaient jetés de côté, pour laisser l'entrée libre aux bêtes ; et celles-ci, grâce à l'élan de leur course et à l'habitude de suivre les *cabestros*, s'étaient engagées dans la « manche [1] », couloir formé de palissades qui les conduisait au toril.

Les « garrochistes » amateurs se félicitèrent du succès de l'opération : pas un seul taureau ne s'était écarté, n'avait donné à faire aux piquiers et aux gardiens. C'étaient des bêtes de bonne race, les meilleures de la *ganaderia* du marquis. Le lendemain, si les matadors soutenaient l'honneur de leur art, on assisterait à des merveilles. Cavaliers et piétons se retirèrent avec l'agréable perspective d'une course excellente, et les alentours du cirque demeurèrent absolument déserts, tandis que les taureaux, au repos dans les corrals, reprenaient leur dernier sommeil.

Le matin suivant, Gallardo se leva de bonne heure. Tourmenté par une inquiétude qui peuplait son imagination de cauchemars, il avait mal dormi. Ah ! pourquoi lui demandait-on de combattre à Séville ? Ailleurs il vivait en célibataire, dans une chambre d'hôtel où il oubliait momentanément sa famille : car cette chambre « ne lui disait rien », ne contenait rien qui lui fût cher. Mais revêtir le costume de combat dans sa propre chambre à coucher où ses yeux rencontraient partout des objets qui lui rappelaient Carmen, aller vers le danger en sortant de cette maison qu'il avait fait construire et qui abritait ce qu'il possédait de plus précieux, cela le déconcertait, le rendait soucieux, comme si c'était la première fois qu'il avait à tuer un taureau. Et combien il lui était pénible de partir, lorsque, après avoir endossé, avec l'aide de Garabato, le costume de gala, il descendait dans le *patio* taciturne ! Ses jeunes neveux s'approchaient de lui, intimidés par les splendides ornements de ce costume qu'ils touchaient avec une admiration respectueuse, sans oser parler ; sa moustachue de sœur l'embrassait avec une mine effarée, comme s'il s'en allait à la mort ; sa mère se cachait

1. *Manga*.

dans quelque pièce obscure, ne voulait pas le voir, était malade d'appréhension. Carmen, elle, montrait plus de courage ; mais néanmoins elle était pâle, serrait les lèvres, battait nerveusement des cils, malgré ses efforts pour paraître calme ; et, dès qu'il était sorti dans le vestibule, elle portait son mouchoir à ses yeux, le corps secoué par les soupirs et par les sanglots, tandis que sa belle-sœur et d'autres femmes s'empressaient autour d'elle et la soutenaient presque défaillante.

« Dieu me damne ! disait Gallardo. Je ne combattrais pas pour tout l'or du monde au cirque de Séville, si ce n'était que je veux faire plaisir à mes compatriotes et aussi empêcher mes impudents détracteurs de prétendre que j'ai peur du public de mon pays ! »

Donc, ce jour-là, Gallardo se leva de bonne heure, erra de droite et de gauche dans la maison, une cigarette aux lèvres, en s'étirant pour vérifier si ses bras robustes avaient conservé leur agilité. Il alla prendre à la cuisine un verre de *cazalla*, y trouva la señora Angustias qui, toujours active en dépit des années et de l'embonpoint, s'agitait autour des fourneaux, surveillait les servantes avec une diligence maternelle, disposait tout pour la bonne administration de la maison. Puis il ressortit dans le *patio* frais et lumineux. Les oiseaux, gazouillant parmi la paix du matin, sautillaient dans leurs cages dorées. Un flot de soleil descendait sur les dalles de marbre et saupoudrait d'or les plantes vertes qui entouraient la fontaine, la vasque où les petites bouches rondes des poissons faisaient des bulles dans l'eau.

Là, l'espada vit, agenouillée par terre, une femme vêtue de deuil, qui avait un seau à côté d'elle et qui frottait les dalles avec un linge mouillé, ravivant sous ce nettoyage les couleurs du marbre. La femme releva la tête :

« Bonjour, *seño* Juan ! » dit-elle avec l'affectueuse familiarité qu'inspirent toujours les héros populaires.

Et elle arrêta sur lui le regard admiratif de son œil unique. À la place de l'autre œil, il n'y avait qu'un réseau de rides se concentrant dans l'orbite noirâtre et creusée. Mais Juan, au lieu de répondre, s'en retourna brusquement à la cuisine et interpella la señora Angustias :

« Mère, qui est donc cette femme, cette borgnesse rousse, occupée à laver le *patio* ?

— Qui veux-tu que ce soit, mon enfant ? C'est une honnête femme. Notre laveuse est malade, et, comme celle-ci est indigente et chargée de famille, je l'ai fait venir pour remplacer l'autre. »

Mais le torero continuait à s'inquiéter, et ses regards exprimaient le trouble et la crainte. « Malédiction ! Une course à Séville, et la première personne avec laquelle il se trouvait nez à nez, c'était une borgnesse ! Ces choses-là n'arrivaient qu'à lui. Une telle rencontre était du plus fâcheux augure. Est-ce qu'on souhaitait sa mort ? »

La pauvre maman, atterrée par ces funèbres pronostics et par la violence de cette mauvaise humeur, essayait de se disculper : « Comment aurait-elle pu songer à cela ? Cette femme avait besoin de gagner vingt sous pour sa marmaille. Il fallait avoir bon cœur et rendre grâce à Dieu, qui s'était souvenu d'eux et qui les avait délivrés d'une semblable misère… »

Cette allusion à l'ancienne pénurie et aux longues privations fit que Gallardo devint plus indulgent pour sa charitable mère et qu'il se tranquillisa un peu. « Bon, bon ! La borgnesse pouvait rester. Il arriverait ce que Dieu voudrait !… »

Le matador traversa de nouveau le *patio*, tournant presque les épaules pour ne pas voir cette femme qui portait malheur ; et il se réfugia dans son cabinet, continu au vestibule.

Les murs de ce cabinet, blancs, revêtus de faïences mauresques jusqu'à hauteur d'homme, étaient ornés d'affiches de *corridas*, imprimées sur soies de diverses couleurs. Des diplômes de sociétés de bienfaisance, tirant l'œil par leurs titres pompeux, rappelaient des courses où Gallardo avait « tauré » gratuitement pour les pauvres. D'innombrables portraits du « maître », debout, assis, déployant la cape ou se préparant à tuer, attestaient le soin avec lequel les journaux reproduisaient la physionomie et les diverses attitudes du grand homme. Au-dessus de la porte on voyait un portrait de Carmen, où la mantille blanche faisait ressortir davantage encore les yeux noirs, la chevelure noire piquée d'œillets pourpres. En face, au-dessus du fauteuil placé près du bureau, il y avait, semblant présider à la belle ordonnance de la pièce, une énorme tête de taureau noir aux yeux de verre, aux narines luisantes de vernis, avec une tache de poils blancs sur le front et d'énormes cornes, fines à l'extrémité, claires comme de l'ivoire à la base, mais se fonçant graduellement jusqu'à devenir noires comme de l'encre vers la pointe. Lorsque Potaje, le picador, contemplait les terribles armes de cette bête, il ne manquait pas de lâcher quelque image poétique de sa façon : « Des cornes si grandes et si écartées, disait-il, qu'un merle pourrait chanter à la pointe de l'une sans qu'on l'entendît à la pointe de l'autre… »

Gallardo s'assit près de la table élégante, chargée de bronzes, où il n'y avait d'incorrect qu'une couche de poussière datant de plusieurs jours. Ce bureau, de vastes dimensions, décoré de deux chevaux en métal, avait son encrier vide. Les riches porte-plume, surmontés de têtes de chien, étaient sans plume. Jamais le grand homme n'avait besoin d'écrire. Don José lui apportait les contrats d'engagement et autres papiers professionnels tout préparés, au cercle de la rue des Serpents, et, séance tenante, le matador y apposait sa signature lente et compliquée, sur une petite table.

À gauche était la bibliothèque, grande armoire de chêne aux portes vitrées, toujours closes, à travers lesquelles on voyait d'imposantes rangées de volumes respectables par leur format et par le brillant de leur reliure. Lorsque don José avait commencé à intituler son matador « le torero de l'aristocratie », Gallardo avait compris la nécessité de mériter ce titre en s'instruisant, afin que ses puissants amis n'eussent pas à rire de son ignorance, comme cela leur arrivait pour d'autres toreros. Aussi était-il entré, un jour, dans une librairie, et avait-il ordonné, d'un ton résolu :

« Vous m'enverrez pour cinq mille pesetas de livres. »

Et, comme le libraire, interdit, semblait ne pas bien saisir l'ordre donné par le matador :

« Oui, des livres, pour cinq mille pesetas, entendez-vous ? avait énergiquement répété Gallardo. Des livres du plus grand format ; et, si vous n'y voyez pas d'inconvénient, j'aimerais qu'ils fussent dorés. »

Gallardo était content de l'aspect de sa bibliothèque. Lorsqu'on parlait, au cercle, de quelque chose qu'il ne comprenait pas, il souriait d'un air entendu et il se disait : « Cela doit être dans un des livres que j'ai à la maison. »

Un après-midi de pluie, comme il se sentait un peu indisposé et ne savait que faire, il avait ouvert sa bibliothèque et en avait tiré avec respect l'un des plus gros volumes. Mais, dès les premières lignes, il avait renoncé à la lecture et s'était mis à tourner les feuillets, comme un enfant qui s'amuse à regarder les images. Des lions, des éléphants, des chevaux à la crinière ébouriffée et aux yeux de feu, des ânes zébrés de raies multicolores, aussi régulières que si on les eût tracées au compas… « Pouah ! la sale bête ! »… Ses yeux venaient de rencontrer les anneaux peinturlurés d'un serpent. Un animal de si mauvais présage ! Le torero ferma instinctivement le médius et l'annulaire de sa main droite, allongea l'index et le petit doigt en forme de cornes, pour conjurer le sort ; puis, tout tremblant, il replaça le livre sur le rayon, murmurant deux ou trois fois le mot « lézard, lézard », afin de dissiper la funeste influence de cette rencontre. Et jamais plus il n'entreprit d'autre exploration dans le domaine de la science.

Ce matin-là, le séjour qu'il fit dans son cabinet ne servit qu'à augmenter ses inquiétudes. Sans savoir pourquoi, il s'était mis à contempler la tête du taureau, et le souvenir le plus pénible de sa vie professionnelle s'était représenté à sa mémoire. Quelle suée il lui avait donnée, ce *bicho*-là, au cirque de Saragosse ! Intelligent comme un homme, immobile, avec des yeux d'une malice diabolique, le taureau attendait que le matador approchât, et, sans se laisser tromper par le « chiffon » rouge, visait toujours au corps [1]. Les estocades, écartées par les coups de tête, se perdaient en l'air, sans jamais réussir à atteindre le but. Le public s'impatientait, sifflait, insultait le matador. Celui-ci, lorsque le taureau se déplaçait, courait après, d'un côté du redondel à

1. On appelle *toros de sentido* les bêtes malignes qui cherchent le corps derrière l'étoffe.

l'autre, persuadé que, s'il se risquait à l'attaquer directement, c'était lui-même qui périrait. Enfin, trempé de sueur et fourbu, il avait profité d'une occasion pour en finir par une estocade portée traîtreusement dans le cou [1], au grand scandale de la foule qui lui avait jeté des bouteilles et des oranges. Un souvenir dont il rougissait et qui, réveillé malencontreusement à cette heure, lui sembla d'aussi funeste augure que la rencontre de la borgnesse et que celle du serpent.

Il mangea seul et peu, comme il faisait toujours quand il devait combattre dans l'après-midi.

Lorsqu'il fut temps de s'habiller, les femmes disparurent. Ah ! combien elles le haïssaient, ce costume splendide, gardé précieusement dans des enveloppes de toile, luxueux outillage avec lequel avait été fabriqué le bien-être de la famille ! Gallardo ne manquait jamais d'être déconcerté et troublé par cette fuite des femmes, dont il devinait trop aisément la cause, quoiqu'elles affectassent un air insouciant.

« Ne dirait-on pas qu'on va me conduire au gibet ? Tranquillisez-vous donc ! Il n'arrivera rien… »

Les journées où l'espada « taurait » à Séville, étaient pour les siens les plus angoissantes. Lorsqu'il combattait au loin, sur d'autres arènes, force était bien de se résigner à attendre patiemment le télégramme du soir. Mais ici le péril était voisin, et il fallait absolument avoir des nouvelles de quart d'heure en quart d'heure. Aussi le sellier, vêtu en bourgeois, — complet de flanelle claire et soyeux chapeau de feutre —, s'offrait-il aux femmes pour les tenir au courant de ce qui se passerait dans le redondel, encore qu'il fût exaspéré de l'impolitesse de son beau-frère qui ne lui avait pas même offert une place dans la voiture de la quadrille pour aller au cirque. « À chaque taureau que tuerait Juan, il leur enverrait un gamin pour les renseigner. »

1. *Golletazo*, estocade basse, portée dans le cou de façon à atteindre les poumons, ce qui fait que la bête vomit du sang. C'est un coup répugnant et peu honorable pour le matador. — Le *bajonazo* est une autre estocade basse, mais portée au-dessous de l'échine.

Cette course fut pour Gallardo un éclatant succès. Lorsqu'il entra dans l'arène et qu'il entendit les applaudissements de la foule, il lui sembla qu'il venait de grandir.

Il connaissait le terrain sur lequel il marchait, se sentait là comme chez lui. Le sol des arènes n'était pas sans exercer quelque influence sur son esprit superstitieux. Le matador se rappelait les vastes cirques de Valence et de Barcelone, au sable blanchâtre, les cirques du Nord, au sable foncé, le grand cirque de Madrid, au sable rouge. Quant à l'arène de Séville, elle ne ressemblait à aucune autre : le sable, tiré du Guadalquivir, y était d'un jaune vif comme de l'ocre pulvérisée. Lorsque les chevaux éventrés répandaient leur sang sur ce sable, telle une cruche qui se défonce tout à coup, cela faisait penser aux couleurs du drapeau national, à ces mêmes couleurs qui flottaient sur le pourtour de l'édifice.

En raison de l'inquiétude nerveuse où le mettaient les courses, l'imagination de Gallardo se laissait impressionner aussi par les diverses architectures des cirques. La plupart étaient de construction assez récente, les uns de style roman, les autres de style mauresque, et ils avaient la banalité de ces églises neuves où tout paraît vide et froid. Au contraire, la *plaza* de Séville était comme une cathédrale remplie de souvenirs, vivifiée par le contact de plusieurs générations. Son entrée monumentale datait du siècle où les hommes portaient la perruque poudrée ; son redondel était animé par le souvenir des nombreux héros qui en avaient foulé le sol. C'était là que l'on avait contemplé les glorieux inventeurs des passes difficiles, les maîtres par qui l'art avait réalisé tant de progrès, les solides champions de l'école de Ronda, au jeu correct et posé [1], les sveltes et allègres *diestros* de l'école sévillane, dont les tours d'adresse et la mobilité prodigieuse transportaient le public d'admiration [2]. Et c'était là

1. L'école de Ronda, dont le fondateur fut Pedro Romero, est l'école classique : elle s'en tient à l'observation sévère et froide des règles de l'art, et elle recommande aux toreros de bouger les pieds le moins possible devant la bête. — Pedro Romero, né à Ronda en 1754, petit-fils de Francisco Romero, tua, dit-on, son dernier taureau à l'âge de 80 ans, et mourut à 85 ans.

2. L'école de Séville, dont le fondateur fut José Delgado, est en quelque sorte romantique : elle admet les *adornos*, c'est-à-dire les « enjolivements », les fantaisies gracieuses, les témérités élégantes par exemple coiffer le taureau avec la *montera*, s'agenouiller devant lui pour le défier, etc.

que, lui aussi, cet après-midi, enivré par les applaudissements, par le soleil, par la rumeur de la foule, par la vue d'une mantille blanche et d'un corsage bleu qui se pencheraient sur la balustrade d'une loge, il allait montrer à son peuple de quelles audaces il était capable.

Le fait est qu'il se surpassa. Jamais ses partisans ne l'avaient vu si beau. À chacune de ses prouesses, son fondé de pouvoir, debout, criait à d'invisibles contradicteurs :

« Osez donc lui reprocher quelque chose !… Le premier homme du monde !… »

Au second taureau que Gallardo devait tuer, le Nacional, sur son ordre, amena la bête, par d'habiles passes de cape, au pied de la loge où l'on voyait le corsage bleu et la mantille blanche. C'était doña Sol, en compagnie du marquis et de ses deux filles.

Gallardo s'approcha de la barrière, tenant dans une main l'épée et la muleta, suivi par les regards de la foule ; et, lorsqu'il fut devant la loge, il s'arrêta, ôta sa montera, offrit le taureau en hommage à la nièce du marquis. Beaucoup de gens souriaient avec une expression malicieuse.

Après ce *brindis*, il fit demi-tour, jeta la montera pardessus son épaule et attendit l'animal que lui amenaient les péons.

Dans un espace très petit, en réussissant à empêcher que la bête s'éloignât de cet endroit, le matador accomplit sa tâche. Il voulait tuer sous les yeux de doña Sol, voulait qu'elle le vît de près au moment où il défiait le péril. Chacune de ses passes de muleta provoquait des acclamations d'enthousiasme et des cris d'inquiétude. Les cornes frôlaient sa poitrine ; il semblait impossible que, sous les rudes attaques de la bête, le sang ne jaillît pas. Tout à coup, le matador « se carra », l'épée en avant, et, si vite que le public n'eut pas même le temps d'exprimer son opinion par des cris et par des conseils, il fondit sur le taureau.

Pendant quelques instants, ce fut un corps à corps de l'homme et de l'animal. Puis, quand l'homme se dégagea, on vit le taureau courir d'un pas incertain, mugissant, la langue pendante, avec la poignée rouge de l'estoc à peine visible au haut du cou ensanglanté. Un minute après, la bête tomba ; et le public, subitement dressé comme par le déclic d'un puissant ressort, éclata en applaudissements et en hourras frénétiques. Non, il n'y avait pas au monde un brave comme Gallardo ! Jamais, jamais ce garçon-là n'avait eu peur !...

L'espada vint saluer devant la loge avec l'estoc et la muleta, bras ouverts, tandis que l'altière doña Sol, gantée de blanc, battait fiévreusement des mains.

Et un petit objet dévala de spectateur en spectateur, depuis la loge jusqu'à la barrière. C'était un mouchoir de dame, celui qu'elle avait tenu à la main : un tout petit carré de batiste parfumée et bordée de dentelles, passé dans une bague de diamants qu'elle offrait au matador pour le remercier de son *brindis*.

Derechef, à l'occasion de ce cadeau, les applaudissements éclatèrent ; et l'attention du public, qui jusqu'alors s'était fixée sur le torero, se porta sur doña Sol, dont on célébra la beauté par de grandes clameurs, avec le sans-façon de la galanterie andalouse.

Puis un petit triangle velu et encore chaud monta de main en main depuis la barrière jusqu'à la loge. C'était une oreille du taureau, que le matador offrait à la dame en souvenir de la bête tuée pour elle.

VI

Quelques jours après cette course mémorable, doña Sol quitta Séville pour se rendre à l'étranger. La noble dame, déjà lasse d'un amour dont elle n'espérait plus de sensations nouvelles, lâcha Gallardo sans cérémonie ; et elle ne prit pas même la peine de répondre aux lettres par lesquelles le matador, en termes gauches et un peu ridicules, exprimait les sincères angoisses de sa passion déçue.

Or l'ironie de la destinée voulut que, juste au moment où la fantasque maîtresse brisait ainsi les relations coupables, la femme légitime s'exaspérât de l'infidélité de Gallardo et que la paix du ménage fût douloureusement troublée. Jusqu'alors, Carmen, vaguement instruite par les commérages des voisines, avait gardé le silence; mais, quand l'amour adultère se fut affiché en plein cirque, sous les yeux de tout un peuple, l'injure lui parut trop cruelle et elle n'eut plus la force de se taire.

Un jour, elle fit dire au Nacional qu'elle voulait lui parler.

Elle reçut le banderillero dans le cabinet du matador : là ils seraient seuls, et ils n'auraient pas à craindre d'être dérangés à l'improviste par la señora Angustias. Quant à Gallardo, il était au cercle de la rue des Serpents. Depuis quelques semaines il y fréquentait d'autant plus assidûment qu'il avait peur de se trouver tête à tête avec sa femme et que la bruyante société du cercle l'aidait à oublier ses sombres pensées.

Le Nacional s'assit sur un divan, la tête basse, le chapeau entre les mains, n'osant pas regarder l'épouse de son chef. Comme cette pauvre Carmen avait mauvaise mine ! Ses yeux, noircis de cernes, montraient qu'elle avait beaucoup pleuré; ses joues brunes et son nez fin, légèrement rougis, dénonçaient le frottement du mouchoir. Après quelques instants d'un pénible silence, elle commença, d'une voix émue :

« Sebastián, il faut que vous me disiez toute la vérité Vous êtes un honnête homme; vous êtes le meilleur ami de mon mari… »

Le banderillero approuvait de la tête; mais il était fort inquiet de la question qui allait suivre ce solennel exorde. Qu'est-ce que la señora Carmen voulait savoir de lui ?

« Que s'est-il passé entre doña Sol et Juan ? Qu'est-ce que vous avez vu ? Qu'est-ce que vous supposez ? »

Ah ! le bon Nacional ! Avec quel empressement il saisit le moyen qu'elle lui offrait, de la consoler sans faire positivement un mensonge !

« Ce qu'il avait vu ? Mais il n'avait rien vu de mal, jamais !… »

Et il ajouta, en levant gravement la main :

« Je vous le jure sur la tête de mon père ! Je vous le jure par mes idées !… »

Il appuyait sans scrupule son serment sur le sacro-saint

témoignage de ses idées, parce qu'en réalité il n'avait rien vu, et que, n'ayant rien vu, il lui était loisible de croire que rien de mal ne s'était consommé.

« Quant à ce que je suppose, continua-t-il, c'est qu'ils sont simplement amis. Les gens bavardent, cancanent, inventent toute sorte d'histoires. N'y faites pas attention, *seña* Carmen. Chassez les soucis, soyez gaie, vivez en joie. Il n'y a rien de meilleur en ce monde ! »

Mais elle revint à la charge :

« Me prenez-vous pour une sotte, Sebastián ? Depuis qu'il a commencé à s'enticher de cette dame... (autant lui donner ce nom-là qu'un autre !...) j'ai tout deviné. Le jour qu'il lui « brinda » un taureau et qu'il reçut d'elle cette bague de diamants, j'ai compris ce qu'il y avait entre eux, et des envies me sont venues de lui arracher le bijou et de le fouler aux pieds ! D'ailleurs il y a longtemps qu'ils ne se gênent guère : ils se promènent comme mari et femme sous les yeux de tout le monde, chevauchent ensemble comme des gitanos qui vont de foire en foire... »

Le Nacional, voyant Carmen sur le point de fondre en larmes, crut nécessaire de l'interrompre :

« Et vous croyez toutes ces impostures, ma pauvre fille ? Vous ne vous apercevez pas que c'est des inventions de ses ennemis, des propos d'envieux ?

— Non ! Je connais Juan... Vous imaginez-vous que ce soit la première fois ? Il est ce qu'il est, et il ne peut pas être autrement. Maudit soit ce métier qui rend les hommes fous !... Après deux années de mariage, il a eu pour maîtresse une belle fille des halles, une bouchère. J'ai beaucoup souffert, quand je l'ai appris ; mais je n'en ai pas soufflé mot : il se figure encore que je ne sais rien... Et après celle-là, combien d'autres ! Des danseuses de café-concert, des roulures de cabaret, jusqu'à des femmes de maison publique, par douzaines !... Je me taisais, pour avoir la paix à la maison. Mais aujourd'hui c'est différent : cette femme-ci n'est pas comme les autres. Juan est toqué d'elle à en perdre la raison. Ce qui l'enivre, c'est l'orgueil d'être aimé par une grande dame. Ah ! il me dégoûte !... Maintenant, c'est à peine si nous nous parlons : on dirait que nous sommes étrangers l'un à l'autre, que nous ne nous connaissons plus. Moi, je couche là-haut, seule ; et lui, il dort en bas, dans une pièce qui donne sur la cour… Auparavant, je lui passais tout : c'étaient de mauvaises habitudes inséparables de la profession ; les toreros ont la manie de se croire irrésistibles pour les femmes. Mais à présent je ne peux plus le sentir : il me fait horreur ! »

Elle s'exprimait avec véhémence, et une lueur de haine brillait dans ses yeux.

« Ah ! comme cette femme l'a changé ! Il n'est plus le même. Il ne veut plus fréquenter que des godelureaux de la haute. Les habitants du quartier et tous ces pauvres gens de Séville qui étaient ses amis et qui l'ont aidé à ses débuts, il ne les regarde plus, il s'éloigne d'eux avec dédain. Eux, ils commencent à se plaindre de lui, et, un de ces jours, ils le hueront en plein cirque, pour le punir de son ingratitude… Autre chose encore. L'argent arrive ici à profusion, et il n'est pas facile d'en faire le compte. Juan lui-même ignore ce qu'il possède ; mais moi, j'y vois clair. Pour se faire bien voir de ses nouveaux amis, il joue gros jeu et il perd beaucoup, de sorte que ce qui entre par la porte sort par la fenêtre. Je ne le lui reproche pas ; car, en somme, c'est lui qui gagne tout ; mais déjà il a été obligé d'emprunter à don José pour les besoins de la ferme, et, s'il a pu, dernièrement, faire l'acquisition de quelques olivaies, afin d'arrondir le domaine, c'est avec l'argent des autres qu'il les a payées. Presque tout ce qu'il touchera durant la prochaine saison est mangé d'avance par les dettes. Et s'il lui arrivait un malheur ? s'il se voyait dans la nécessité de se retirer, comme tant de toreros ?… Il a voulu me faire changer mes habitudes, de même qu'il a changé les siennes, et j'en saisis bien le motif. Lorsque ce monsieur rentre au logis après une visite faite à sa doña Sol, il nous trouve mal accoutrées, sa mère et moi, avec nos châles et nos peignoirs semblables à ceux que portent les femmes du pays. C'est lui qui m'a forcée à mettre ces chapeaux venus de Madrid, ces vilains chapeaux qui me vont très mal, je le sais, et avec lesquels je suis pareille aux guenons qui dansent sur les orgues de Barbarie. La mantille est pourtant si gracieuse ! Et c'est lui aussi qui a voulu acheter cette voiture infernale, cette automobile où j'ai si grand-peur et qui pue comme le diable ! Pourquoi toutes ces folies ? Parce qu'il pense toujours à l'autre, parce qu'il désire que je lui ressemble, parce qu'il a honte de moi !... »

Le Nacional éclata en protestations : Quant à ça, non ! Juan était bon, et ce qu'il en faisait, c'était par amour pour sa famille, à laquelle il voulait procurer le luxe et le confort.

« Juaniyo sera tout ce que vous voudrez, *seña* Carmen ; mais, croyez-moi, il mérite un peu d'indulgence. Combien de femmes meurent de jalousie en vous voyant ! N'est-ce donc rien, d'être la femme du plus brave des matadors, de remuer l'argent à la pelle, d'avoir une maison qui est une merveille et d'être maîtresse absolue chez soi ? Car le chef vous laisse la pleine et entière disposition de toutes choses. »

Les yeux de Carmen se mouillèrent, et elle porta son mouchoir à ses yeux, pour essuyer ses larmes.

« Ah ! comme j'aimerais mieux être la femme d'un cordonnier ! Comme j'aurais été heureuse, si Juan, au lieu de choisir cette odieuse carrière de la *toreria*, avait continué son apprentissage ! Les belles filles ne songeraient pas à me le prendre, et il m'appartiendrait tout entier. Nous aurions peut-être à passer de durs moments ; mais, le dimanche, bras dessus, bras dessous, nous irions goûter ensemble à la campagne, sous une tonnelle. Au contraire, quelles peurs me donnent ces affreux taureaux ! Non, ce n'est pas une vie !... Vous dites que j'ai de l'argent tant et plus. C'est vrai. Mais sachez, Sebastián, que l'argent est pour moi comme un poison, et que, plus il en arrive chez nous, plus je me fais de mauvais sang. Les gens me jalousent, s'imaginent que je suis au comble du bonheur ; et moi, j'ai des regards d'envie pour les pauvresses que je rencontre avec leur marmot sur le bras, qui lui sourient, et qui oublient ainsi leur misère !... Ah ! avoir un enfant ! C'est de ne pas en avoir que me vient mon malheur. Tout changerait, si Juan voyant à la maison un bambin qui fût de lui... »

Et Carmen se mit à pleurer de grosses larmes, qui ruisselaient entre les plis de son mouchoir et qui baignaient ses joues chaudes. C'était la douleur de la femme stérile qui, à toute minute, envie le bonheur des mères ; c'était le désespoir de l'épouse qui, voyant son mari s'éloigner d'elle, feint d'attribuer sa disgrâce à diverses causes, mais, dans son for intérieur, accuse surtout sa propre infécondité.

Le banderillero sortit consterné de cette entrevue, et il s'en alla aussitôt à la recherche de son chef, qu'il trouva à la terrasse des Quarante-cinq.

« Juan, lui dit-il, j'ai causé avec ta femme. Ça va mal. Elle sait tout. Tâche de la calmer et de te bien comporter envers elle. La pauvre petite ! C'est péché de la faire souffrir. Prends garde ! Elle a du caractère, et, si elle se fâche tout de bon, tu auras des ennuis avec elle... »

Gallardo, désespéré par l'abandon de celle qui avait pris tant d'empire sur sa chair et sur son esprit, épouvanté d'avoir peut-être compromis irrémédiablement son bonheur domestique, ne savait quoi répondre et se grattait la tête. Puis, comme le banderillero insistait, répétait qu'il fallait absolument oublier la grande dame et se réconcilier avec Carmen, le matador s'écria :

« Malédiction ! C'est à n'y plus tenir ! Fasse Dieu que, dimanche prochain, un taureau m'accroche et que tout soit fini ! Pour ce que vaut l'existence !... »

Cette semaine-là, il fut presque toujours hors de chez lui. Il avait peur des sourcils froncés, du mutisme de Carmen ; et il redoutait plus encore qu'elle parlât.

Cependant le beau-frère Antonio, mettant à profit les dissensions familiales, était venu avec toute sa smalah s'établir chez Juan. Sous prétexte que les affaires n'allaient pas, il avait renoncé à son métier de sellier, et, tout en vivant avec les siens aux crochets du matador, il attendait tranquillement que celui-ci, par ses belles relations, lui procurât quelque facile et lucrative sinécure.

Le dimanche suivant, Gallardo devait donner sa dernière course de la saison. La matinée se passa sans qu'il fût hanté par les vagues terreurs et par les soucis habituels ; il s'habilla joyeusement, avec une surexcitation nerveuse qui doublait la vigueur de ses muscles. Quel plaisir de courir sur l'arène dorée, d'émerveiller par sa bonne grâce et par ses hardiesses de casse-cou douze mille spectateurs ! Il n'y avait de vrai que cet art, le seul qui donnât gloire et fortune. Tout le reste, famille et amourettes, ne servait qu'à compliquer l'existence et à se créer des ennuis. Ah ! les belles estocades qu'il allait envoyer ! Il se sentait la force d'un géant. Il avait hâte de décharger sur les taureaux la colère amassée en lui par les chagrins domestiques et par l'outrageante fugue de doña Sol.

Quand la calèche fut à la porte, Gallardo, contrairement à son habitude, traversa la cour sans se préoccuper de l'émoi des femmes. Carmen ne se montra pas. Mais le beau-frère était là, s'admirant lui-même, très fier d'un « complet » neuf qu'il avait chipé à l'espada et fait rajuster à sa taille.

« Te voilà plus fringant que Roger de Flor en personne ! lui dit le torero, d'un ton badin. Allons, monte en voiture : je te conduis au cirque. »

Et le sellier, exultant d'orgueil, enchanté d'être vu dans les rues de Séville entre les capes de soie et les grosses broderies d'or de la quadrille, s'assit à côté du grand homme.

L'amphithéâtre était bondé. Cette course avait attiré un nombreux public, non seulement de la ville, mais aussi de la campagne, et les gradins exposés au soleil regorgeaient d'une multitude accourue des villages.

Dès la première minute, Gallardo fit paraître une activité fébrile. Il s'écartait de la barrière, allait à la rencontre du taureau, l'amusait par des passes de cape, tandis que les picadors attendaient l'instant où la bête se précipiterait sur leurs misérables haridelles.

Le public manifestait des dispositions peu favorables au torero. On l'applaudissait, comme toujours ; mais les démonstrations d'enthousiasme n'étaient nourries et chaleureuses que du côté de l'ombre, à l'endroit où les gradins offraient des files symétriques de chapeaux clairs, tandis qu'elles étaient rares du côté du soleil, à l'endroit où, parmi la foule tumultueuse et multicolore, beaucoup de spectateurs, grillés par la température torride, s'étaient mis en manches de chemise.

Gallardo comprit le péril de la situation. S'il avait seulement un peu de malchance, une moitié du cirque se lèverait en vociférant contre lui et en lui reprochant son ingratitude à l'égard de ceux qui l'avaient « lancé ».

Il se jeta avec sa crânerie ordinaire entre les cornes du taureau ; mais l'épée fut arrêtée par un os [1].

Ses partisans l'applaudirent : l'estocade était bien marquée, et, s'il n'avait pas réussi, ce n'était pas sa faute.

Il se remit en position pour tuer [2]. Mais l'épée heurta encore au même point, et le taureau, en s'agitant, fit sauter le fer à quelque distance.

L'espada prit des mains de Garabato un nouvel estoc et revint droit à la bête, qui l'attendait d'aplomb sur ses quatre membres, le cou saignant, le mufle baveux, les naseaux presque au ras du sol.

Gallardo, tendant la muleta devant les yeux de l'animal, renvoya tranquillement en arrière, avec la pointe de son épée, les banderilles qui retombaient entre les cornes. Il voulait procéder au *descabello* [3]. Après avoir avancé l'extrémité de la lame vers le haut du crâne et cherché le point vulnérable, il fit un brusque effort pour enfoncer l'estoc. Le taureau frémit douloureusement, mais resta debout, et, d'un rude coup de tête, repoussa le fer.

Une partie du public grogna, et l'on entendit même quelques sifflets.

« Malédiction ! grommela Gallardo. Pourquoi ces gens me traitent-ils avec tant d'injustice ! »

1. Ce coup superficiel s'appelle *pinchazo*, de *pinchar*, piquer. Selon les principes de l'art, le *pinchazo*, qu'un écart de quelques millimètres suffit à produire, vaut ce qu'aurait valu l'estocade pénétrante, selon l'endroit où l'épée a porté.

2. *Entrar a matar*, « commencer les préparatifs pour tuer », c'est-à-dire *cuadrarse*, « se carrer », *perfilarse*, « se profiler ».

3. Le *descabello* consiste à enfoncer la pointe de l'épée un peu en arrière des cornes, de façon à couper la moelle épinière à la jonction de la colonne vertébrale et du crâne, ce qui amène la mort immédiate de l'animal. C'est un coup de grâce par lequel on achève une bête déjà estoquée. Mais, lorsque le coup est mal porté, il n'en résulte pour la bête qu'une piqûre légère, et cette maladresse excite toujours l'indignation des spectateurs. — On distingue plusieurs sortes de *descabellos*. Celui dont il s'agit ici est le *descabello a pulso*. Le matador, après avoir placé la pointe de l'épée à l'endroit voulu, remonte lentement la garde jusqu'à la position verticale, puis, d'un coup sec, enfonce la lame.

De nouveau le matador appuya l'estoc, et il réussit enfin à atteindre la moelle épinière. Le taureau tomba foudroyé.

Du côté de l'ombre, on applaudit par esprit de classe ; mais, du côté du soleil, ce fut une explosion de sifflets et d'invectives.

Gallardo, tournant le dos à ses insulteurs, salua ses partisans avec la muleta et l'épée. Il était exaspéré par les huées de cette canaille, ct, de rage, il serrait les poings.

« Que veulent-ils donc ? Le taureau ne permettait pas davantage. C'est une cabale montée par mes ennemis... »

Et il demeura une bonne partie de la course debout près de la barrière, considérant avec un dédain affecté ce que faisaient ses camarades et les accusant tacitement d'avoir intrigué contre lui.

Quand il reprit les instruments de mort pour son second taureau, il ordonna au Nacional et à un autre péon d'amener la bête avec la cape vers les gradins occupés par la populace. Il connaissait son public ; il savait qu'il fallait flatter les « citoyens du soleil », cette remuante et terrible démagogie qui apportait au cirque ses haines sociales, mais qui passait avec la plus grande facilité des sifflets aux applaudissements, dès qu'une légère marque de considération venait flatter son orgueil.

Les péons, lançant leurs capes au taureau, se mirent en devoir de l'attirer vers la partie ensoleillée de la piste. La populace accueillit cette manœuvre par un mouvement de joyeuse surprise. Le drame de la mise à mort allait donc se jouer, non à grande distance, comme cela arrivait presque toujours pour la commodité des richards assis à l'ombre, mais du côté des prolétaires et précisément sous leurs yeux.

La bête, restée seule un instant, se rua sur le cadavre d'un cheval, donna de la tête dans les flancs ouverts, enleva sur ses cornes, telle une loque pendante, la pitoyable carcasse qui répandait autour d'elle ses entrailles et ses excréments. Le cadavre retomba, presque plié sur lui-même, et le taureau s'en fut, d'une allure indécise ; mais il revint bientôt flairer le cheval avec des reniflements sonores, et, pour la seconde fois, il plongea ses cornes dans le ventre béant, tandis que le public riait de cette stupide obstination à chercher de la vie dans un corps inanimé.

« Vas-y, mon fils !... Mâtin ! quelle vigueur !... Continue : je te regarde... »

Mais soudain l'attention de la foule se détourna du taureau en furie pour se porter sur l'espada qui traversait la piste à pas rapides, cambrant la taille, tenant d'une main la muleta ramassée autour du bâton, et, de l'autre main, balançant l'épée comme une légère badine. Tout le public du soleil applaudit.

« Tu les as gagnés ! » dit à Juan le Nacional qui était venu se poster à proximité du taureau, la cape prête.

La foule battait des mains, appelait l'espada :

« Par ici !... Par ici !... »

Tous, pour ne perdre aucun détail de la lutte, voulaient que le taureau fût tué en face de leur gradin.

Gallardo hésitait entre les appels contradictoires de ces milliers de bouches. Un pied sur l'étrier de la barrière, il cherchait l'endroit le plus propice pour la mise à mort. Mieux valait, en somme, conduire le taureau un peu plus loin. Le matador se sentait gêné par le cadavre de ce cheval dont la triste dépouille obstruait toute cette partie de l'arène. Quand son choix fut fait, il jeta sa montera vers les gradins, et cent mains s'allongèrent, pressées les unes contre les autres, pour saisir ce dépôt sacré.

Gallardo fit signe au Nacional de lui préparer la bête par une passe de cape ; puis il déploya la muleta ; et l'animal fonça en soufflant, passa sous le chiffon rouge.

« *Olé* ! » rugit la foule, reprise d'amour pour son ancienne idole et disposée à admirer tout ce qu'accomplirait Gallardo.

Il continua son travail, aux acclamations de la populace qui le voyait de près et qui lui donnait des conseils de prudence :

« Attention !... Le taureau a encore tous ses moyens !... Ne te place pas entre lui et la barrière ! Conserve ta retraite libre ! »

D'autres, plus enthousiastes, lui recommandaient l'audace :

« Envoie-lui un de tes bons coups !... Vlan. D'une estocade, tu le mets dans ta poche !... »

Mais la bête était trop grande et trop méfiante pour se laisser « mettre dans la poche ». Excitée par le voisinage du cheval mort, elle montrait une tendance à revenir près de lui, comme si la puanteur de ce ventre ouvert l'enivrait.

Après diverses évolutions, le taureau, fatigué par la muleta, demeura enfin immobile sur ses pattes.

Le matador avait derrière lui le cadavre du cheval. C'était une fâcheuse situation ; mais il était déjà sorti victorieux de situations pires. Il voulut profiter de l'arrêt de la bête. Le public le stimulait. Parmi les hommes qu'il apercevait debout à la contre-barrière et le corps penché en avant, pour ne rien perdre de l'acte décisif, il reconnaissait maints aficionados de la basse classe, qui, après lui avoir témoigné de la froideur, semblaient disposés maintenant à l'applaudir, touchés qu'ils étaient par la déférence dont il avait fait preuve envers le peuple.

Il se disposa donc pour l'estocade, leva l'épée à la hauteur de ses yeux. Mais, brusquement, il lui sembla que la terre tremblait, qu'il était projeté au loin, que tout le cirque s'écroulait sur lui, que le ciel s'emplissait de ténèbres et qu'un effroyable vent d'aval rugissait dans l'obscurité. Son corps vibra douloureusement des pieds à la tête ; son crâne bourdonna comme s'il éclatait ; une angoisse mortelle contracta sa poitrine, et il eut la sensation de choir dans un précipice sans fond, de s'abîmer dans le néant. Au moment précis où il s'élançait pour porter le coup, le taureau s'était rué à l'improviste contre lui.

Le choc brutal fit rouler et disparaître entre les pattes du monstre galopant cet ennemi paré de soie et d'or. Les cornes n'avaient pas transpercé l'homme ; mais toute l'armure frontale l'avait heurté, renversé, terrassé comme par un coup de massue.

Le taureau, ne voyant plus devant lui que le cheval mort, allait charger de nouveau sur cette carcasse ; mais il sentit entre ses pattes un obstacle, et, méprisant le cadavre, il préféra s'attaquer à la brillante marionnette qui gisait sur le sable, l'enleva au bout d'une corne, la secoua quelques secondes, la rejeta de côté. Puis, une troisième fois, il fit mine de fondre sur le torero évanoui.

La multitude, étonnée par la rapidité de ces péripéties, demeurait muette, le cœur serré. La bête tuerait l'homme. Peut-être était-ce déjà fait.

Mais un cri soudain jaillit de toutes les gorges et rompit le silence. Une cape venait de se déployer entre le taureau et la victime ; une étoffe était pour ainsi dire collée au mufle par des bras vigoureux qui s'efforçaient d'aveugler la bête. C'était le Nacional qui, dans une impulsion de dévouement désespéré, s'était précipité vers le monstre et exposait sa propre vie pour sauver celle de son chef.

Surpris de ce nouvel obstacle, le taureau tourna la queue à l'homme gisant et chargea contre le Nacional. Celui-ci, engagé entre les cornes, reculait en agitant la cape, ne sachant comment se tirer de ce mauvais pas, mais satisfait, malgré tout, d'éloigner de Gallardo la brute féroce.

Le public, intéressé par ce nouvel incident, oubliait presque l'espada. Tout le monde criait, comme si les cris pouvaient aider le courageux banderillero. Les femmes sanglotaient, détournaient la tête, se tordaient les mains. Enfin, juste à l'instant où le taureau baissait le front pour frapper, le Nacional eut la chance de réussir à se dégager par un écart, tandis que le taureau, dans l'élan d'une course folle, conservait sur ses cornes la cape réduite en guenilles.

L'émotion éclata en un tonnerre d'applaudissements. La multitude versatile acclamait le Nacional et remarquait à peine le corps inanimé que quatre hommes emportaient de l'arène, la tête ballante, au milieu des toreros et des employés du cirque.

À Séville, pendant toute la soirée, on ne parla que de la blessure de Gallardo, la plus grave qu'il eût reçue de sa vie. Plusieurs journaux avaient déjà mis en vente des feuilles spéciales, et la nouvelle, télégraphiée par toute l'Espagne avec d'abondants commentaires, produisait autant d'effet que s'il se fût agi d'un personnage politique victime d'un attentat.

Dans la rue des Serpents, l'imagination andalouse se donnait carrière. Selon les uns, le pauvre Gallardo venait d'expirer : c'était sûr, car le renseignement venait d'un homme qui l'avait vu sur un lit de l'infirmerie, blanc comme une feuille de papier, le crucifix entre les mains. Selon d'autres, il respirait encore, mais il ne tarderait pas à mourir : il avait toutes les entrailles arrachées, le cœur, les reins, tout, et le taureau avait fait de son corps un vrai crible.

Par le fait, Gallardo était assez mal en point : il avait une jambe cassée, un coup de corne dans le bras, des contusions à tous les membres. Mais il n'en avait pas moins repris connaissance assez vite, et, vers 9 heures du soir, on put le ramener chez lui.

Il sortit des arènes couché sur une civière à laquelle faisaient escorte les médecins, les hommes de la quadrille encore vêtus de leurs costumes de gala, quelques-uns des Quarante-cinq et beaucoup de menu peuple. Dans l'émoi de la catastrophe, les aristocratiques personnages ne s'offensaient pas d'être coudoyés par les aficionados en haillons. Tous marchaient silencieusement, graves et mornes, consternés comme si la patrie était sur le point de perdre une des ses gloires.

L'arrivée à la maison fut pénible. Le *patio* retentit de cris navrants. Dans la rue, des voisines et des amies de la famille, croyant déjà Gallardo mort, hurlaient et s'arrachaient les cheveux. Après que la civière eut disparu derrière la porte close, quantité de gens demeurèrent sur la chaussée à contempler les fenêtres, à tâcher de deviner ce qui se passait de l'autre côté du mur, à gloser sur l'événement.

Le blessé fut installé dans sa couche avec les plus minutieuses précautions. Il était tout enveloppé de linges et de bandages sanglants, qui exhalaient une forte odeur d'antiseptiques. De son costume de combat, il n'avait gardé qu'un bas rose. Ses vêtements de dessous étaient troués en plusieurs endroits coupés en d'autres à coups de ciseaux. Sa coleta lui pendait sur le cou, défaite et emmêlée. Son visage était d'une blancheur d'hostie.

Le blessé, sentant qu'une main touchait les siennes, entrouvrit les yeux. Il aperçut Carmen, une Carmen aussi blanche que lui-même, aux yeux secs, à la bouche décolorée ; et il lui sourit légèrement.

Ensuite, à un signe que fit Gallardo, le Nacional s'inclina, tâchant de comprendre le murmure presque imperceptible qui s'échappait de ces lèvres exsangues. Et il descendit à la hâte, vint dire au fondé de pouvoir :

« Juan veut qu'on télégraphie tout de suite au docteur Ruiz.

— C'est fait, répondit don José, heureux d'avoir prévenu ce désir. Le docteur est en route. Il arrivera ici demain matin. »

Les médecins qui avaient opéré les premiers pansements se montraient déjà moins pessimistes. Gallardo pouvait s'en tirer ; il était d'une constitution si robuste ! Ce qu'il y avait surtout à craindre, c'était la commotion subie, ce heurt capable d'assommer sur place un homme ordinaire ; mais lui, il n'avait pas tardé à sortir de la syncope et à recouvrer ses sens. Quant aux blessures proprement dites, elles ne semblaient pas très dangereuses. Celle du bras était assurément peu de chose, et le pis qui pouvait en résulter, c'était que le membre perdît de sa souplesse. La jambe donnait plus d'inquiétude : peut-être Gallardo resterait-il boiteux.

« Boiteux ! » Ce mot frappa au cœur don José, qui jusqu'alors s'était efforcé de paraître calme. Son matador boiteux ? Son matador incapable de combattre les taureaux ?

« Non, non ! C'est impossible ! Il est absurde de supposer que Juan vive sans combattre. Qui donc le remplacerait ? Non, vous dis-je, c'est impossible !... Le premier homme du monde !... Et vous voulez qu'il ne “taure” plus ? »

Le lendemain, le docteur Ruiz arriva par l'express de Madrid. Souriant dans sa barbe d'un blanc pisseux, il était venu sans bagages, débraillé comme toujours, le gilet déboutonné, son gros ventre de bouddha ballottant sur ses jambes courtes. Il avait reçu le télégramme au sortir d'une *novillada* organisée pour faire connaître un « gamin » de Las Ventas, — une bouffonnerie qui l'avait beaucoup diverti ; — et, après une nuit blanche passée dans le train, il riait encore en pensant à cette farce, comme s'il ne se rappelait plus l'objet de son voyage.

Lorsqu'il entra dans la chambre de Gallardo, celui-ci ouvrit les yeux, et un sourire d'espérance ranima sa physionomie.

« Courage, mon brave ! lui dit le docteur. Ce n'est pas encore ce coup-là qui t'enverra dans l'autre monde. Vrai, tu as de la chance ! »

Et il examina le blessé avec une grande attention. Certes la blessure était sérieuse ; mais le docteur en avait tant vu dont les toreros s'étaient guéris aisément, en dépit des plus fâcheuses apparences ! Aussi s'attendait-il toujours à d'étonnantes guérisons, comme si les cornes eussent apporté le remède en même temps que la blessure.

« Quand on ne meurt pas dans le cirque même, affirmait-il, on peut dire qu'on est sauvé. La guérison n'est plus qu'une affaire de patience. »

Trois jours durant, le matador fut soumis à des opérations atroces : car le docteur dut lui extraire de la jambe les esquilles du tibia fracturé. Puis, satisfait de sa propre adresse :

« Qui a prétendu que tu ne pourrais plus "taurer" ? s'écria-t-il gaiement. Crois-moi, tu estoqueras encore, mon garçon, et le public n'a pas fini de t'applaudir... »

Gallardo, blême, amaigri, comme amenuisé par la souffrance, demeurait étendu sur sa couche et avait à peine la force de demander à boire. Le docteur avait interdit l'accès de la chambre à la mère, parce que celle-ci ne pouvait se retenir de sangloter et de hurler, chaque fois que le pansement des blessures arrachait à son fils quelque plainte involontaire. Mais Carmen, entrant d'un pas léger, les yeux baissés, venait s'asseoir près du lit et restait là, timide, muette, toujours prête à donner ses soins silencieux. La catastrophe lui avait fait oublier ses griefs contre l'infidèle, et, dans sa douleur ingénue, elle s'accusait même d'avoir été cause du malheur. « Oui, elle s'était montrée trop sévère avec son mari, et, si le sang-froid habituel avait manqué à l'espada en face du taureau, c'était parce qu'elle l'avait troublé et irrité par sa jalousie folle. » Seule avec le blessé, elle se serait peut-être agenouillée devant lui et lui aurait demandé pardon.

Dès que Juan alla mieux, le docteur, pour le distraire, permit à quelques amis de venir le voir ; et les plus notoires aficionados de Séville commencèrent à défiler près du lit. La fumée des cigarettes se mêla à la puanteur de l'iodoforme. Sur les tables, les fioles des médicaments, les paquets de coton hydrophile et les bandes voisinèrent avec les plateaux chargés de verres et les bouteilles de vin dont on régalait les visiteurs. Un jour, Gallardo demanda un cigare.

« Vive Dieu ! tu es guéri, mon garçon ! s'écria le docteur. Un homme qui fume n'est plus malade... »

À partir de ce jour, la chambre du convalescent ne désemplit pas. C'était comme un salon où l'on causait, où l'on discutait du matin au soir. Naturellement, la conversation roulait presque toujours sur les taureaux et sur la tauromachie. Le moyen de parler d'autre chose, lorsque don José était là ? On passait en revue tous les matadors de l'Espagne, on célébrait leurs qualités, on censurait leurs défauts, on faisait le compte de leurs gains, et on proclamait que Gallardo avait été et resterait sans rival.

« Le premier homme du monde ! » ajoutait invariablement le fondé de pouvoir.

Souvent le docteur se prenait de bec avec le Nacional, quand celui-ci, entêté dans sa marotte politique, demandait si la révolution ne se ferait pas bientôt.

« Et que t'importe, à toi ? ripostait le docteur. La seule chose dont tu dois te préoccuper, c'est de bien connaître les taureaux, d'éviter qu'ils t'attrapent et de banderiller le plus fréquemment possible, afin de faire vivre ta famille. »

Mais le Nacional regimbait contre l'humiliation que le docteur prétendait lui imposer à cause de son métier de torero. N'était-il pas un citoyen comme les autres ? N'était-il pas un électeur dont plus d'un homme politique avait sollicité le suffrage, au moment des élections ?

« J'ai bien le droit d'avoir mon opinion, ce me semble ! Je suis membre du comité de mon parti. Que ma profession soit basse et réactionnaire, je ne l'ignore pas ; mais s'ensuit-il qu'il me soit interdit d'avoir mes principes ? Est-ce ma faute, à moi, si Fernando VII, en fermant les universités tandis qu'il ouvrait l'École de tauromachie de Séville [1], a rendu

1. Ouverte par décret royal du 28 mai 1830, avec Pedro Romero comme directeur et Jerónimo José Candido comme directeur adjoint, cette école fut fermée dès 1834.

ridicule et odieuse la profession qui me nourrit ? À bas les tyrans, docteur ! »

Le Nacional connaissait l'histoire de son pays dans ses rapports avec l'art tauromachique ; et autant il exécrait le Sombrerero [1] et autres toreros partisans de la royauté absolue, autant il admirait le fier Juan Leon [2] qui, au temps de l'absolutisme, ne craignait pas de défier la servilité populaire et se présentait dans l'arène en costume noir, parce qu'alors on appelait les libéraux « les Noirs », si bien qu'il lui arrivait souvent, à la sortie du cirque, d'avoir à traverser une canaille injurieuse et menaçante. Au dire du Nacional, la tauromachie était une survivance du passé, un jeu barbare ; mais elle n'en avait pas moins ses grands hommes, aussi dignes de respect et d'admiration que les autres.

« Où prends-tu que cet art-là soit réactionnaire ? lui répliquait le docteur. Tu as un cœur d'or, Nacional, et tes intentions sont les meilleures du monde ; mais cela n'empêche pas que tu sois un ignorant. Apprends donc, pour ta gouverne, que les courses de taureaux ont été un progrès. Tu m'entends bien ? Je dis un progrès, un adoucissement des mœurs, un divertissement moins cruel que les spectacles auxquels notre peuple se complaisait auparavant. »

Et Ruiz, verre en main, se mettait à parler, à parler, ne s'interrompant, de temps à autre, que pour boire un coup :

« Prétendre que la tauromachie remonte à une haute antiquité, c'est commettre une lourde erreur ou un gros mensonge. Il est vrai que jadis, en Espagne, on tuait des taureaux pour amuser les gens ; mais l'art tauromachique, tel qu'il se pratique aujourd'hui, est de date relativement récente. Le Cid attaquait des taureaux à la lance, c'est entendu [3]. Les chevaliers maures et chrétiens joutaient contre des taureaux dans les carrousels, je vous l'accorde.

1. « Le Chapelier », surnom du matador Antonio Ruiz, né à Séville en 1783.

2. Matador, né à Séville vers la fin du XVIIIe siècle.

3. D'après les chroniques, le premier chevalier qui se présenta dans l'arène pour combattre à cheval les taureaux fut don Rodrigo Diaz de Bivar, plus connu sous le nom de Cid Campeador. Son exemple trouva de nombreux imitateurs, surtout à l'époque des derniers rois maures de Grenade, et particulièrement sous le règne de Boabdil.

Mais il n'existait point alors de toreros professionnels, et on ne se mettait point en peine de donner aux bêtes une mort noble, conformément aux règles d'un art… »

Une fois lancé, le docteur ne s'arrêtait plus, et ses discours, d'une pittoresque érudition, faisaient revivre les plus lointains souvenirs de ces combats qui sont devenus la fête nationale de l'Espagne.

C'était seulement en de très rares occasions, par exemple au mariage des rois, ou lorsqu'on signait un traité de paix, ou lorsqu'on inaugurait une chapelle dans une cathédrale, que cette réjouissance avait lieu. Les seigneurs qui devaient y prendre part, vêtus de soies brillantes, s'avançaient dans la lice sur leurs chevaux de bataille et combattaient l'animal à coups de pique ou de *rejón* [1], sous les yeux des dames. Si le taureau réussissait à les démonter, ils tiraient l'épée, et, avec l'aide de leurs laquais, ils lui donnaient la mort en le frappant au petit bonheur, sans s'astreindre à aucune méthode [2]. Quand la fête était pour le populaire, c'était la multitude qui descendait dans l'arène et qui attaquait en masse l'animal, jusqu'à ce que celui-ci succombât sous les coups de poignard.

« Tout cela, concluait le docteur, ce n'étaient pas de vraies courses de taureaux ; c'étaient des chasses à la bête féroce. Du reste, le peuple avait alors d'autres distractions, et l'on n'éprouvait pas le besoin de perfectionner cet amusement-là. »

Les spectacles les plus goûtés en ces temps lointains, c'était la religion qui les offrait : — des spectacles riches en émotions poignantes ; des spectacles où l'on avait la chair de poule et où, par-dessus le marché, on gagnait force indulgences. — Les autodafés, où l'on brûlait des hommes, étaient bien plus intéressants que ces jeux où l'on ne tuait que des bêtes. La vraie fête nationale d'alors, c'était l'Inquisition qui se chargeait de l'organiser.

1. Le *rejón* est une sorte de javeline, longue seulement d'un mètre et demi. Aujourd'hui encore, dans les courses royales, il y a des *caballeros en plaza* qui combattent avec cette arme.

2. Sur la façon dont les chevaliers chrétiens combattaient à cheval, on peut consulter les règlements écrits au XVIIe siècle par D. Gregorio Tapia, et, plus tard, par D. Gaspar Bonifaz.

« Mais un jour vint, poursuivait le docteur avec un fin sourire, où l'Inquisition vieillit. Tout passe, en ce monde ! Elle était morte de décrépitude bien avant que les lois révolutionnaires la supprimassent. Les mœurs étaient changées, et les bûchers, avec leur ridicule accompagnement d'homélies, de cagoules et d'abjurations, avaient cessé de plaire. D'autre part, la période des grandes guerres européennes était close : on ne se battait plus, ni dans les Pays-Bas, ni en Italie ; les aventuriers ne s'embarquaient plus pour aller à la conquête de l'Amérique. À la férocité de cette foule qui avait l'habitude des spectacles sanglants, il fallait une soupape de sûreté ; et ce fut alors, — au milieu du XVIIIe siècle, lorsque l'Espagne rentra dans sa carapace, — que l'art tauromachique prit naissance. Celui qui, au siècle précédent, eût été soldat en Flandre ou colon militaire dans les solitudes du Nouveau Monde, se fit tueur de taureaux. Pour distraire le peuple qui s'ennuyait, on construisit des cirques permanents, on forma des quadrilles de toreros professionnels, on assujettit la course à des règles fixes ; et la foule trouva cela fort de son goût. Aux chevaliers succédèrent dans l'arène des plébéiens, qui firent métier d'exposer leur vie à prix d'argent, et le public devint le maître souverain de la *plaza* démocratisée[1]. Les petits-fils de ceux qui avaient assisté avec un dévot enthousiasme au rôtissage des hérétiques et des Juifs, se plurent à contempler avec une bruyante allégresse la lutte de l'homme et du taureau, lutte où l'homme n'était que de temps à autre la victime. Dites, cela ne fut-il pas un progrès ? »

Le docteur insistait sur son idée :

« Un progrès incontestable ! Et voilà la raison pour laquelle, moi qui suis révolutionnaire en toutes choses, je n'ai pas honte d'avouer que j'aime les courses de taureaux.

1. Philippe V, malgré son aversion pour les courses de taureaux, n'avait pu les supprimer ; mais la noblesse, par courtisanerie, se détacha de ces jeux qui perdirent leur caractère aristocratique. De cette époque datent les combats à pied, qui, d'abord livrés par des amateurs, se régularisèrent peu à peu. On considère Francisco Romero, charpentier de profession, né à Ronda, comme le vrai créateur de la tauromachie moderne : ce fut lui, dit-on, qui le premier, vers 1726, osa affronter le taureau sans autre arme offensive que l'épée et sans autre arme défensive que la muleta.

Ces courses sont barbares, j'en conviens. Mais les peuples qui se disent civilisés n'ont-ils pas d'autres plaisirs aussi sauvages ? Est-ce en Espagne seulement qu'on se délecte à des spectacles mortels ? Les inutiles courses de chevaux qui se pratiquent en Angleterre, en France et partout, ne laissent-elles pas chaque année sur les hippodromes plus d'hommes tués qu'il n'en périt dans nos redondels ? Et la chasse à courre, et les combats de coqs, et les séances de boxe, et tous ces sports brutaux qui écrasent les nez, cassent les jambes, fracturent les crânes, sont-ils donc des passe-temps anodins ? En somme, chaque peuple a ses jeux violents ; et, qui sait ? peut-être un peu de brutalité est-il nécessaire pour secouer la monotonie de notre existence trop douce, pour réveiller dans nos organismes débilités les énergies viriles. Que des hommes valeureux et adroits, s'astreignant à observer des règles d'une indubitable sagesse, affrontent et tuent, au grand soleil, sous un ciel de feu, en présence d'une foule multicolore qui les applaudit, une bête énorme et féroce, c'est sans doute un spectacle sanglant, mais, à coup sûr, c'est aussi un spectacle de beauté… »

Au bout d'une quinzaine de jours, le docteur déclara qu'il s'en retournait à Madrid.

« Désormais, mon brave, annonça-t-il à Gallardo, tu n'as plus besoin de moi. Ne fais pas d'imprudence. Va te reposer à la campagne. Tu es bâti à chaux et à sable, et, dans quelques mois, tu ne te ressentiras de rien. »

Tant que la fièvre avait tourmenté le blessé, tant que d'affreux cauchemars avaient hanté ses nuits, Gallardo ne s'était plus souvenu de doña Sol. Mais, lorsque la santé revint, le vieil amour revint avec elle. Un beau matin, le matador demanda à don José si sa maîtresse s'était inquiétée de lui.

« Certes, répondit le fondé de pouvoir. Deux ou trois jours après l'accident, j'ai reçu de Nice un télégramme où elle réclamait de tes nouvelles, et je lui ai répondu tout de suite.

— Et après ?

— Après… je n'ai plus rien reçu… Elle a dû être renseignée par les journaux qui publiaient les bulletins du docteur : car on a parlé de toi dans l'Europe entière !… Au surplus, tu ferais mieux de ne pas te tracasser pour une amourette. L'essentiel, aujourd'hui, c'est que tu recouvres tes forces et que tu recommences à « taurer ». Tu as jusqu'au printemps prochain pour achever de te rétablir. Dis : veux-tu « taurer » encore ?

— Si je veux « taurer » encore ? Et c'est vous, don José, qui me demandez cela ? Oui, oui ! Je passerai l'hiver à ma ferme, et, au printemps, j'estoquerai tous les taureaux qu'on mettra devant moi. Vous pouvez me signer un engagement pour les courses de Pâques.

— À la bonne heure ! Crois-moi : il est temps d'oublier les jupons pour songer aux affaires. La gloire d'abord, le gain ensuite ; et, si tu désires des femmes, tu en auras par surcroît… »

L'indifférence évidente de doña Sol avait-elle froissé trop rudement l'amour-propre de Gallardo ? Ou, pendant les interminables semaines qu'il était resté immobile, sur sa couche, la jambe prise dans l'appareil, tandis que sa femme veillait tendrement à côté de lui, avait-il fait réflexion sur sa conduite et senti quelque remords de ses erreurs passées ? Ce qu'il y a de certain, c'est qu'à partir de ce jour il ne parla plus de doña Sol à son fondé de pouvoir.

Avant que toute la famille s'établît à la Rinconada, la señora Angustias voulut que son fils allât s'agenouiller devant la Vierge de l'Espérance. C'était un vœu qu'elle avait fait dans cette funeste soirée où elle l'avait vu revenir sur une civière, livide comme un cadavre. Que de fois, depuis, elle avait pleuré en invoquant cette gracieuse reine des cieux aux longues paupières et aux joues brunes ! Que de fois elle l'avait suppliée de prendre sous sa protection le pauvre Juanillo !

La cérémonie s'accomplit par une belle matinée de soleil. Quoique ce fût jour ouvrable, l'église San Gil, tout enguirlandée de fleurs, s'emplit de ce qu'il y avait de mieux dans les quartiers d'alentour : corpulentes matrones aux yeux de jais, au gros cou, habillées de soie noire, avec des corsages et des jupes qui se tendaient sur des chairs débordantes, avec des mantilles de dentelle qui encadraient des visages pâles ; ouvriers rasés de frais, en complet neuf et en chapeau rond, le gilet barré par une grande chaîne d'or. Des mendiants, accourus en bandes comme pour une noce, faisaient la haie devant le portail ; et les commères du voisinage, la tête nue, les bras chargés de marmots, se bousculaient en attendant avec impatience l'arrivée du cortège. On allait célébrer une messe solennelle, avec accompagnement d'orchestre et de chant, et les prêtres entonneraient un *Te Deum* d'allégresse pour rendre grâces au Seigneur d'avoir sauvé Juan Gallardo.

Enfin le cortège parut et s'ouvrit un passage parmi la foule. En avant marchaient, dans un frou-frou d'épaisses robes de soie noire, la mère et la femme du matador, qui, entourées de parentes et de voisines, souriaient sous la dentelle de leurs mantilles. Derrière elles venait Gallardo suivi d'une interminable escorte de toreros et d'amis, tous habillés de vêtements clairs, avec des chaînes et des bagues dont l'éclat tirait les yeux, coiffés de feutres blancs qui faisaient contraste avec les sombres couleurs des toilettes féminines.

Le matador avait un air grave. C'était un catholique sincère. Il ne pensait guère à Dieu, et, quand les choses n'allaient pas à son gré, il blasphémait comme un turc. Mais aujourd'hui c'était une autre affaire : il s'agissait de remercier la bonne Vierge de la Macarena. Il entra donc à l'église avec componction, et les autres firent comme lui, sauf le Nacional, qui resta dehors, sur la place.

« Je suis libre penseur, crut-il à propos de déclarer devant un groupe de camarades. Je respecte toutes les croyances ; mais ce qu'on fait là-dedans, pour moi, c'est… de la mélasse. Mon intention n'est pas de manquer de respect à la Vierge et de lui dénier sa part de mérite. Mais, entre nous soit dit, si je n'étais pas arrivé assez vite pour détourner le taureau, quand Juaniyo était par terre, je vous demande un peu ce qu'il serait advenu du pauvre garçon… »

Par les portes ouvertes affluaient jusqu'au parvis les plaintes des instruments, les voix des chanteurs, une mélodie douceâtre et voluptueuse à laquelle se mélangeaient les parfums des fleurs et de l'encens. Des toreros et des aficionados, groupés devant l'église, grillaient cigarette sur cigarette. De temps à autre, quelques-uns se détachaient et poussaient une pointe jusqu'au cabaret le plus proche.

À la sortie du cortège, les mendiants se bousculèrent et jouèrent des coudes sous les poignées de menue monnaie. L'espada, radieux et magnifique, donnait le bras à Carmen qui, tremblante d'émotion, marchait les yeux baissés, une larme arrêtée entre les cils. C'était une larme de bonheur, et il lui semblait qu'elle venait de se marier pour la seconde fois.

VII

Après avoir passé tout l'automne et tout l'hiver dans sa ferme de la Rinconada, Gallardo rentra vers la fin de mars à Séville, où il avait un engagement pour la course de Pâques.

La campagne, le grand air, l'exercice l'avaient complètement rétabli. Non seulement il ne boitait plus, mais il croyait avoir la jambe aussi libre et aussi forte que naguère. C'était à peine, si, après une longue marche, après une chasse qui avait duré toute la journée, il sentait encore un peu d'engourdissement dans le jarret. Mais le travail du matador sur l'arène ne dure que quelques minutes ; et d'ailleurs cette légère incommodité disparaîtrait bientôt, comme avaient déjà disparu les plus graves. Parfois, quand il était seul dans sa chambre, il se campait devant le miroir et faisait le geste de celui qui estoque : — vlan ! — Le taureau invisible s'écroulait sur le sable imaginaire, et l'espada souriait d'allégresse en songeant à la déception de ses ennemis, qui espéraient jouir du spectacle de sa décadence. Il lui tardait de se revoir au cirque, où, pour le dédommager de sa blessure, le peuple l'accueillerait par des acclamations frénétiques.

Au commencement de la Semaine sainte, Gallardo fit à sa mère un grand plaisir.

Les années précédentes, en qualité de dévot à Notre-Seigneur Jésus du Grand Pouvoir, il avait suivi la procession de la paroisse de San Lorenzo sous le costume traditionnel : cagoule noire à haut capuchon et masque qui ne laissait voir que les yeux. La confrérie de San Lorenzo était la confrérie aristocratique, et, lorsque l'espada s'était vu en passe de faire fortune, il s'y était affilié, n'ayant désormais que du dédain pour les confréries populaires où la dévotion n'allait pas sans ivresse et sans scandale.

Il parlait avec une vaniteuse complaisance du caractère grave de cette pieuse association. Tout y était réglé point par point, assujetti à une stricte discipline, comme au régiment. La nuit du Jeudi saint, lorsque le coup de deux heures sonnait à l'horloge, les portes de San Lorenzo s'ouvraient toutes grandes, et la foule compacte massée sur le parvis obscur, voyait soudain apparaître l'intérieur de l'église illuminée *a giorno*, avec la confrérie rangée en bon ordre.

Les encapuchonnés, muets et lugubres, n'ayant de vivant que l'éclat des yeux aperçus par les trous du masque, s'avançaient deux par deux, à pas lents, un gros cierge au poing, en ayant soin de laisser entre chaque couple un large intervalle où les longues queues des robes traînantes balayaient le pavé. Ces mystérieux fantômes étaient peut-être de grands seigneurs que la piété héréditaire avait induits à prendre place dans ce défilé nocturne, et des gardes municipaux les escortaient, pour veiller à ce qu'on ne les molestât point : car les ivrognes abondaient dans la foule, et les membres de la confrérie étaient tenus de garder le silence sous peine de péché mortel. Il arrivait donc parfois, si les gardes se relâchaient de leur surveillance, que des impies avinés se missent à côté des confrères et, tout en marchant, leur chuchotassent aux oreilles d'atroces injures, lançassent au petit bonheur d'infâmes outrages contre leurs personnes inconnues, contre leurs familles ignorées. Et d'abord le masque sacré se taisait, souffrait, dévorait les insultes, les offrait en sacrifice au Seigneur du Grand Pouvoir ; mais enfin la patience lui manquait, et, sans prononcer une parole, il levait son cierge et en rouait de coups le malotru qui troublait le recueillement de la cérémonie.

Chaque paroisse de Séville faisait sortir deux *pasos* [1], l'un du Fils de Dieu, l'autre de Madame sa Mère. Au cours de la procession, quand les porteurs des *pasos* avaient besoin de se reposer et que les lourdes plates-formes, chargées de statues et de lanternes, demeuraient immobiles, un faible coup de sifflet suffisait pour que les encapuchonnés fissent halte, deux par deux, tournés l'un vers l'autre ; et, appuyant ensuite leur cierge sur leur pied, ils promenaient sur la foule ces yeux qui luisaient dans l'ombre des trous : étranges personnages échappés d'un autodafé, spectres dont les traînes noires semblaient répandre encore des parfums d'encens et des relents de bûcher. Au-dessus des capuchons pointus flottaient les bannières de la confrérie, carrés de velours noir à franges d'or où était brodée l'inscription romaine S.P.Q.R., en souvenir du rôle joué par le procurateur de Judée dans la criminelle condamnation du Juste.

Le *paso* de Notre-Seigneur Jésus du Grand Pouvoir se dressait sur une base de métal ouvré, garnie tout à l'entour d'une tenture de velours noir qui retombait jusqu'à terre et qui cachait les vingt porteurs, presque nus et suant sous le faix. Aux angles, il y avait quatre groupes de lanternes avec des anges d'or, et au milieu se tenait Jésus, couronné d'épines et ployant sous la croix : un Jésus tragique, douloureux, sanglant, aux yeux noyés de larmes, à la face cadavérique, mais vêtu d'une ample robe de velours, si prodigalement décorée de fleurs d'or que la riche étoffe s'entrevoyait à peine comme une légère arabesque parmi les entrelacs compliqués des broderies. L'aspect de cette statue arrachait des soupirs à des centaines de poitrines :

« *Pare Josú* [2] ! marmottaient les vieilles femmes, en fixant sur l'image des regards d'hypnotiques. Seigneur du Grand Pouvoir, ne nous oubliez pas ! »

Lorsque le *paso* s'arrêtait, la dévotion du peuple andalou, de ce peuple qui exprime au moyen du chant tous les états de son âme, saluait la sainte image par des trilles d'oiseau et par d'interminables lamentations. Quelque jouvencelle, fen-

1. On appelle ainsi les saintes images qui représentent différents épisodes de la vie de Jésus et que l'on promène dans la ville pendant la Semaine sainte.

1. « Père Jésus. »

dant la foule pour arriver au premier rang, envoyait à Jésus une *saeta* [1] dont les trois vers célébraient « la plus divine des statues » et Martinez Montañés, le fameux sculpteur qui l'a faite. Les encapuchonnés écoutaient, ne bougeant pas, jusqu'à ce que le conducteur du *paso*, jugeant la pause suffisante, fît retentir un timbre d'argent placé à l'avant de la plate-forme.

« Ho ! hisse ! »

Et le Seigneur du Grand Pouvoir, après quelques oscillations, s'exhaussait un peu, tandis que les pieds des porteurs invisibles commençaient à se mouvoir au ras du sol comme des pattes de cloporte.

Puis venait Notre-Dame des Sept Douleurs, sous un dais de velours, tout environnée de lumières. Une couronne d'or tremblait sur son front, et la queue de son manteau, longue de plusieurs mètres, s'étalait en arrière du *paso* sur une sorte de crinoline de bois qui la faisait bouffer et qui montrait la splendeur de ses merveilleuses broderies, ouvrage où s'étaient employés l'art et la patience de toute une génération. Les flammes vacillantes des cierges portés par les encapuchonnés jetaient leurs reflets sur ce manteau royal et y allumaient des brasillements.

À la suite de la Vierge se pressait une troupe de femmes dont les corps disparaissaient dans l'ombre, mais dont les faces, éclairées par les cierges qu'elles tenaient à la main, se coloraient de teintes pourpres. C'étaient des vieilles en mantille, pieds nus ; des jeunes filles habillées de la robe blanche qui devait leur servir de suaire ; de pauvres infirmes qui traînaient avec peine leur ventre enflé par la maladie ; toute une cohue d'humanité souffrante qui, sauvée de la mort par la bonté du Seigneur du Grand Pouvoir et de sa Très Sainte Mère, cheminait derrière leurs images pour accomplir un vœu.

La pieuse confrérie, après avoir lentement processionné par les rues et s'être arrêtée maintes fois pour chanter des cantiques, parvenait enfin à la cathédrale, dont les portes

1. Littéralement « flèche » : oraison jaculatoire, en forme de tercet, qui se chante, soit dans les églises, soit dans les rues, pendant certaines solennités religieuses.

restaient ouvertes toute la nuit, et s'engageait sous les nefs de ce temple aux proportions gigantesques. La lumière des cierges faisait sortir de l'ombre le bas des piliers énormes, revêtus de velours cramoisi à bandes d'or ; mais, en haut, elle ne réussissait pas à dissiper les ténèbres des voûtes. Les encapuchonnés, tels des insectes noirs à tête pointue, rampaient au ras du sol, dans la lueur rougeâtre, tandis que la nuit continuait à emplir la région supérieure de l'édifice, et, après avoir traversé le sanctuaire, ils ressortaient à la pâle clarté des étoiles et poursuivaient jusqu'au matin leur muette pérégrination.

Quoique Gallardo fût passionnément attaché à cette aristocratique confrérie et au Seigneur du Grand Pouvoir, il n'en résolut pas moins, cette année-là, de se joindre à la procession plébéienne de la Vierge de l'Espérance.

« Tu as raison, Juaniyo, répondit la señora Angustias, lorsqu'il lui fit part de ses intentions. Ce qu'il y a de mieux, c'est que chacun aille avec ceux de sa classe. Je ne te désapprouve certes pas de fréquenter les gros bonnets ; mais tu dois bien aussi quelque chose à la Macarena. Au surplus, les pauvres gens qui, lorsque tu débutais, t'ont montré tant d'amitié, commencent à croire que tu les méprises ; et il y en a même qui ne se gênent pas pour dire du mal de toi... »

Hélas ! le matador ne le savait que trop ! Plusieurs fois déjà les prolétaires lui avaient témoigné de la mauvaise humeur. On critiquait sévèrement ses relations incessantes avec la haute société et le sans-façon avec lequel il abandonnait ses anciens admirateurs, ceux dont le précoce enthousiasme avait fait sa fortune. Il jugeait donc urgent de regagner les sympathies de la basse classe en se joignant notoirement à la procession de son quartier. C'est pourquoi, trois ou quatre jours d'avance, il eut soin d'avertir confidentiellement de ce projet les membres les plus influents de la confrérie de la Macarena :

« Gardez-moi le secret, leur dit-il. Ce n'est qu'une affaire de dévotion, et je serais fâché qu'on en parlât. Tout ce que je veux, c'est témoigner ma gratitude à cette bonne Vierge qui m'a sauvé la vie, lors de ma blessure. »

Et le secret fut si bien gardé que, dès le lendemain, cette

nouvelle était le sujet de toutes les conversations dans les boutiques des barbiers et chez les marchands de comestibles.

« Ah ! cette année-ci, concluait-on après d'interminables commentaires sur la résolution prise par le matador, cette année-ci, il faudra voir la Macarena ! La *seña* Angustias couvrira de fleurs le *paso*, et Juaniyo mettra tous ses bijoux à la Vierge. Une fortune ! »

Effectivement Gallardo réunissait tous les bijoux de la maison, ceux de sa femme et les siens, pour en parer l'image. La Macarena aurait aux oreilles les pendants de Carmen achetés à Madrid et pour lesquels il avait dépensé le gain de plusieurs courses ; elle aurait sur la poitrine une double chaîne d'or qui lui appartenait à lui-même, et, le long de cette chaîne, toutes ses bagues seraient suspendues, ainsi que les gros boutons de diamants dont il ornait son plastron de chemise, quand il s'habillait en tenue de ville.

« *Josú* ! Comme notre brunette va être bien attifée ! disaient les voisines en parlant de la Vierge. Et comme cela va faire enrager la moitié de Séville ! C'est le *señor* Juaniyo qui se charge de tout… »

L'espada, quand on l'interrogeait sur ces apprêts, souriait avec modestie et répondait qu'il avait toujours eu beaucoup de dévotion pour la Macarena. C'était la Vierge du quartier où il était né ; et en outre son pauvre père n'avait jamais manqué de suivre cette procession, vêtu en homme d'armes. C'était un honneur dont la famille était fière, et Juan lui-même, si sa situation le lui eût permis, se serait fait un plaisir de coiffer le casque et d'empoigner la lance, à l'exemple d'une multitude d'autres Gallardo, ses ancêtres, qui pourrissaient maintenant sous la terre.

Cette popularité religieuse le flattait, mais elle l'inquiétait aussi. Il était heureux que tout le monde, dans le quartier, connût son dessein ; mais il appréhendait que la nouvelle s'en répandît dans le reste de la ville. Avec son naïf égoïsme, il désirait se concilier les bonnes grâces de la Vierge, en prévision des dangers futurs ; mais il redoutait les brocards des amis qui fréquentaient les cafés et les cercles de la rue des Serpents. Il se disait :

« S'ils me reconnaissent, ils vont se moquer de moi. C'est ennuyeux. Être bien avec tout le monde, voilà ce que je voudrais… »

Le soir du Jeudi saint, Gallardo se rendit avec Carmen à la cathédrale, pour y entendre le *Miserere*. Les nefs de l'église, aux voûtes ogivales d'une prodigieuse hauteur, n'avaient pour luminaire que les minces flammes de quelques cierges qui brûlaient contre les piliers : tout juste ce qu'il fallait pour que la foule ne fût pas obligée de marcher à tâtons. Quant aux gens riches qui craignaient le brutal contact de la populace et les dangereuses bousculades, ils s'étaient enfermés derrière les grilles des chapelles latérales, et on les y apercevait comme des bêtes en cage.

Le chœur aussi était plongé dans l'ombre, malgré un fourmillement de petites lumières qui, pareilles à une constellation de vers luisants, éclairaient les musiciens et les chanteurs. Et, dans cet effrayant milieu de ténèbres et de mystère, le *Miserere* d'Eslava [1] répandait ses mélodies d'un goût italien : un *Miserere* folâtre et gracieux comme les battements d'ailes des colombes, avec des airs de romance qui ressemblaient à des sérénades d'amour ou à des rondes de buveurs.

Lorsque la voix du ténor se tut et que les dernières roulades par lesquelles il apostrophait la cité déicide — « Jérusalem ! Jérusalem ! » — se furent perdues sous les voûtes, la foule se dispersa, impatiente de courir les rues. Quant à Gallardo, il s'en retourna bien vite chez lui pour s'habiller en *nazaréen*. La señora Angustias lui avait préparé son costume avec des soins attendris qui la reportaient au temps de sa jeunesse. Elle songeait à son pauvre mari qui, cette nuit-là, revêtait l'attirail guerrier et qui partait du logis, la pique sur l'épaule, pour n'y revenir que le lendemain matin, le casque bosselé, le tonnelet souillé d'immondices, après une infinité de stations faites en compagnie de frères d'armes dans tous les cabarets de Séville.

L'espada fignola sa toilette avec une minutie féminine,

1. Miguel Hilarion Eslava, maître de chapelle de la cathédrale de Séville, né en 1807 à Burlada, mort en 1878 à Madrid.

traitant son costume de *nazaréen* avec autant de précaution que si c'eût été un costume de torero à endosser pour une course. Il mit des bas de soie et des souliers vernis ; il revêtit la robe de satin blanc ; il ajusta sur ses épaules la cagoule de velours vert qui, dressant en l'air sa pointe aiguë, redescendait en forme de masque devant le visage, se prolongeait jusqu'aux genoux à la façon d'une chasuble, et présentait, richement brodé sur le côté gauche de la poitrine en un vif et délicat bariolage de couleurs, l'écusson de la confrérie. Puis il enfila des gants blancs et prit le haut bâton, insigne des dignitaires. Ce bâton était une verge recouverte de velours émeraude, surmontée d'une pomme d'argent et terminée dans le bas par une virole du même métal.

Minuit était déjà sonné lorsque l'élégant porteur de cagoule s'achemina vers San Gil par les rues pleines de peuple. Comme il approchait de l'église, il rencontra la compagnie des *Juifs*, c'est-à-dire des hommes d'armes, farouches soldats qui, impatients de faire admirer leur discipline militaire, attendaient la sortie de la procession en marquant le pas, au rythme d'un infatigable tambour. Ces hommes — des jeunes et des vieux — avaient tous la face encadrée par la jugulaire métallique de leur casque, le corps sanglé dans un sayon lie-de-vin, les jambes prises dans des bas de coton rose chair, les pieds chaussés de sandales montantes, la taille ceinte du glaive romain ; et, pour imiter les troupiers modernes, ils tenaient leur pique suspendue à l'épaule par un cordon qui jouait le rôle d'une bretelle de fusil. En avant se balançait l'étendard orné de l'inscription sénatoriale ; et cette petite armée avait pour chef un fastueux personnage qui se dandinait à la tête de ses hommes, l'épée au clair.

« Coquin de sort ! murmura Gallardo, en riant sous son masque. Cette nuit, personne ne va faire attention à moi. On n'aura d'yeux que pour ce mirliflore. »

C'était le capitaine Chivo [1], gitano arrivé de Paris le matin même, afin de prendre le commandement de sa compagnie. Pour rien au monde il n'aurait voulu manquer d'être là : car il aurait ainsi renoncé à ce titre de capitaine dont il se faisait

1. « Le biquet. »

gloire sur toutes les affiches des *music-halls* parisiens où ses filles et lui-même chantaient et dansaient. Les filles, vives comme des lézards, avaient de grands yeux, un teint délicatement coloré, une sveltesse de taille et une grâce de mouvements qui tournaient la tête aux hommes. L'aînée avait eu la bonne fortune de fuir avec un prince russe, et, pendant plusieurs jours, les gazettes du boulevard avaient publié des articles sur le désespoir de ce brave officier de l'armée espagnole, de ce don Quichotte qui voulait à toute force occire les coupables pour venger l'outrage fait à son honneur. Bien plus, un théâtre de genre avait monté une opérette dont le sujet était l'enlèvement de la gitana, avec danses de toreros, chœurs de moines et autres scènes d'une non moins exacte couleur locale. Du reste, le Chivo s'était vite résigné à transiger avec ce gendre de la main gauche, et, après avoir empoché une copieuse indemnité, il avait continué de faire danser et chanter les cadettes, en attendant un autre Russe. Son grade de capitaine rendait rêveurs nombre de Français, très avertis de tout ce qui se passait dans la péninsule. Ah ! cette Espagne ! Un pays en complète décadence, qui ne payait pas ses vaillants défenseurs et qui réduisait ses hidalgos à exhiber leurs filles sur les planches !

Tous les ans, à l'approche de la Semaine sainte, le capitaine Chivo prenait congé de ses filles avec un geste de père noble qui n'entend pas qu'on badine :

« Je pars, mes mignonnes. Soyez sages ! De la tenue et de l'honnêteté, n'est-ce pas ? Ma compagnie m'attend. Il faut que je sois à mon poste. »

Et il faisait d'une traite le voyage de Paris à Séville, fier de maintenir la tradition de ses aïeux qui tous avaient été capitaines des Juifs, et même de rehausser d'un nouveau lustre cette gloire héréditaire. Il avait gagné dix mille pesetas à un tirage de la Loterie nationale, et il avait employé toute cette somme à s'acheter un uniforme digne de son grade. Les commères du quartier accouraient pour examiner de plus près sa tunique aux éblouissantes broderies d'or, son corselet de métal bruni, son casque dont l'acier, sous une cascade de plumes blanches, reflétait tous les cierges de la procession : — un fastueux caprice de Peau-Rouge, un costume princier tel que pourrait le rêver un Araucan ivre. — Et les femmes palpaient la jupe de velours, s'extasiaient sur les ornements brodés, clous, marteaux, épines, tous les attributs de la Passion. Les bottes même étaient chargées de clinquant, de pierres fausses ; et, à chaque pas qu'il faisait, cette pretintaille jetait des étincelles.

Lorsque le moment fut venu, le capitaine, d'un air martial, tourna la tête vers ses légionnaires, et, fixant sur eux des prunelles d'aigle :

« Attention ! hurla-t-il. Défense à quiconque de sortir des rangs ! Respect à la discipline !... En avant, marche ! »

Et, à un roulement de tambour, la compagnie s'ébranla raide, solennelle, pénétrée de la gravité de sa fonction. Mais, hélas ! il y avait dans chaque rue des cabarets et, devant les cabarets, de joyeux compagnons qui, pour se consoler du martyre et de la mort du Seigneur, avaient vidé d'innombrables petits verres. Dès que ces pieux buveurs apercevaient le majestueux capitaine, ils le saluaient, lui montraient de loin le liquide à la bonne odeur, à la couleur d'ambre. Celui-ci, pour dissimuler son trouble et se préserver de la tentation, détournait les yeux, guindait son attitude. Ah ! s'il n'avait pas été de service ! Alors un des plus hardis, traversant la chaussée, venait lui mettre sous le nez le verre plein ; mais l'incorruptible centurion se rejetait en arrière et présentait au tentateur la pointe de son glaive. Non, non, cette année-ci ne serait pas comme les années précédentes, où l'on avait vu les hommes d'armes en désarroi presque aussitôt après le départ !... Et pourtant il faisait si chaud, on suait si fort sous le harnois !... Bref, le capitaine se décidait à accepter un premier verre, puis un second, puis un autre encore ; ses hommes l'imitaient, et bientôt la compagnie, décimée, laissait sur le chemin une débandade de traînards.

La procession s'avançait avec la lenteur habituelle, stationnant des heures entières aux carrefours.

Le *paso* qui venait le premier était celui de « la Sentence de Notre-Seigneur Jésus-Christ ». C'était une estrade mobile, chargée de figures : — Pilate assis sur un trône ; des gardes aux casques empanachés et aux tuniques de diverses couleurs ; le pauvre Jésus couronné d'épines et prêt à être conduit au supplice, dans une robe de velours violet toute chamarrée de broderies, tandis que, sur sa tête, trois panaches d'or symbolisaient le rayonnement de la divinité. — Mais ce *paso*, malgré la richesse de sa décoration, ne retenait guère la curiosité du public. Ce que tout le monde voulait voir, c'était l'autre, celui de la miraculeuse Vierge de l'Espérance, celui de la Macarena.

Quand cette Vierge aux joues roses et aux longues paupières sortit du portail de San Gil, sous son dais de velours que faisaient trembler les moindres mouvements des invisibles porteurs, une assourdissante acclamation s'éleva de la foule qui encombrait la petite place. Ah ! comme la reine du Ciel était jolie ! Une beauté qui ne vieillissait pas !

Le manteau splendide, immense, réticulé d'une massive broderie d'or imitant les mailles d'un filet, s'allongeait derrière l'estrade comme la queue repliée d'un énorme paon royal ; et les yeux de verre luisaient, ayant l'air de répondre par des pleurs d'émotion au salut enthousiaste des fidèles. Sur toute l'image, des milliers de joyaux aux pierreries scintillantes formaient pour ainsi dire un second vêtement de feux multicolores. La Vierge avait, pendus au cou, des fils de perles, des chaînes d'or, des centaines de bagues passées dans les chaînes ; et tout le devant de sa robe et de son manteau était comme bardé de montres d'or, de pendeloques d'émeraudes, de boucles de diamants aussi gros que des cailloux. Les dévots lui envoyaient leurs bijoux, pour qu'on l'en parât à la procession, et, dans cette nuit de religieuse douleur, les femmes étaient fières de montrer leurs doigts dépouillés de tout ornement.

Gallardo, masqué, tenant en main le bâton à pomme d'argent, marchait devant le *paso* avec les dignitaires de la confrérie. D'autres encapuchonnés portaient de longues trompettes garnies d'étoffe verte à frange d'or, et, de temps à autre, ils introduisaient jusqu'à leurs lèvres, par un trou du masque, l'embouchure de ces instruments dont la funèbre sonnerie déchirait le silence. C'était une musique à faire dresser les cheveux sur la tête ; mais pourtant elle n'éveillait dans les âmes aucun sentiment de tristesse, et, de minute en minute, la procession perdait quelque chose de sa gravité.

Les habitants du quartier, les *macarenos*, cheminaient en désordre autour de la Vierge : petits boutiquiers de la rue de la Feria, ouvriers logés dans les ruelles qui entouraient l'église San Gil, maraîchers dont les jardins avoisinaient l'Hôpital des Cinq Plaies[1] ou longeaient la Ronda des Capucins ; et tous ces gens avaient avec eux leurs femmes mal peignées, tirant par la main des ribambelles de marmots qu'elles remorqueraient ainsi jusqu'à l'aube. De jeunes gars du faubourg, coiffés de feutres neufs, avec des accroche-cœurs lissés en pointe sur les tempes, brandissaient des gourdins, comme si quelque impie se proposait de manquer de respect à la belle Notre-Dame et que le secours de leurs bras fût nécessaire pour la défendre ; et, par des cris où l'inconscience de l'ivresse s'ajoutait à la naturelle légèreté de ces têtes de linottes, ils vantaient bruyamment la prééminence et le miraculeux pouvoir de leur patronne :

« *Olé* la Macarena ! La première Vierge du monde ! Celle qui donne sur le museau à toutes les autres Vierges ! »

La procession ne pouvait faire cinquante pas sans s'arrêter. Devant presque toutes les maisons, des spectateurs penchés aux fenêtres exigeaient que la sainte image fît halte, pour qu'on pût l'observer à loisir. Les cabaretiers n'étaient pas les moins empressés à réclamer cette faveur, et, interpellant les dignitaires de la confrérie :

« Un petit moment, s'il vous plaît ! disaient-ils. Nous avons ici un chanteur qui veut lancer à la Vierge une *saeta*. »

Le chanteur s'avançait, les jambes molles, soutenu par un ami, et il commençait par tousser ; puis toutes vannes ouvertes, il lâchait d'une voix avinée sa musicale invocation, dont les trémolos et les vocalises empêchaient de distinguer les paroles. Tout ce que l'on réussissait à comprendre, c'était qu'il célébrait *la Mare*[2], la mère de Dieu ; et, lorsqu'il roucoulait ce vocable, son chant s'attendrissait d'amour.

1. *De las Cinco Llagas*. C'est ainsi qu'on nomme communément l'Hôpital civil.

2. Forme dialectale de *madre*, mère.

Avant même que le soliste fût arrivé au milieu de son traînant couplet, une seconde voix s'élevait un peu plus loin, puis une troisième, puis d'autres encore, comme si c'était un concours de chant, et la rue se peuplait de virtuoses dont les uns, par leurs accents rauques, trahissaient l'éraillure de poumons malades, tandis que d'autres, au fausset criard, déchiraient l'air de leurs glapissements aigus. La plupart d'entre eux, trop sincères dans leur foi pour vouloir se donner en spectacle, demeuraient invisibles parmi la foule ; mais quelques « artistes », infatués de la richesse de leur organe et de l'élégance de leur « style », ne résistaient pas à l'envie de se faire voir et venaient se planter devant la Vierge, au beau milieu de la chaussée. Cependant les tambours continuaient à battre, les trompettes à lancer leurs notes lugubres ; et, dans l'effroyable cacophonie des voix discordantes et des instruments assourdissants, chaque chanteur, sans s'occuper des autres, filait jusqu'au bout son oraison jaculatoire, n'hésitant ni ne s'embrouillant jamais, poursuivant ses modulations comme s'il était seul ou comme si la ferveur religieuse le rendait sourd à tout ce qui n'était pas sa propre extase.

Lorsque les chants prenaient fin, les auditeurs témoignaient leur enthousiasme par des exclamations souvent indécentes ; les plus fanatiques lançaient vers la Macarena leurs chapeaux, comme ils auraient fait pour une jolie fille, et le vin circulait dans les verres, au pied de l'image. Était-ce la dévotion mystique d'une populace visionnaire qui rendait hommage à la Vierge ? Était-ce une orgie païenne qui lui faisait escorte dans les rues ? Il eût été difficile de le dire.

Devant le *paso* marchait un solide gars, vêtu d'une tunique violette, couronné d'épines, foulant de ses pieds nus les pierres bleuâtres des ruelles et portant sur ses épaules une croix de bois deux fois plus grande que lui-même. Dès que les femmes l'apercevaient, elles poussaient des gémissements de compassion. Le pauvret ! Comme il accomplissait dévotement sa pénitence ! Comme il édifiait les gens, après les avoir scandalisés par un sacrilège. Mais la faute en était à ce vin qui fait perdre aux hommes la raison.

Trois ans auparavant, le matin du Vendredi saint, au

moment où la Macarena rentrait dans son église, ce jeune homme, qui d'ailleurs était un honnête garçon, mais qui, depuis la veille au soir, godaillait avec des copains, avait fait arrêter le *paso* sur la place du Marché, devant un cabaret, et il avait chanté son tercet en l'honneur de la Vierge ; puis, saisi d'un religieux délire, il s'était mis à lui tenir des propos galants, et finalement, pour lui rendre hommage comme à une maîtresse qu'on acclame, il avait jeté vers elle l'objet qu'il tenait à la main et qu'il croyait sans doute être son chapeau ; mais c'était un verre qui était allé se briser en mille pièces contre la face divine. Sur quoi, on l'avait mené en prison tout pleurant, protestant de sa révérence pour la Macarena, s'excusant par la maudite ivresse, tremblant de peur à l'idée des années de bagne qu'on ne manquerait pas de lui infliger pour insulte à la religion ; tant et si bien que les plus indignés avaient fini par intervenir en sa faveur et que l'affaire s'était arrangée, moyennant la promesse faite par le coupable de donner par la suite le bon exemple aux pécheurs en accomplissant publiquement une pénitence extraordinaire. Voilà pourquoi il portait aujourd'hui cette croix énorme, qui lui meurtrissait l'épaule ; et, quand il voulait la changer de côté, les bonnes âmes lui donnaient un coup de main pour l'aider à soulever son fardeau.

Le *paso* était encore dans la rue de la Feria, lorsque la tête de la procession atteignit le centre de Séville. Le moment était venu pour l'avant-garde d'opérer un astucieux mouvement stratégique : il s'agissait d'occuper le plus vite possible la rue de la Campana et de s'assurer ainsi le libre accès de la rue des Serpents, avant qu'une autre confrérie se fût emparée du passage. Une fois qu'on serait maître de l'entrée, on pourrait tout à son aise s'attarder des heures et des heures à parcourir la rue, tandis que les processions suivantes se morfondraient à marquer le pas derrière les *macarenos*.

La rue des Serpents, avec ses lampes électriques suspendues au milieu de la chaussée par des câbles, avec ses cafés et ses magasins illuminés, avec ses files de chaises alignées sur les trottoirs, avec ses balcons chargés de spectateurs qui riaient et se divertissaient, offrait l'aspect d'une joyeuse kermesse. De tous côtés les vendeurs ambulants criaient des pâtisseries et des boissons ; par les portes des petits restaurants s'échappaient d'appétissantes odeurs de friture ; le vin coulait à flots dans les débits. Rien n'indiquait qu'il fût déjà trois heures du matin. Des familles entières étaient là depuis la veille, contemplant, bouche béante, le long défilé des Vierges aux manteaux somptueux, des Rédempteurs couronnés d'or et vêtus de brocart, tout un monde d'images absurdes dont les faces émaciées ou saignantes contrastaient de la plus bizarre façon avec le luxe féerique et l'insolente magnificence des costumes.

Il était interminable, ce défilé où se succédaient les *pasos* du Sacré Décret, du Saint Christ du Silence, de Notre-Seigneur de la Vallée, de Jésus aux Trois Chutes, de Notre-Dame de l'Amertume, de Notre-Dame des Larmes, de Notre-Dame des Trois Nécessités, du Seigneur de la Bonne Mort, avec leurs escortes bariolées de *nazaréens* noirs, blancs, rouges, verts, bleus, violets, tous masqués et promenant sous les cagoules une personnalité qui ne se révélait que par la lueur des yeux.

Lorsque les pesantes plates-formes, après avoir parcouru à grand-peine la rue trop étroite, débouchaient à l'autre extrémité, sur la place de San Francisco, près des tribunes élevées devant l'Hôtel de Ville, les *pasos* faisaient demi-tour, de telle sorte que les statues se présentassent de face ; et, par une génuflexion des porteurs, elles saluaient les illustres étrangers et les personnages de sang royal qui étaient venus pour assister à la fête.

Près des *pasos* marchaient des hommes de service, trimbalant des cruches d'eau. Dès que la plate-forme s'arrêtait, un coin de la tenture se soulevait et vingt ou trente hommes apparaissaient, trempés de sueur, cramoisis de fatigue, à demi nus, la tête ceinte de foulards. C'étaient les *gallegos*, les vigoureux porteurs qui, quelle que fût leur origine, étaient indistinctement désignés par cette appellation géographique, comme si les indigènes sévillans voulaient donner ainsi à entendre qu'ils étaient eux-mêmes incapables d'exécuter un travail si long et si pénible. Les porteurs buvaient avec avidité l'eau des cruches, et, s'il y avait un cabaret dans le voisinage, ils se mutinaient contre le conducteur du *paso* et réclamaient du vin.

Ce fastueux défilé, ce cortège de gibets en marche, de faces cadavériques et de toilettes resplendissantes, durait toute la nuit, frivole, allègre et théâtral. En vain les cuivres rugissaient leurs plaintes horrifiques pour déplorer la plus abominable des iniquités, le supplice infamant d'un Dieu ; en vain les chantres entonnaient des cantiques désolés sur la sombre tragédie du Golgotha ; en vain les soldats, sinistres bourreaux, martelaient le sol de leurs pas lourds. La nuit printanière était si riante, les pots de fleurs alignés derrière les grilles et sur les balcons exhalaient de si délicieux arômes, la lune, apparue entre deux toits, sur l'édredon des nuages, versait une lumière d'une pureté si douce, qu'il était impossible de songer à la mort. La nature ne prenait point part à ce deuil ; le fleuve continuait de couler avec un murmure d'idylle ; les palmiers balançaient leurs sveltes chapiteaux avec une molle indifférence ; les orangers répandaient un parfum de tentation qui excitait la sensualité de la chair ; la Giralda dressait dans la nuit étoilée le fantôme bleu de sa tour mauresque ; et cette foule, heureuse de vivre, faisait ingénument de la commémoration du Dieu crucifié le prétexte d'une très longue et très profane réjouissance.

À la porte d'un café, le Nacional, accompagné de toute sa famille, considérait la Macarena et répétait avec mépris : « Superstition de gens arriérés ! » Mais il ne s'en conformait pas moins à l'usage, et, comme les autres, il venait passer cette nuit-là dans la rue des Serpents.

Le banderillero reconnut son chef à la belle taille de celui-ci et à l'élégance avec laquelle le matador portait le costume inquisitorial.

« Juanillo, lui cria-t-il, fais donc arrêter le *paso*. Il y a dans le café des dames étrangères qui voudraient le voir à leur aise. »

La plate-forme sacrée demeura immobile. La fanfare attaqua un de ces morceaux entraînants qui mettent en joie le public des courses. Et, tout à coup, les invisibles porteurs commencèrent à lever ensemble une jambe, puis l'autre, exécutant un pas chorégraphique qui imprimait au *paso* de fortes oscillations et qui refoulait les gens contre les murs. La Vierge, avec sa charge de bijoux et de fleurs, avec son dais monumental, dansait aux accords de cette musique gaillarde. Les *macarenos* étaient très fiers de ce tour de force, auquel ils avaient dû se préparer par un long exercice.

Les assistants applaudissaient :

« Que tout Séville vienne voir ça ! C'est le plus beau ! Vive la confrérie de San Gil ! »

Ensuite la procession reprit sa marche triomphale. À l'aube, lorsque le soleil levant décolora la flamme des lanternes et des cierges, fit briller sur les faces des saintes images les larmes et les sueurs d'agonie, mit des flamboiements dans les ors des parures et dans les pierreries des bijoux, le cortège était encore très loin de l'église paroissiale, où il n'arriverait guère avant midi ; et tous ces gens, *nazaréens* qui s'étaient débarrassés de leurs masques, hommes d'armes qui donnaient l'idée de soudards en déroute, dévots aux trognes enluminées et aux jambes titubantes, avaient l'air d'une bande de fêtards qui rentraient chez eux après une orgie de carnaval.

Gallardo quitta la procession dès qu'il fit jour. C'était assez d'avoir escorté la Macarena toute la nuit, et il espérait bien qu'elle lui en tiendrait compte. D'ailleurs il lui aurait semblé trop pénible de rester jusqu'à la fin : sous la grande lumière, les encapuchonnés paraissaient ridicules, et il n'aurait pas été convenable pour un espada d'être vu parmi cette troupe d'ivrognes.

VIII

Pendant toute la journée du Samedi saint, Gallardo reçut la visite d'innombrables amis, qui l'abordaient, le sourire aux lèvres :

« On va donc te revoir à l'œuvre. L'*afición* a les yeux sur toi. Eh bien, comment vont les forces ?

— Je ferai mon possible, répondait-il avec une feinte modestie. J'espère que je ne m'en tirerai pas trop mal. Je ne me ressens plus de mes blessures.

— Tu vas "taurer" comme un ange ! interrompait don José, avec l'enthousiasme de la foi. Tu vas mettre les *bichos* dans ta poche !... »

Le jour de la course, le départ du matador pour le cirque fut plus pénible que jamais. Carmen s'efforça de paraître calme et voulut même assister à la vêture de son mari. Mais, quoiqu'elle fît semblant d'être insouciante et joyeuse, elle n'en devinait pas moins qu'une secrète inquiétude travaillait l'esprit du matador. En dépit des apparences, celui-ci n'était plus si sûr de lui-même : il doutait de l'agilité de sa jambe et de la vigueur de son bras.

Lorsque Juan descendit dans le *patio*, coiffé de la montera, la cape sur l'épaule, la señora Angustias lui jeta les bras autour du cou et fondit en larmes. Elle ne prononça pas un mot ; mais ses gros soupirs exprimaient suffisamment ses angoisses. Courir le taureau, pour la première fois après la catastrophe, dans ce même cirque où il avait été si affreusement blessé, n'était-ce pas trop téméraire ? Ses superstitions de femme du peuple s'insurgeaient contre une telle imprudence. Ah ! quand Juanillo prendrait-il enfin sa retraite ? N'avait-il pas gagné assez d'argent ?

Mais le beau-frère intervint, avec son autorité de conseiller de la famille :

« Voyons, petite mère, il n'y a pas de quoi se désoler ainsi. Une course comme les autres, en somme ! À quoi bon troubler Juanillo par des pleurnicheries, au moment où il part pour la *plaza* ? »

Carmen accompagna son mari jusqu'à la porte. Elle voulait lui donner l'exemple du courage.

« Bonne chance ! » lui dit-elle en souriant.

Mais, aussitôt que la voiture, suivie par une bande de galopins, eut tourné le coin de la rue, elle monta dans sa chambre, alluma des cierges devant la Vierge de l'Espérance, s'agenouilla, se mit à prier et à pleurer.

Une bruyante ovation et des battements de mains frénétiques saluèrent le défilé des quadrilles. Tous les applaudissements étaient pour ce Gallardo qui avait failli mourir et qui, toujours aussi fier et aussi vaillant, revenait offrir au peuple le magnifique spectacle de son adresse et de son intrépidité.

Quand le matador eut à combattre son premier taureau, une nouvelle explosion d'enthousiasme éclata. Dans les loges, les femmes en mantilles blanches l'observaient avec leurs jumelles. Ses ennemis eux-mêmes se sentaient entraînés par un irrésistible courant de sympathie. Pauvre garçon ! Il avait tant souffert ! Toute l'assistance lui était acquise. Jamais Gallardo n'avait eu un public aussi complètement à lui.

Face au président, il ôta sa montera pour le *brindis*.

Olé ! *Olé* !... L'ovation, après l'avoir accompagné dans sa marche vers le taureau, s'acheva en un silence d'attente, lorsqu'il eut rejoint la bête.

La muleta au poing, il se campa devant l'animal, non plus comme autrefois, lorsqu'il déployait le chiffon rouge presque sur le mufle, mais à quelque distance. Il y eut dans l'amphithéâtre un mouvement de surprise ; mais personne ne souffla mot.

À plusieurs reprises, le matador frappa du pied pour provoquer la bête. Et enfin celle-ci attaqua mollement, passa sous la muleta. Mais l'espada s'était jeté de côté avec une hâte visible. Sur quoi, nombre de spectateurs se regardèrent : « Qu'est-ce que cela signifiait ?... »

Gallardo vit près de lui le Nacional et, quelques pas plus loin, un autre péon de sa quadrille. Mais il ne leur cria plus : « Tout le monde au large ! »

Sur les gradins s'élevait une rumeur produite par de vives discussions. Les partisans du matador jugeaient nécessaire de s'expliquer au nom de leur idole :

« Il souffre toujours de sa blessure. Il n'aurait pas dû "taurer" encore. Cette maudite jambe ! Ne voyez-vous pas ?... »

Les deux péons aidaient Gallardo dans ses passes. La bête s'agitait, étourdie par les étoffes rouges, et, dès qu'elle chargeait, une cape la détournait de l'espada.

Pour sortir au plus vite de cette désagréable situation, Gallardo se profila, l'épée haute, et bondit sur le taureau[1]. La lame, entrée seulement jusqu'au tiers de sa longueur[2], brandilla, prête à rejaillir. Un murmure de stupeur accueillit le coup. Au lieu d'enfoncer l'estoc jusqu'à la garde, le matador s'était mis précipitamment hors de la portée des cornes.

« Comme l'épée est bien placée ! criaient les fanatiques applaudissant à tout rompre, pour que le tapage suppléât au nombre. Il n'y a pas à dire le contraire. »

Mais les connaisseurs souriaient de pitié. Ce garçon allait perdre l'unique mérite qu'il possédât, la bravoure, l'audace. On avait bien vu ce qui s'était passé : au moment où l'épée atteignait le taureau, le matador avait instinctivement raccourci le bras et détourné la tête, par l'effet de cette peur qui empêche un homme de regarder le péril en face.

L'estoc tomba par terre. Gallardo en prit un autre, et, toujours accompagné de ses péons, revint au taureau.

La seconde estocade ne fut guère plus heureuse que la première ; la moitié de la lame resta hors du garrot. Les spectateurs des gradins commencèrent à protester :

« Il n'appuie pas ! Les cornes lui font mal au cœur ! »

Gallardo ouvrait les bras en croix, pour donner à entendre que l'animal avait son compte et que, d'un moment à l'autre, il s'abattrait. Mais le taureau s'obstinait à rester debout et balançait la tête à droite et à gauche.

Le Nacional se mit à le taquiner, à le faire courir, saisit les occasions de frapper lourdement sur le cou avec sa cape, de toute la vigueur de son bras, pour enfoncer l'épée. Le public devina l'intention du banderillero et proféra contre lui de grossières insultes. Du côté du soleil, on brandissait déjà des gourdins, on jetait dans l'arène des oranges et des bouteilles. Mais le bon Sebastián supportait ces bordées d'insultes et de projectiles comme s'il eût été sourd et aveugle, et il conti-

1. Les passes de *muleta*, qui exigent du matador beaucoup d'intelligence et une grande connaissance du bétail, servent à amener l'animal au degré de fatigue voulu et à régler la position de la tête et des pieds. C'est donc une faute d'abréger arbitrairement ce travail.

2. C'est l'estocade dite *corta*, « courte ». L'estocade dite *media*, « demie », est celle où la lame entre à moitié.

nuait à pourchasser le taureau, en homme heureux d'accomplir son devoir et de sauver un ami.

Bientôt la bête vomit par la bouche un flot de sang et plia lentement les pattes ; mais elle n'en gardait pas moins la tête haute et semblait prête à se relever et à attaquer. Alors le Nacional pesa furtivement sur l'épée, la fit pénétrer jusqu'à la garde. Par malheur, le public s'aperçut de cette manœuvre et, transporté de colère, se mit à trépigner et à hurler :

« Brigand ! Assassin ! »

On s'apitoyait sur le pauvre taureau, comme si, de toute manière, il n'était pas destiné à périr, et on menaçait du poing le Nacional avec autant d'indignation que s'il venait de commettre un crime sous les yeux des spectateurs.

Cependant Gallardo se dirigeait vers la présidence pour saluer, tandis que ses partisans plaidaient en sa faveur les circonstances atténuantes :

« Il n'a pas eu de chance, disaient-ils, un peu décontenancés. Le taureau était si mauvais ! »

Jusqu'à l'heure d'entrer en lice pour son second taureau, Gallardo demeura près de la barrière, immobile, plongé dans de sombres réflexions. Il avait beau essayer de se faire illusion, il était bien obligé de s'avouer qu'il n'était plus le même. Les taureaux lui paraissaient plus grands, plus résistants. Ceux d'autrefois tombaient sous son épée avec une facilité miraculeuse ; ceux d'aujourd'hui semblaient avoir « une vie double » et s'entêtaient à ne pas mourir. Autre chose encore : son bras, au moment de pousser l'épée, lui paraissait plus court. Autrefois, ce bras atteignait avec la rapidité de l'éclair le garrot de la bête ; aujourd'hui, c'était un voyage interminable à travers un espace où l'estoc ne rencontrait rien. Et ses jambes aussi avaient changé. Maintenant elles lui obéissaient mal, avaient pour ainsi dire une action propre, indépendante du reste de son corps. Sa volonté leur ordonnait en vain de rester calmes et fermes ; c'était à croire qu'elles avaient des yeux, qu'elles discernaient le danger : dès que la bête chargeait, elles bondissaient de côté avec un élan incoercible.

Pour atténuer ce que ces constatations avaient de trop affligeant, Gallardo retournait contre le public la rage que lui causaient sa soudaine faiblesse et la honte de son insuccès. Que voulaient donc ces gens-là ? Qu'il se fît tuer pour leur plaisir ? Certes il n'avait plus besoin de prouver son courage : il portait sur le corps, gravés dans la chair, les témoignages de sa folle audace. Il avait vu de près la face décharnée de la Mort, et c'était précisément pour cela qu'il connaissait mieux que personne le prix de la vie.

« Si vous croyez que je vais vous sacrifier ma peau !... » grommelait-il, tout en observant la foule à la dérobée.

Quand son second taureau parut dans l'arène, il avait recouvré son sang-froid et il était décidé à faire consciencieusement son devoir professionnel, mais, autant que possible, sans se laisser découdre. Il marcha vers la bête avec la fière attitude des grands jours et cria très haut :

« Tout le monde au large ! »

La foule s'agita avec un murmure de satisfaction. Il avait dit : « Tout le monde au large ! » Il allait donc renouveler quelqu'une de ses anciennes prouesses. Mais le Nacional, avec sa clairvoyance de vieux péon habitué aux fanfaronnades des matadors, comprit le mensonge théâtral de cet ordre et continua de suivre son chef, la cape sur le bras.

Gallardo déploya la muleta à quelque distance de l'animal, et, avec une appréhension manifeste, commença les passes, aidé par Sebastián. À un certain moment, comme le matador avait tardé un peu à relever « le chiffon », le taureau fit mine d'assaillir, mais, en réalité, il ne bougea pas. Néanmoins Gallardo, qui se tenait trop sur ses gardes, se laissa tromper par l'apparence et sauta en arrière. C'était fuir une bête qui n'avait pas attaqué. Ce recul malencontreux mit le public en gaieté, et une voix gouailleuse brailla :

« Sauve-toi vite ! Il t'attrape !

— Pauvre chéri ! » cria un autre, d'une voix comiquement efféminée.

Le matador blêmit de colère, et sa fureur se déchargea contre l'animal qui lui valait cette injure en plein cirque de Séville. Marchant de biais vers le taureau, il le frappa traîtreusement d'une estocade oblique [1], et le taureau tomba

1. *Atravesada*. Dans cette estocade, l'épée, entrée au flanc droit du taureau, ressort au flanc gauche ou y manifeste sa présence sous les chairs par une boursouflure. Jamais un tel coup n'est excusable.

comme un bœuf d'abattoir. Quelques-uns applaudirent sans savoir pourquoi ; d'autres sifflèrent ; la grande masse garda le silence.

Au sortir du cirque, le matador put constater la froideur de la foule. Les groupes passaient près de lui sans une acclamation. Pour la première fois il goûta toute l'amertume de l'échec. Ses banderilleros eux-mêmes fronçaient le sourcil et demeuraient taciturnes, comme des soldats en déroute.

Le soir de cette course malheureuse, Gallardo, irrité contre les autres et contre lui-même, avide de distraction et d'oubli, se laissa emmener par quelques jeunes gens de son cercle à la Venta de Eritaña, pour y faire la débauche. On devait souper en compagnie de trois grandes cocottes parisiennes, qui, venues à Séville pour les fêtes de la Semaine sainte, étaient curieuses de voir de près ce « toréador » dont elles avaient si souvent admiré le portrait dans les journaux illustrés et sur les boîtes d'allumettes.

La partie fine eut lieu dans la grande salle à manger d'Eritaña. C'était un salon en plein jardin, orné d'un décor mauresque dont la vulgarité mesquine prétendait reproduire les splendeurs de l'Alhambra. Tour à tour ce local servait pour les banquets politiques et pour les orgies ; on y toastait avec une fougueuse éloquence à la régénération de la patrie, et on y dansait l'impudique *tango*, au ronron des guitares, parmi les fracas des bouteilles cassées et les petits cris des femmes qu'on embrassait dans les coins.

Gallardo fut accueilli comme un demi-dieu par les cocottes. Elles n'avaient d'yeux que pour lui, se disputaient l'honneur de s'asseoir à son côté ! le dévoraient de regards amoureux. C'étaient des femmes d'une beauté un peu fanée, mais que ravivaient les fards et les artifices de la toilette. Machinalement, l'espada les comparait à l'*autre*, à celle qu'il n'avait pas encore oubliée tout à fait, à celle qui l'avait ensorcelé par sa chevelure d'or, par l'inimitable élégance de ses vêtements, par la saine fraîcheur de sa chair parfumée et tentatrice.

On but et on mangea avec la voracité qui est de règle dans ces fêtes nocturnes où les convives se rendent avec le ferme propos de commettre toute sorte d'excès et comptent sur l'ébriété pour obtenir le plus vite possible l'étourdissement et l'allégresse. À minuit, tout le monde était ivre ; et les femmes assaillaient Gallardo de leur admiration libertine, lui plaquaient des baisers sur la nuque et dans le cou. Mais il demeurait inerte et somnolent sous les lèvres qui le caressaient, sous les mains qui le provoquaient ; et son ivresse était si triste que bientôt les femmes, déçues et vexées, cessèrent de faire attention à lui.

Vers trois heures du matin, comme il était affalé sur une banquette où il cuvait son vin, l'un des jeunes gens s'approcha, le secoua par l'épaule et lui offrit de le ramener à la maison. Le vent nocturne ne suffit pas à dissiper l'ivresse du torero qui, lorsque son compagnon l'eut laissé seul, à l'entrée de sa rue, se dirigea en titubant vers son logis, s'arrêta près de sa porte, croisa ses bras contre la muraille et y appuya son front, que sans doute le poids des pensées rendait trop lourd. Il avait complètement oublié le souper, les amis, les femmes maquillées ; et son esprit, par un de ces revirements capricieux que produit l'ivresse, était occupé tout entier par l'idée des courses de taureaux.

Olé ! Don José avait bien raison. C'était lui, Gallardo, le premier homme du monde. Ah ! comme ses ennemis allaient crever de jalousie, lorsqu'il reparaîtrait dans la *plaza* ! Ce qui était arrivé aujourd'hui n'était qu'un accident fortuit et sans conséquence : de la mélasse, comme disait le Nacional. N'arrive-t-il pas au meilleur chanteur de lâcher un couac ?

Cet aphorisme, qu'il avait ouï souvent énoncer par les vénérables patriarches de la tauromachie, les soirs de fiasco, lui inspira une irrésistible envie de chanter, et, d'une voix de pochard, il entonna à sa propre louange un couplet de son invention :

> Oui, Juan Gallardo est un preux,
> Un preux plus preux que le bon Dieu !

Puis, comme sa veine poétique ne lui fournissait pas autre chose, il se mit à répéter vingt fois de suite ces deux vers, auxquels répondaient les aboiements d'un chien, dans les ténèbres. Il les répéta tant et tant qu'à la fin la porte s'ouvrit et que Garabato parut. Le domestique fit rentrer son maître.

Mais celui-ci ne voulut pas se coucher : peut-être craignait-il confusément que, s'il montait au premier étage, Carmen ne s'aperçût de l'état où il se trouvait.

« Laisse-moi, Garabato, dit-il impérieusement au serviteur. J'ai beaucoup à faire. J'entre dans mon cabinet de travail. »

Lorsque les lampes électriques furent allumées, Gallardo, seul au milieu de la pièce et flageolant sur ses jambes molles, promena autour de lui des regards d'admiration. De toutes parts, en guise de tableaux et de trophées, il voyait de superbes portraits de lui-même, des affiches de courses qui avaient été pour lui des triomphes, des devises qu'il avait hardiment cueillies sur l'échine des taureaux. C'était comme un musée de sa propre gloire. « Parfait !... parfait !... balbutiait-il, la langue pâteuse. C'est moi, ce gaillard-là... et cet autre aussi... et cet autre aussi. »

Il jeta son chapeau sur un divan et alla s'appuyer des deux mains sur la table. Quelques instants après, ses regards vagues rencontrèrent l'énorme tête de taureau qui décorait le mur, au-dessus du fauteuil.

« Bonsoir, ma brave bête !... Qu'est-ce que tu fais là ?... Meû ! Meû !... »

Il ne savait plus pourquoi elle était dans son cabinet, cette tête aux cornes menaçantes, qu'il saluait par des mugissements. Mais bientôt la mémoire lui revint.

« Ah ! je te reconnais, mon petit ! C'est toi qui m'as donné tant de peine, un jour !... Les gens sifflaient, me jetaient des bouteilles !... Comme tu devais t'amuser, gredin ! »

Jusqu'alors, il avait été de bonne humeur. Mais ses yeux hallucinés d'homme ivre crurent voir que l'animal acquiesçait par une légère inclination de la tête, tandis que l'ironie d'un sourire passait dans le brillant de son mufle verni. Et soudain une violente colère s'empara du matador. « Le voilà qui riait, ce maudit *bicho* ? Ah ! oui, c'était leur faute, à ces taureaux d'une méchanceté perverse, qui préméditaient leur coup et qui semblaient se moquer de l'espada, c'était leur faute si un galant homme se couvrait de ridicule et était insulté en public ! »

« Tu ris, carogne ? Maudite soit la vache qui t'a porté et le voleur de *ganadero* qui t'a donné son herbe ! Tu ris ? Tu te moques ? tant pis pour toi ! »

Et, dans l'aveuglement de sa fureur alcoolique, il saisit sur sa table un revolver chargé.

Pan !... pan !...

La première balle fit jaillir de l'orbite, en menus éclats, l'un des yeux de verre ; et la seconde balle, tirée presque à bout portant, ouvrit dans le crâne, entre les poils grillés, un petit trou rond et noir [1].

Les jours suivants, Gallardo éprouva le besoin de se montrer, de causer avec ses amis dans les cafés populaires et dans les petits cercles de la rue des Serpents. Il espérait qu'en obligeant par sa présence les mauvaises langues à une courtoise discrétion, il couperait court aux commentaires hostiles ; et il passait des après-midi entiers au milieu de ces aficionados modestes, qu'il avait si longtemps négligés pour rechercher l'amitié des gens riches.

Dans la soirée, il allait aux Quarante-cinq, où le fondé de pouvoir, à force de cris ct de gestes, tâchait d'imposer ses convictions admiratives. Brave don José ! Avec son enthousiasme à l'épreuve du canon, il ne parvenait pas à se mettre dans la cervelle que « son matador » pût cesser d'être le héros qu'il s'imaginait. Jamais une critique, jamais un reproche. Au contraire, c'était lui qui se chargeait de fournir des excuses à l'espada, non sans y joindre quantité d'excellents conseils pour l'avenir :

« Tu te ressens encore de ta blessure. C'est ce que je répète à tout le monde : "Quand il sera bien rétabli, vous le verrez à l'œuvre et vous m'en direz des nouvelles !" Crois-moi, voici ce que tu dois faire. Avec cette vaillance que Dieu t'a donnée en partage, tu vas droit au taureau et, vlan ! d'une estocade enfoncée jusqu'à la garde, tu le mets dans ta poche... »

Le matador approuvait par un sourire énigmatique. Il

1. Don Aurelio Ramirez Bernal raconte, dans sa *Vida taurómaca de Lagartijo*, que ce célèbre matador, dont le nom de famille est Rafaël Molina, étant rentré ivre, certain soir, dans son cabinet, injuria et frappa à coups de canne une tête de taureau qu'il avait fait préparer, après avoir eu beaucoup de peine à tuer l'animal dans le cirque de Málaga.

n'aurait pas demandé mieux que de mettre les taureaux dans sa poche ; mais, hélas ! ces maudites bêtes étaient devenues énormes et intraitables.

Pendant la première quinzaine de mai, Gallardo prit part à trois ou quatre courses, dans des villes des provinces méridionales, et il y fut médiocre : — une ou deux estocades qui, par hasard, portèrent au bon endroit et firent plier les pattes à la bête, mais presque toujours des coups incertains, qui ne pénétraient pas assez profondément, et, plusieurs fois, d'inexcusables maladresses, d'involontaires mouvements de recul causés par le souci instinctif de la conservation.

Or, dès qu'il faisait un pas en arrière, la populace l'insultait. Déjà on savait partout ce qui s'était passé à Séville. dans la course de Pâques, et on ne lui pardonnait plus la moindre faute. Les gens qui l'avaient vu d'une hardiesse folle, affrontant aveuglément le danger, voulaient qu'il fût ainsi jusqu'au jour où, pour leur plaisir, il succomberait dans l'arène. Ses ennemis étaient heureux de se venger enfin de ses longs triomphes, et ses collègues, avec d'hypocrites démonstrations de regret, se complaisaient à parler de sa décadence. Le charme était rompu. Désormais le public se sentait mal disposé à son égard. Lorsqu'il réussissait, on ne l'applaudissait plus autant qu'auparavant, et, lorsqu'il échouait, on l'accablait de protestations et d'outrages.

Don José lui-même, sans être d'ailleurs ébranlé dans sa foi, ne pouvait se dissimuler que les choses prenaient une mauvaise tournure. « Son matador » demeurait pour lui « le premier homme du monde », mais il avait recommencé trop vite à « taurer ». Ce n'était pas le courage qui manquait à Gallardo ; c'étaient les forces qui trahissaient ce courage. Puisque le pauvre garçon était encore fatigué de ses blessures, ce qu'il avait de mieux à faire, c'était de se reposer jusqu'à l'année prochaine.

« Veux-tu que je te dise mon avis ? lui suggéra un jour le fondé de pouvoir. Il est impossible qu'un homme comme toi se montre dans le redondel sans qu'on l'applaudisse. Accorde-toi donc le loisir nécessaire pour que ton bras et ta jambe retrouvent toute leur souplesse. Je me charge d'arranger la chose. Un certificat de médecin, publié dans les journaux, suffira pour justifier ton inaction momentanée, et je me mettrai d'accord avec les entrepreneurs de courses au sujet de tes engagements. Ils te remplaceront par un second espada qui se contentera d'un modeste salaire, et c'est toi qui bénéficieras de la différence. Puis, l'an prochain, tu reparaîtras sur l'arène et tu feras pâlir de rage tous tes rivaux. »

Mais Gallardo ne l'entendit pas de cette oreille : il avait sur le cœur ses récents insuccès, et son amour-propre ulcéré avait besoin d'une revanche immédiate. Qu'il n'eût pas été bon dans les dernières courses, il était le premier à en convenir, et il en attribuait la faute à sa nervosité. Mais à présent il se sentait maître de lui-même, et on verrait bientôt qu'il était encore capable de refaire tout ce qu'il avait fait.

Repoussé de ce côté, don José, que l'obstination du maître peinait, mais à qui elle inspirait aussi une sorte d'estime compatissante, essaya d'un autre moyen pour l'éloigner pendant quelque temps de ces cirques espagnols où le public, ingrat et monté contre lui, ne témoignait aucune indulgence à un convalescent :

« Eh bien ! puisque tu veux continuer à "taurer", voici ce que je te propose. J'ai causé avec un entrepreneur qui part dans quelques jours pour l'Amérique. Pars avec lui. Je t'obtiendrai un contrat très avantageux. Là-bas tu t'entretiendras la main, et tu reviendras avec beaucoup d'argent. »

Aller en Amérique ? Non, non ! Gallardo s'y refusait absolument. Ce départ aurait ressemblé à une fuite. Il se devait à lui-même de rétablir à Madrid sa réputation compromise, de prouver à ses compatriotes qu'il était toujours digne de leur faveur et de leurs acclamations. Il avait un engagement dans la capitale pour la semaine prochaine ; à aucun prix il ne consentirait à le résilier.

Lorsqu'il arriva à Madrid avec sa quadrille, il y trouva le mauvais temps. En pleine saison printanière le thermomètre avait subitement baissé, ce qui n'est pas rare dans ce pays où le climat est variable et quinteux. Il faisait froid ; le ciel gris se fondait en averses mêlées parfois de flocons de neige, et les gens avaient endossé de nouveau leurs cabans et leurs pardessus. Bon gré, mal gré, il fallut remettre au premier beau jour la course annoncée pour le dimanche. Le directeur, les employés du cirque, les aficionados regardaient en l'air avec la même angoisse que le laboureur qui craint pour sa récolte. Une éclaircie, quelques étoiles aperçues dans le ciel, à l'heure où l'on sort des cafés, leur causaient une joie trompeuse :

« Voyez ! Le temps se découvre. Il fera beau demain. Après-demain on courra… »

Vaine espérance ! Le lendemain, les nuages obstruaient de nouveau le ciel et la pluie recommençait à tomber.

Le repos forcé dura quinze jours, et la quadrille de Gallardo était désolée de cette inaction. Partout ailleurs qu'à Madrid, elle s'y fût résignée sans peine : car alors les frais d'hôtel eussent été à la charge de l'espada. Mais, en vertu d'un fâcheux usage depuis longtemps établi, les chefs de quadrille, sous prétexte que tous les toreros doivent avoir un domicile dans la capitale, se dispensent de les y défrayer ; si bien que les pauvres péons et les pauvres picadors, logés dans une méchante *casa de huespedes* [1] tenue par la veuve d'un banderillero, s'imposaient nombre de petites privations, rognaient sur le tabac, et songeaient avec amertume que, le jour où l'on donnerait enfin la course, ils auraient déjà mangé cette poignée de douros qu'ils gagnaient au péril de leur vie et qui était si nécessaire à la subsistance de leur famille.

Gallardo, installé seul à son hôtel, n'était pas de meilleure humeur. Dans sa perplexité d'homme populaire qui sent son prestige affaibli, il prodiguait les visites au Café anglais, où se réunissaient les partisans des toreros andalous ; mais il se gardait bien d'entrer dans les cafés de la Puerta del Sol, fréquentés spécialement par les fanatiques de l'école madrilène.

Ceux-ci sont des intransigeants que contriste la supériorité tauromachique de Séville et de Cordoue, et qui déplorent que, depuis Frascuelo, la capitale ne se puisse glorifier d'un seul nom illustre. À les en croire, il n'existe plus de

1. Sorte de pension bourgeoise, d'ailleurs ouverte à tout venant mais où l'on paie moins cher qu'à l'hôtel.

vrais toreros ; tout ce qu'il y a, ce sont des morveux dépourvus des premiers principes de l'art, des pitres méridionaux qui savent seulement faire des singeries avec leurs capes et avec leurs corps, et qui ne soupçonnent même pas ce que c'est que de « recevoir » un taureau. De temps à autre, un léger souffle d'espérance ranime un peu ces aficionados découragés : ils ont découvert dans les faubourgs un novillero qui s'est déjà distingué sur les « places » de Vallecas et de Tetuan, et ils commencent à se persuader que Madrid aura bientôt son grand matador. Tout de suite le novillero devient populaire ; on parle de lui avec enthousiasme chez les barbiers des quartiers bas ; on prophétise pour lui des triomphes. Mais le temps passe et les prophéties ne se réalisent point, soit qu'un beau jour le futur héros succombe à une *cogida* mortelle, sans autre gloire que quatre lignes de nécrologie dans les gazettes, soit que le grand homme se rapetisse insensiblement et finisse par n'être plus qu'un des péripatéticiens qui exhibent leur coleta sur les trottoirs de la Puerta del Sol, en attendant des engagements problématiques. Et alors les enthousiastes tournent les yeux vers un autre débutant, non moins obstinés que les Juifs à attendre leur messie. Gallardo savait que ces fanatiques ne l'avaient jamais admiré, qu'ils se réjouissaient aujourd'hui de sa décadence, et que, s'il se montrait dans la salle, cette injuste clique s'empresserait de déblatérer contre lui.

Le désir de se faire des amis, de s'attirer la sympathie du plus grand nombre possible de personnes, le portait maintenant à tolérer, à rechercher même des relations qu'il aurait évitées et méprisées l'année précédente. Le soir, lorsqu'il se promenait au centre de Madrid, il se laissait aborder, dans la rue de Séville, par ces toreros bohèmes qui tiennent leurs conciliabules sur le trottoir et qui passent la moitié de la nuit à se vanter les uns aux autres de leurs exploits mensongers : tous bien vêtus, coquets, fringants, avec une mirobolante ferblanterie de bagues et de chaînes en doublé. Ils le saluaient pompeusement du nom de « maître », lui lâchaient en plein visage des louanges hyperboliques, et finissaient par lui emprunter cinq pesetas.

Cette plèbe de la tauromachie avait ses hommes illustres,

qui, du reste, devaient la considération dont on les entourait à tout autre chose qu'à de savantes estocades. Tel d'entre eux, connu pour fuir devant les taureaux, était célèbre et redouté pour la facilité avec laquelle il jouait de la *navaja*[1]. Tel autre avait passé quelques années au bagne pour avoir tué un homme d'un coup de poing. Ce qui avait valu au fameux Tragasombreros[2] la renommée dont il jouissait, c'était le pari qu'il avait fait, une nuit de crapule, dans un cabaret de Vallecas, de manger un feutre cordouan frit par petits morceaux, en buvant du vin à discrétion, pour faire couler les bouchées.

D'autres, superbes gaillards à l'allure insolente, fiers de leur vigueur virile, ne se lassaient pas de conter à Gallardo les bonnes fortunes qui paraissaient être leur plus clair moyen d'existence. Lorsque la matinée était belle, ils s'en allaient au Paseo de la Castellana pour y faire des conquêtes, à l'heure où les institutrices de grande maison viennent y promener les enfants. Ils rencontraient là des *misses*, des *fraüleine*, récemment débarquées à Madrid avec des idées fantastiques sur ce pays de légende, et qui, dès qu'elles apercevaient un joli garçon à la face rasée et au large feutre, se persuadaient que c'était un torero. Avoir un torero pour amoureux !

« Un peu fades, vous savez, cher maître, ces *gachi*-là ! Grands paturons, poil de filasse ; mais, somme toute, commodes à l'usage. Oh ! oui, commodes, je ne vous dis que ça ! Et, comme elles ne comprennent pas un traître mot d'espagnol, on n'a pas besoin, avec elles, de se mettre en frais d'éloquence. Il suffit de rire, de leur montrer des dents blanches, de rouler des yeux de poisson frit. Elles ont beau ne pas savoir parler chrétien ; lorsque ensuite on leur fait signe qu'on serait bien aise d'avoir un peu d'argent, elles vous en donnent sans se faire prier, pour le tabac et pour le reste. À cette heure, j'ai trois de ces jouvencelles qui m'aident à vivre... »

Certains d'entre eux se consacraient aux étrangères des

1. Couteau à ressort, dont le bas peuple espagnol se sert comme d'une arme offensive et défensive.
2. « Bouffe-chapeaux », sobriquet.

music halls, aux danseuses ou aux chanteuses qui grillaient d'avoir, dès les premiers jours de leur installation à Madrid, un amant « toréador ». C'étaient des Françaises sémillantes, au nez retroussé et à la poitrine plate, idéales créatures qui, dans leur sveltesse immatérielle, possédaient à peine, sous les plis de leurs robes parfumées et froufroutantes, un peu de réalité tangible ; c'étaient des Teutonnes massives, alourdies par l'abondance de la chair, blondes comme des Walkyries ; c'étaient des Italiennes à la chevelure noire et huileuse, au teint d'un brun olivâtre, au regard tragique. Et les petits toreros riaient au souvenir de leurs premières intimités avec ces amies enthousiastes :

« Vous n'imaginez pas ce que sont ces femmes-là, cher maître ! Elles veulent à toute force qu'on leur explique la manière de combattre les taureaux, et, pour contenter leur caprice, il faut, dans le moment où l'on aurait plutôt envie de dormir, sauter à bas du lit, placer au milieu de la chambre une chaise qui figure le *bicho*, faire des passes de cape avec un drap et planter des banderilles avec les pincettes ! »

Après cette leçon de tauromachie, la danseuse ou la chanteuse ne manquait pas de demander à son bel ami le cadeau d'une riche cape brodée d'or, pour s'en parer lorsqu'elle se produirait en public ; et le bel ami promettait généreusement de satisfaire ce désir. Mais, comme on n'a pas de ces capes-là à la douzaine et qu'on ne peut pas les acheter pour deux sous, le cadeau se faisait attendre. Cependant la liaison des amants devenait de plus en plus étroite, et le *novio* [1] s'en autorisait pour solliciter de sa maîtresse quelques prêts, pour porter au Mont-de-Piété les bijoux qu'elle avait la faiblesse de lui remettre, pour faire main basse sur tout ce qui lui tombait entre les griffes. Et finalement, lorsque la femme, réveillée de son rêve d'amour, protestait contre cet abus de confiance, le torero, par une magistrale raclée, lui démontrait la force de sa passion et recouvrait son prestige de héros légendaire.

Outre les distractions qu'offrait à Gallardo la compagnie de cette peu scrupuleuse jeunesse, il avait encore, pour se récréer, l'obséquieux empressement d'un certain admirateur

1. Fiancé ou amoureux.

qui le persécutait de ses suppliques. C'était un cabaretier de Las Ventas, un rude Galicien musclé comme un hercule, court d'encolure, haut en couleur, qui avait amassé une modique fortune dans sa guinguette où les servantes et les soldats venaient danser, le dimanche. Il n'avait qu'un fils, petit de taille et faible de constitution, mais destiné néanmoins, de par la volonté paternelle, à devenir une des gloires de la tauromachie.

« Ce gamin-là promet, déclarait le cabaretier à Gallardo. Vous savez, señor Juan, que je m'y connais un peu. J'ai déjà dépensé passablement d'argent, afin de le lancer dans la carrière ; mais, pour aller loin, il lui faut un parrain, et il ne saurait en avoir de meilleur que vous. Ah ! si vous consentiez à diriger une *novillada* où mon fils tuerait ! On y viendrait en foule, et c'est moi qui prendrais tous les frais à ma charge. »

Ce malheureux garçon, qui d'abord, comme tant d'autres enfants du peuple, s'était passionné pour les courses de taureaux, avait maintenant à subir la tyrannie de son père, fermement convaincu de sa vocation. Une nuée de parasites, d'aficionados de bas étage, d'anciens péons qui ne conservaient de leur obscur passé tauromachique aucun autre prestige que la coleta, s'agitaient autour du cabaretier, consommaient chez lui à crédit, sollicitaient de menus subsides en échange de leurs conseils ; et, tous ensemble, ils formaient avec le père une sorte d'assemblée délibérante qui avait pour unique objet de tirer de l'ombre la future étoile.

Le bonhomme, sans même consulter son fils, organisait des courses dans les arènes de Tetuan ou de Vallecas, et il se chargeait invariablement des frais. Ces cirques de banlieue se mettent volontiers à la disposition de quiconque éprouve le désir de se faire corner et piétiner par un taureau, sous les regards de quelques centaines de spectateurs. Mais ce n'est pas un divertissement gratuit. Pour rouler sur le sable, les culottes en lambeaux, le corps souillé de bouse et de sang, il faut payer d'avance la location de toutes les places. C'était le père qui se chargeait de distribuer lui-même les billets, et il remplissait l'amphithéâtre d'amis complaisants et d'aficionados besogneux. En outre, il devait financer pour le salaire des péons et des banderilleros qui formaient la quadrille de son fils et qui combattaient vêtus de leurs habits ordinaires, tandis que celui-ci éblouissait l'assistance par un costume tout neuf, que le tailleur de Gallardo lui avait confectionné moyennant sept mille réaux. C'était pour l'avenir du petit, et il ne fallait pas lésiner !

Pendant la course, le cabaretier, debout entre les deux barrières, animait l'apprenti matador en brandissant un gros gourdin qu'il ne quittait jamais ; et, dès que le jeune homme faisait mine de se reposer un instant, le terrible papa se dressait derrière lui, mafflu et apoplectique :

« T'imagines-tu que je dépense mon argent pour que tu te croises les bras ? Un peu d'amour-propre, morbleu ! et ne reste pas à minauder comme une demoiselle !... »

Puis, quand le pauvre garçon, dans son costume de soie rouge, revenait à la maison tout tremblant, la culotte déchirée, les os moulus, sa mère courait à lui, pâle d'inquiétude, les bras ouverts. Mais le cabaretier, brandissant toujours son gourdin, hurlait de fureur :

« Feignant ! Poule mouillée ! Tu as été pire qu'un *maleta* ! Et dire que c'est pour ce pleutre-là que je me suis ruiné !... »

Sous la menace du gourdin, le *diestro* paré de soie et d'or, qui venait d'assassiner deux inoffensifs bouvillons, prenait la fuite en cachant sa tête entre ses bras, tandis que sa maman s'efforçait de le protéger.

Mais, dès le lendemain, le cabaretier avait retrouvé son optimisme : « On n'a pas toujours la main heureuse. Plus d'un matador fameux s'est vu en aussi mauvaise posture... » Et il organisait de nouvelles courses aux arènes de Tolède ou de Guadalajara, avec l'assistance de ses fidèles amis et, bien entendu, à ses frais.

Sur ces entrefaites, le matador reçut une longue lettre de Carmen. La pauvre femme, après avoir longtemps hésité, avait pris enfin la résolution de dire à son mari tout ce qu'elle avait sur le cœur, et elle le lui disait sans circonlocutions.

Il fallait que Juan « coupât sa coleta » et vînt paisiblement vivre de ses rentes, soit dans sa maison de Séville, soit dans sa ferme de la Rinconada, près des siens, les seuls qui eussent pour lui une sincère affection. Elle n'avait pas un moment de tranquillité ; elle était plus tourmentée par l'inquiétude que dans les premières années de son mariage. Toutes les nuits, son sommeil était troublé par d'épouvantables cauchemars. Ah ! le public avait été trop ingrat ! Cette foule sanguinaire avait perdu la mémoire de ce que Gallardo avait fait pour elle, lorsqu'il était en possession de toute sa vigueur. La lettre se terminait ainsi :

« Nous t'en supplions, mon cher Juan, ta mère et moi. Prends ta retraite. Pourquoi taurer davantage ? Nous avons bien assez pour vivre, et je souffre horriblement de te voir insulté par cette canaille qui ne te vaut pas. Ah ! mon Dieu, s'il t'arrivait un malheur, je crois que j'en deviendrais folle... »

Cette lettre émut beaucoup Gallardo, mais elle ne réussit pas à le convaincre. Prendre sa retraite ? Quelle sottise ! Des lubies de femme ! Au surplus, c'était facile à dire, mais ce n'était pas facile à faire. Se couper la coleta à trente ans ? Comme ses ennemis riraient de lui ! Non, il n'avait pas « le droit » de se retirer, tant que son corps serait sain et capable de combattre. Jamais torero n'avait abandonné les arènes dans de pareilles conditions. N'était-ce donc rien que la gloire ? Ne devait-on pas avoir l'amour-propre de son métier ? Que diraient les mille et mille enthousiastes qui avaient eu pour lui tant d'admiration ? et qu'auraient-ils à répondre, quand les autres leur jetteraient à la face que Gallardo s'était retiré par poltronnerie ?

Et puis, quoique l'argent ne soit pas tout, force était bien aussi d'y songer. En somme, l'état de ses finances n'était pas brillant. Il n'avait pour capital que les épargnes réalisées dans les premières années de son mariage. Par la suite, il est vrai, ses gains avaient été croissant ; mais ses dépenses et ses prodigalités avaient crû beaucoup plus vite encore. Il avait joué gros jeu, mené une vie fastueuse. Les biens qu'il avait ajoutés à son domaine de la Rinconada, pour l'arrondir, il les avait acquis au moyen d'emprunts faits à don José et à d'autres amis. Certes il restait en possession d'une honnête aisance ; mais, s'il renonçait aux superbes revenus des courses, — deux ou trois cent mille pesetas par an —, il serait obligé, quand il aurait payé ses dettes, à restreindre beaucoup son luxe et à vivre en gentilhomme campagnard, sur le produit de ses terres.

Or cette obscure existence de modeste propriétaire, astreint à l'économie, l'effrayait, lui qui était accoutumé à parader fièrement devant les foules et à jeter l'or par les fenêtres. Il devrait mettre un frein à sa libéralité de grand seigneur, se priver désormais de crier dans les cafés et dans les cabarets : « C'est moi qui paie tout ! » Il devrait congédier la bande des parasites et des flatteurs qui pullulaient autour de lui et dont les requêtes pleurardes le divertissaient. Si une jolie fille du peuple venait encore le trouver, il ne pourrait plus la faire pâlir d'émotion en lui passant aux oreilles des pendants d'or et de perles ; et il ne pourrait plus s'amuser à tacher de vin son beau foulard de soie, pour lui faire ensuite la surprise de lui en offrir un autre plus riche. Il était un matador à l'ancienne mode, prodigue, magnifique, bourreau d'argent, prompt à secourir les malheureux par de princières aumônes, et il s'était toujours moqué des toreros de la nouvelle école, vulgaires industriels qui tenaient leurs comptes comme de petits marchands, faisaient minutieusement la balance des frais et des recettes, et n'avaient garde d'oublier les cinq centimes d'un verre d'eau bu dans une gare. Non, non, jamais Gallardo ne voudrait renoncer à son faste et se résigner à cette lésinerie !

Et il pensait aussi aux besoins de sa famille, où tout le monde était habitué à la vie opulente, depuis que l'argent affluait dans la maison comme d'une source inépuisable. Outre sa mère et sa femme, il avait à ses crochets sa sœur, son beau-frère, toute leur marmaille, et c'était lui qui était obligé de les entretenir, puisque ce bavard d'Antonio, convaincu que son alliance avec un homme célèbre l'autorisait à un perpétuel farniente, avait définitivement renoncé au travail. La pauvre maman ne pourrait plus réjouir ses derniers jours par d'abondantes aumônes, distribuer l'argent à profusion entre les femmes indigentes du voisinage, et prendre cette mine confuse de fillette en faute qu'elle avait coutume de prendre, lorsque son fils faisait semblant de se mettre en colère parce qu'elle avait épuisé en quinze jours les cent douros destinés à ses charités. Quant à Carmen, si économe, si dévouée aux intérêts de son mari, elle serait la première à restreindre volontairement sa dépense, à s'imposer des privations, à retrancher l'élégant superflu qui embellissait sa vie. Hélas ! tout cela manifesterait une évidente déchéance, et le matador rougissait de honte à la seule pensée d'y consentir. Il se disait que ce serait un crime de réduire ainsi les siens à la portion congrue. Et que fallait-il pour éviter un tel désastre ? Il ne fallait qu'aborder plus franchement les taureaux, se jeter plus résolument entre leurs cornes. Eh bien, il les aborderait, il se risquerait avec autant de témérité qu'autrefois !

Il répondit à sa femme par une lettre assez courte où il affectait la gaieté, mais où certains mots laissaient deviner un secret froissement d'amour-propre. Il la grondait doucement de n'avoir plus la même foi en lui ; il parlait de ses échecs récents comme de malchances fortuites et sans importance, et il terminait en promettant des merveilles pour la course prochaine, à condition toutefois que les taureaux fussent bons. Avec de bons taureaux, il damerait le pion à Roger de Flor !...

De bons taureaux ! Telle était désormais sa préoccupation constante. Jadis, une de ses vanités était de ne pas s'occuper du bétail, de ne pas aller, avant la course, voir dans le toril les animaux qui lui étaient destinés.

« Je fais connaissance avec eux lorsqu'ils entrent dans l'arène, disait-il, et je tue tout ce qu'on m'offre. »

Maintenant, au contraire, il tenait à les examiner d'avance, à les choisir, à préparer son succès par une minutieuse étude de leurs qualités et de leurs défauts.

IX

Enfin le ciel s'était éclairci, le soleil brillait, et la course attendue depuis si longtemps allait se donner le lendemain.

Dans l'après-midi, Gallardo vint seul à la *plaza*. Le cirque de briques rouges, aux grandes baies mauresques, se détachait sur un fond de collines verdoyantes. À la limite extrême du paysage vaste et monotone, sur la pente d'un coteau, une tache blanchissait, un peu semblable à un troupeau lointain : c'était un cimetière.

Dès que le matador fut près de l'édifice, des individus sordides, des vagabonds à qui l'on permettait, par charité, de dormir dans les étables, et qui vivaient des aumônes des aficionados et des rogatons des tavernes voisines, accoururent vers lui. Quelques-uns d'entre eux étaient originaires de l'Andalousie ; venus à Madrid pour accompagner un convoi de taureaux, jamais plus ils n'avaient quitté les environs de la *plaza*. Gallardo distribua un peu de monnaie à ces mendiants qui le poursuivaient, la casquette à la main, et il pénétra dans le cirque par la porte des écuries.

Dans la cour, un groupe de curieux assistait aux épreuves faites par les picadors. Potaje, les bottes armées de grands éperons de bouvier, la garrocha au poing, se disposait à monter en selle. Des hommes de service escortaient l'entrepreneur chargé de la fourniture des chevaux, maquignon obèse, au large feutre andalou, à la parole lente, qui répondait avec un calme imperturbable à l'injurieuse loquacité des picadors.

Les « singes savants », manches retroussées, amenaient ou plutôt traînaient par la bride les misérables haridelles, et les présentaient aux cavaliers qui devaient les soumettre à l'essai [1]. Depuis plusieurs jours ceux-ci montaient et dressaient les pitoyables rosses, les faisaient trotter aux alentours du cirque, dans les terrains vagues, les contraignaient à exécuter force virevoltes, pour les préparer au travail de la piste. Ces malheureux chevaux revenaient les côtes en sang, et, avant de rentrer à l'écurie, recevaient le baptême de quelques seaux d'eau. Près de l'abreuvoir, entre les cailloux, il y avait des flaques d'un rouge sombre, comme du vin coulé d'une futaille.

Ces bêtes étiques, tristes déchets du paupérisme chevalin,

1. La *prueba de caballos*, « épreuve des chevaux », s'exécute deux ou trois jours avant la course. Chaque picador choisit les cinq ou six chevaux qu'il doit monter ; mais le pourboire fait que souvent cette épreuve est peu sérieuse.

avaient une allure tremblante et des flancs tourmentés qui dénotaient la vieillesse famélique, les maladies, et aussi l'ingratitude humaine, oublieuse des services rendus. Il y avait là des bidets d'une maigreur effrayante, vrais squelettes dont les angles pointus et saillants menaçaient de percer la peau couverte de poils longs et emmêlés. D'autres s'agitaient, dressaient la tête, piaffaient avec violence, avaient les jarrets vigoureux, la robe luisante, l'œil vif; mais ces animaux magnifiques, qui semblaient récemment dételés d'une voiture de luxe, étaient plus dangereux encore à monter que les autres: car ils étaient sujets au vertigo et s'abattaient brusquement, de sorte que le cavalier faisait panache. À ces spécimens de la misère et des infirmités s'ajoutaient les invalides du travail, chevaux de moulin ou de fabrique, chevaux de labour, chevaux de fiacre, tous marchant sur les boulets et comme endormis, tous exténués d'avoir pendant de longues années tiré la charrue ou le tombereau, lamentables parias que l'on voulait exploiter jusqu'à la dernière minute, et qui, tout à l'heure, les flancs troués, serviraient encore à divertir les badauds par leurs ruades et par les affres de leur agonie. C'était un interminable défilé d'yeux bonasses, ternes et jaunâtres, d'encolures décharnées sur lesquelles se plaquaient les mouches avides de sang, de têtes osseuses dont le poil fourmillait de vermine, de poitrines étroites et secouées par des hennissements caverneux, de jambes faibles qui paraissaient devoir se rompre à chaque pas, et garnies jusque sur les sabots d'une toison si longue et si touffue qu'elles semblaient porter des culottes.

On jetait sur l'échine de ces malheureuses bêtes la grande selle mauresque au haut arçon, au siège de cuir jaune, aux étriers emboîtant tout le pied; et, sous ce faible poids, il y en avait qui fléchissaient, prêtes à s'abattre.

Potaje, dans ses discussions avec l'entrepreneur, se montrait mal embouché et faisait rire jusqu'aux valets d'écurie par ses insolences de gitano. Les autres picadors n'avaient qu'à le laisser dire: personne ne s'entendait mieux que lui à traiter avec les maquignons et à faire marcher droit cette engeance.

Un palefrenier s'approchait, tirant par la bride un bidet à

la tête basse, au poil hirsute, aux côtes marquées par un douloureux relief.

« Qu'est-ce que tu m'amènes là ? s'écriait Potaje, toisant le maquignon. Une rosse que personne ne consentirait à monter ! »

Le maquignon, flegmatique, répondait que, si Potaje n'osait pas monter ce cheval, c'était parce que les picadors d'aujourd'hui avaient peur de tout. Avec une bête comme celle-là, si bonne, si docile, le señor Calderón, ou le Trigo [1], ou d'autres écuyers de la glorieuse époque, auraient été capables de courir les taureaux pendant deux jours de suite, sans tomber une seule fois et sans que l'animal reçût une seule égratignure. Mais aujourd'hui !... Ce qu'il y avait aujourd'hui, c'était beaucoup de crainte et peu d'amour-propre.

Sur quoi, le picador et le maquignon s'insultaient, mais en camarades pour qui les plus grossières injures avaient perdu toute importance.

« Toi, répondait Potaje, tu es un vieux filou, plus voleur que José Maria le Tempranyo [2]. Va donc ! Juche, s'il te plaît, sur cette rosse ta grand-mère au crâne pelé ! Une excellente monture pour elle, qui enfourche le balai tous les samedis, au coup de minuit ! »

Les assistants ricanaient et le maquignon haussait les épaules.

« Qu'est-ce qu'il a donc, ce cheval ? répliquait-il sans s'émouvoir. Examine-le bien, vilain bougre ! Il vaut mieux que tant d'autres qui ont la morve ou le vertigo, et dont plus d'un, sur la piste, t'a fait passer par-dessus ses oreilles et t'a semé par terre avant que tu aies touché le taureau. Il est plus sain qu'une pomme. Pendant vingt-huit ans qu'il a été chez un limonadier, accomplissant son devoir en conscience, jamais on n'a eu à lui adresser le moindre reproche. Et c'est toi, braillard, qui viens le vilipender, le calomnier, comme s'il était mauvais chrétien !...

— Je n'en veux pas, voilà tout. Puisqu'il est si bon, garde-le pour toi. »

1. Francisco Calderón et José Trigo, picadors célèbres vers 1850. Sur la vraie fonction du picador, voir au *Résumé tauromachique*, p. 252.

1. Pour *Tempranillo*, « le Matinal ».

Là-dessus, le maquignon s'approchait lentement de Potaje, et, avec le sang-froid d'un homme habitué à ces sortes de transactions, il lui parlait bas à l'oreille. Le picador, feignant la mauvaise humeur, finissait par s'approcher de la bête. « Il ne voulait pas qu'on le prît pour un homme intraitable, capable de faire du tort à un camarade. » Et il mettait le pied dans l'étrier, se laissait retomber de tout son poids sur le pauvre animal. Puis, affermissant la garrocha sous son bras, il en appuyait la pointe contre un large madrier encastré dans le mur et il poussait de toutes ses forces, comme s'il avait eu au bout de sa lance un taureau énorme. Le contrecoup était si violent qu'à chaque heurt la triste rossinante tremblait et pliait les jarrets.

« Il ne se comporte pas si mal que j'aurais cru, disait alors Potaje, d'un ton conciliant. Ton bidet ne paie pas de mine, mais il vaut mieux que son apparence. Il a la bouche sensible, les jambes fermes... Tu as raison. Qu'on le mette de côté. »

Et le picador descendait de cheval. Depuis le mystérieux colloque, il était disposé à accepter tout ce que lui présenterait le maquignon.

Gallardo quitta le groupe d'aficionados qui assistaient en souriant à ces exercices, et un portier du cirque le conduisit au toril.

L'espada franchit un guichet qui donnait accès dans le corral. Une clôture en maçonnerie, dont la hauteur atteignait à peu près le menton d'un homme de taille moyenne, entourait la cour sur trois côtés, laissant derrière elle un couloir. Cette clôture était renforcée par de grosses poutres reliées à un petit balcon qui la dominait ; et, de distance en distance, il y avait des passages étroits comme des meurtrières, par où l'on ne pouvait se glisser que de profil. Dans cette enceinte se trouvaient huit taureaux, les uns couchés, les autres debout et penchant la tête vers le tas d'herbe jeté devant eux.

Gallardo se promena dans le couloir, derrière la clôture, pour examiner le bétail. Parfois il se montrait hors des meurtrières, agitait les bras, poussait des cris sauvages qui tiraient les taureaux de leur immobilité. Les uns bondissaient, irritables, chargeant contre cet importun qui venait troubler leur repos. D'autres, bien d'aplomb sur leurs quatre membres, attendaient, le front haut, dans une attitude menaçante, qu'il osât s'approcher d'eux. Puis le matador se cachait de nouveau derrière la clôture, et, d'après l'aspect des bêtes, il tâchait de deviner leur caractère et faisait son choix[1].

Près de lui se tenait le mayoral du cirque : — un athlète guêtré, éperonné, habillé de gros drap, coiffé d'un feutre de paysan que maintenait une mentonnière. — On l'avait surnommé le Lobato[2]. C'était un rude cavalier qui passait en pleine campagne la majeure partie de l'année ; et, lorsqu'il venait à Madrid, il s'y comportait en sauvage, n'ayant aucune curiosité de visiter la ville et ne s'éloignant jamais du cirque. Pour cet homme, la capitale de l'Espagne n'était qu'une *plaza* entourée de terrains vagues, de landes désertes, et d'où l'on apercevait, là-bas, un mystérieux pâté de maisons qu'il n'avait jamais eu l'envie d'aller voir. Ce qu'il appréciait plus que tout le reste, c'était le cabaret de Gallina, voisin des arènes : un lieu de délices, un palais enchanteur où il déjeunait et dînait aux frais de l'entreprise, avant de s'en retourner vers les pâturages, monté sur son roussin, la couverture posée sur l'arçon, le bissac en croupe, la pique à l'épaule. Quand il entrait dans ce cabaret, il s'amusait à terroriser les domestiques par ses cordiales poignées de main, redoutables étreintes qui faisaient craquer les os, qui arrachaient des cris de douleur ; et il souriait, satisfait de sa force, content d'être appelé brute, puis s'asseyait devant sa pitance, laquelle lui était servie dans un plat large et profond comme une cuvette, avec une grosse carafe de vin.

C'était lui qui, tantôt dans le pâturage de la Muñoza, tantôt, à l'époque des grandes chaleurs, dans les prairies de la sierra de Guadarrama, gardait les taureaux achetés pour le cirque. Deux jours avant la course, assisté de cavaliers et de

1. Ce cas est tout à fait exceptionnel : car, en principe, les matadors n'ont pas le droit de choisir leurs taureaux. Autrefois, c'était le *ganadero* qui donnait aux bêtes les numéros d'ordre ; aujourd'hui on les tire au sort.

2. « Le Louveteau. »

bouviers, il faisait traverser de nuit à ses bêtes le ruisseau d'Abroñigal, dans la banlieue de Madrid, et il procédait à l'*encierro*. Si le mauvais temps retardait la course et l'empêchait de regagner ses tranquilles solitudes, il en était navré.

Ce centaure à la parole lente, à la pensée obtuse, puant le fumier et le cuir, s'exprimait avec véhémence quand il parlait de sa vie pastorale. Il décrivait avec un pittoresque laconisme les nuits passées dans le pâturage, les taureaux endormis sous la lumière diffuse des étoiles, le profond silence que rompaient les bruits mystérieux venus des fourrés. Dans ce silence chantait la voix étrange des couleuvres de la montagne. « Oui, monsieur, les couleuvres chantaient ! » C'était un point sur lequel le Lobato n'admettait pas la contradiction : car, ce chant, il l'avait entendu mille fois. En douter, c'était lui dire qu'il était un menteur et s'exposer, par conséquent, à sentir le poids de ses battoirs.

De même que les reptiles chantaient, les taureaux parlaient ; mais le Lobato n'avait pas réussi à pénétrer tous les secrets de leur idiome. Au fond, ils étaient pareils à des chrétiens, sauf qu'ils marchaient à quatre pattes et qu'ils avaient des cornes. Il fallait les voir s'éveiller, à l'aube ! Ils sautaient, joyeux comme des enfants, jouaient à se battre pour rire, se poursuivaient avec une bruyante allégresse, comme s'ils avaient voulu saluer ainsi l'apparition du soleil, qui est la gloire de Dieu. Et il aimait à parler aussi de ses lentes pérégrinations sur la sierra de Guadarrama, le long des ruisseaux qui emportaient vers la plaine la neige fondue, transparente comme le cristal ; des prairies où l'herbe verdoyante s'émaillait de fleurs ; des petits oiseaux qui, avec des battements d'ailes, venaient se poser entre les cornes du bétail endormi ; des loups qui, la nuit, hurlaient dans les ténèbres, au loin, toujours au loin, parce qu'ils avaient peur de ces formidables bêtes défilant en procession derrière les sonnailles des *cabestros*. Ah ! non, le Lobato ne voulait pas entendre parler de Madrid : une ville où le ciel était bas et où les gens étouffaient ! Tout ce qui lui plaisait dans la capitale, c'était le vin de Gallina et ses fricots savoureux.

Le mayoral fournit des renseignements au matador et

l'aida de ses conseils pour le choix de deux taureaux. Ce géant n'éprouvait ni surprise ni respect devant les illustres espadas, idoles de la foule. Tuer des animaux si nobles en usant de mille supercheries, quelle triste profession ! Le vrai brave, c'était lui-même qui vivait avec eux dans la solitude et qui passait à chaque instant devant leurs cornes, sans autre défense que son bras et sans que personne l'applaudît.

Au moment où Gallardo sortait du toril, après avoir choisi ses bêtes et recommandé au mayoral de les faire mettre en loge pour lui, un employé l'aborda en le saluant avec beaucoup de déférence. C'était un vieillard chargé de nettoyer l'amphithéâtre. Il s'acquittait de cette fonction depuis nombre d'années, et il avait connu tous les toreros fameux de son temps. Il était pauvrement vêtu ; mais il avait aux doigts des bagues de femme, et, pour se moucher, il tirait des profondeurs de sa blouse un petit mouchoir de batiste garni de riches dentelles, marqué d'un grand chiffre et encore imprégné d'un faible parfum.

C'était lui qui, pendant la semaine, devait balayer le cirque immense, gradins et loges, et jamais il ne se plaignait de ce travail accablant. Tout au plus admettait-il comme auxiliaires une demi-douzaine de voyous, apprentis toreros, qui lui prêtaient fidèlement leurs services à la seule condition que, les jours de course, il leur permît d'assister au spectacle dans « la loge des chiens », c'est-à-dire derrière une porte grillée qui était près du toril et par où l'on emportait les blessés. Là, les aides-balayeurs, cramponnés aux barreaux, s'agitaient et se chamaillaient comme des singes en cage pour occuper le premier rang.

Le vieux répartissait habilement les tâches. Il faisait travailler les voyous du côté du soleil, dans les sections fréquentées par un public sale et pauvre, qui ne laissait guère comme traces de son passage qu'un fumier de peaux d'oranges, de morceaux de papier et de restes de cigarettes.

« Attention au tabac ! recommandait-il à sa troupe. Celui qui me chipe un bout de cigare, je le prive d'assister à la course de dimanche ! »

Quant à lui, il nettoyait patiemment le côté de l'ombre, y furetait comme un chercheur de trésors, s'accroupissait dans le mystère des loges pour enfouir au fond de ses poches maintes trouvailles, éventails de dames, foulards, bagues, pièces de monnaie, ornements détachés des toilettes féminines, tout ce qui pouvait avoir été perdu dans un lieu où avait séjourné une foule. S'il se rencontrait dans le nombre quelque objet de valeur, il le portait à une brocanteuse de ses amies, dont la spécialité était d'achcter ces dépouilles du public. Et il recueillait aussi les débris laissés par les fumeurs, hachant les mégots et revendant comme tabac fin cette *picadura* [1], après l'avoir fait sécher au soleil.

Gallardo se débarrassa des saluts obséquieux du bonhomme en lui offrant un *puro* [2]. Puis, comme il se disposait à s'en aller, il vit venir à lui un homme de haute taille, au corps sec, au teint olivâtre, et qui était habillé en torero ; mais des mèches de cheveux poivre et sel s'échappaient de dessous le feutre noir, et quelques rides se creusaient autour de la bouche.

« Tiens, c'est toi, Pescadero [3] ! Comment vas-tu ? » dit Gallardo en serrant la main de cet homme avec une sincère effusion.

C'était un ancien espada qui, dans sa jeunesse, avait eu ses heures de gloire, mais dont le nom était tombé ensuite dans un profond oubli. D'autres matadors avaient éclipsé cette réputation éphémère, et le Pescadero, après être allé « taurer » en Amérique et y avoir reçu plusieurs coups de corne, s'était retiré avec de minces économies. Il tenait maintenant, dans les environs du cirque, un petit cabaret où il végétait : l'endroit était trop écarté pour qu'on pût y avoir la clientèle des aficionados et des toreros.

Le Pescadero voulut absolument que son ami vînt jusqu'à la maison. Ils s'engagèrent dans une des longues rues qui avoisinent le cirque et entrèrent dans un cabaret de tout point semblable aux autres : façade peinte en rouge ; vitres aux rideaux rouges ; montre où s'étalaient sur des plats poussiéreux quelques côtelettes panées, de petits oiseaux

1. Nom du tabac haché en menus morceaux pour la cigarette ou pour la pipe.
2. Cigare de La Havane.
3. « Le Poissonnier », surnom.

frits, des flacons de légumes conservés dans le vinaigre ; à l'intérieur, un comptoir de zinc, des tonneaux et des bouteilles, des tables rondes flanquées de leurs tabourets de bois, et, sur les murs, de nombreuses images en couleurs qui représentaient, soit des toreros célèbres, soit les épisodes les plus remarquables d'une *corrida*.

« Nous allons prendre un verre de *montilla* », dit le Pescadero à un jeune homme qui, debout près du comptoir, considérait Gallardo avec unc curiosité sympathique.

Ce regard attira celui du matador, qui, à son tour, observa le jeune homme et remarqua qu'une manche de sa veste, complètement vide, était repliée et attachée sur le flanc droit.

« Il me semble que je te connais, dit-il au manchot.

— Je crois bien ! s'écria le Pescadero. C'est Pipi [1]. »

Ce sobriquet précisa aussitôt les souvenirs du matador. Pipi était un garçon valeureux qui plantait les banderilles avec un art magistral et qu'un groupe d'aficionados avait même baptisé « le torero de l'avenir ». Mais, un jour, aux arènes de Madrid, le pauvre diable avait reçu dans le bras un coup de corne, et on avait dû lui faire l'amputation.

« Je l'ai recueilli chez moi, continua le Pescadero. Je n'ai pas d'enfants et ma femme est morte. Je le considère comme un fils. D'ailleurs, ne te figure pas que nous vivons dans l'opulence, Pipi et moi ; mais le peu que je possède est à lui. Nous nous tirons d'affaire comme nous pouvons, et nous joignons les deux bouts, grâce aux anciens camarades qui viennent quelquefois ici manger un morceau et jouer un *mus* [2], grâce aussi et surtout à l'École... »

Gallardo sourit. Il avait ouï parler de cette étrange École établie par le Pescadero près de son cabaret [3].

« Que veux-tu, mon cher? ajouta celui-ci, comme pour s'excuser. Il faut bien vivre, et, à elle seule, l'École consomme plus que tout le reste de ma clientèle. Il y vient des gens huppés, de jeunes messieurs qui veulent briller

1. Prononciation andalouse de *pitpit*, « la Fauvette ».
2. Jeu de cartes analogue à celui que nous appelons la « mouche ».
3. Il y eut réellement, paraît-il, à Madrid une école de cette espèce, tenue par un cabaretier.

dans les *becerradas*[1], des étrangers qui s'enthousiasment pour les courses et que la toquade prend de se faire toreros sur leurs vieux jours. En ce moment, j'en ai un qui vient s'exercer chaque après-midi. Tu vas le voir. »

Ils traversèrent la rue et se dirigèrent vers un terrain vague, entouré d'une haute palissade. Sur les planches clouées qui servaient de porte, on lisait cette inscription peinte en gros caractères :

ÉCOLE DE TAUROMACHIE.

Ils entrèrent. Ce qui attira tout d'abord l'attention de l'espada, ce fut le taureau Morito[2] : un taureau de bois et de jonc, monté sur roues, qui avait une queue d'étoupe, une tête de paille tressée, un cou garni de liège, mais qui était pourvu d'une paire de cornes authentiques, cornes superbes qui inspiraient la terreur. Un polisson dépoitraillé, coiffé d'une petite casquette au-dessous de laquelle deux pinceaux de cheveux étaient plaqués en accroche-cœur coutre les tempes, avait pour fonction de communiquer au *bicho* le mouvement et la fureur agressive, lorsque les « étudiants » se postaient devant lui, cape en main.

Au milieu de l'enclos, un monsieur petit, voûté, bedonnant, lourd des épaules, rubicond de teint, avec de grosses moustaches aux poils gris et raides, se tenait debout, en manches de chemise, prêt à planter une paire de banderilles. Une dame à peu près du même âge, non moins corpulente et rubiconde, le chef surmonté d'un chapeau que bigarrait tout un parterre de fleurs, était assise sur une chaise, à l'ombre de la palissade ; et, chaque fois que son mari exécutait une bonne passe, elle était transportée d'un tel enthousiasme et riait si fort que les fleurs de son chapeau s'agitaient comme un bocage secoué par une bourrasque. Le Pescadero expliqua tout bas à Gallardo que c'étaient des étrangers, de riches bourgeois, probablement des Français du Midi, qui, se piquant d'être déjà des connaisseurs, profitaient d'un séjour à Madrid pour s'initier par la pratique à toutes les finesses de l'art.

1. Sortes de petites *corridas* qui se donnent avec des veaux, *becerros*.
2. « Petit Maure. »

À la vue des arrivants, le vieil « étudiant » baissa ses bras armés de « bâtons », et la dame rajusta son chapeau fleuri.

« Oh ! cher professeur !

— Bonsoir, *mossiou* ; mes respects, madame, dit le “maître” en portant la main à son feutre. Eh bien, *mossiou*, voyons un peu comment va cette leçon. Vous vous rappelez ce que je vous ai dit ? Se tenir immobile sur son terrain, “citer” le *bicho* ; le laisser venir ; et, quand il est venu, fléchir sur les hanches [1] et planter les bâtons dans le *morillo*... Vous n'avez à vous inquiéter de rien ; c'est l'animal qui fait tout... Attention ! Nous y sommes ?... »

Et le professeur s'écartant un peu, fit un clin d'œil au terrible taureau ou, plus exactement, au jeune drôle qui, les mains posées sur l'arrière-train, attendait le signal pour donner l'impulsion.

« Hardi, Morito ! »

Morito, après avoir poussé par la bouche du Pescadero un effroyable beuglement, trépigna de fureur, agita ses entrailles vides et sa tête de paille, et, avec un grand bruit de roues, avec de violents cahots produits par l'inégalité du sol, chargea comme une bête furibonde. Jamais taureau de *ganaderia* fameuse n'avait montré autant d'intelligence que cette bête immortelle, banderillée et estoquée des milliers de fois, couverte de blessures que le charpentier avait toujours eu l'art de guérir. Pour le jugement, Morito ne le cédait en rien aux hommes. Lorsqu'il fut arrivé près de l'« étudiant », il changea brusquement de direction, afin de ne pas bousculer celui-ci avec ses cornes, et il s'éloigna en emportant les banderilles plantées sur son cou de liège. Les applaudissements du Pescadero saluèrent cet exploit.

« Un coup de maître, *mossiou* ! s'écria le professeur. Votre paire de banderilles est de toute première qualité ! »

Pour fêter un si beau succès, l'étranger ordonna au propulseur de Morito :

« Va nous chercher une bouteille de vin ! »

Le vaurien ne se fit pas répéter cet ordre deux fois, et il prit sa course vers le cabaret, se pourléchant d'avance les babines.

1. Ce mouvement de flexion se nomme *quiebro*, de *quebrar*, plier.

Il y avait déjà trois bouteilles vides aux pieds de la dame, qui devenait de plus en plus cramoisie.

Au moment où Gallardo, se disposant à rentrer chez lui, traversait la Puerta del Sol et allait s'engager dans la rue d'Alcalá, il eut une surprise qui le cloua sur place. Une dame blonde, doña Sol, descendait de voiture à la porte de l'hôtel de Paris, et un jeune homme très élégant, qui paraissait être un étranger, lui offrait la main pour l'aider à descendre. Après quelques paroles échangées à demi-voix, le jeune homme prit congé, et doña Sol disparut dans le vestibule de l'hôtel. Pas un instant le matador n'eut le moindre doute, ni sur l'identité de la dame, ni sur la nature des relations qui existaient entre elle et cet étranger : en se quittant, ils avaient échangé des regards et des sourires dont le matador ne connaissait que trop bien la signification.

Cette rencontre troubla beaucoup Gallardo. Il s'imaginait avoir oublié celle qui l'avait lâché avec tant de désinvolture et qui, durant les semaines où il était en danger de mort, n'avait qu'une fois demandé de ses nouvelles. Aussi son premier mouvement fut-il de se déclarer à lui-même qu'il ne ferait rien pour la revoir, qu'il ne « s'abaisserait » pas à une semblable humiliation. Mais ensuite les réminiscences voluptueuses l'attendrirent, le contraignirent à s'avouer sa faiblesse : jamais il n'avait aimé une femme autant que celle-là. Et bientôt, tout en se promenant mélancoliquement dans la rue, il finit par se dire :

« Pourquoi non ? Qui sait ? Peut-être qu'en me revoyant après si longtemps elle aura plaisir à se rappeler nos relations d'autrefois... »

Et il se dit encore :

« Quand elle était à moi, elle me portait bonheur : son amour exaltait mon courage. Si elle voulait recommencer à m'aimer, je redeviendrais sans doute vaillant et glorieux... »

Bref, à six heures du soir, vaincu par le désir, il se présenta à l'hôtel de Paris et demanda à voir doña Sol. On le fit d'abord attendre en bas, dans le vestibule ; puis on le conduisit par l'ascenseur dans un petit salon du premier étage. Là, nouvelle attente. Les fenêtres du salon donnaient sur la Puerta del Sol, où, dans le crépuscule, une multitude de voitures s'entrecroisaient avec de nombreux tramways carillonnant sans répit.

Une petite porte s'ouvrit sans bruit, et doña Sol s'avança dans un frou-frou de soies, dans une brise de parfums, dans toute la splendeur de sa triomphante beauté. Elle portait un élégant négligé de coupe exotique, était parée de joyaux bizarres, avait aux pieds des babouches d'or. Elle sourit au visiteur, lui tendit la main sans la moindre gêne.

« Comment allez-vous, Gallardo ? »

Ce « vous » consterna l'ancien amant, qui sentit tout de suite que cette banale formule de politesse le rejetait parmi les amis quelconques, tandis qu'autrefois le tutoiement familier de la grande dame le rapprochait d'elle, lui permettait de se considérer comme un serviteur favori, comme un esclave honoré des bonnes grâces de sa maîtresse. Dans son dépit, il ne put balbutier que quelques mots ; mais elle, avec une parfaite aisance, l'invita à s'asseoir, le félicita sur sa bonne mine, l'interrogea sur cette blessure dont elle se souvenait vaguement :

« Cela n'a rien été, n'est-ce pas ? »

Gallardo, blessé par le ton d'indifférence aimable avec lequel elle lui avait posé cette question, répondit d'un ton assez bourru qu'il avait failli mourir et que la convalescence avait duré tout l'hiver. Puis, fixant tout à coup sur elle des yeux pleins de détresse et qui paraissaient implorer la pitié :

« Ah ! doña Sol, doña Sol ! s'écria-t-il. Vous avez été vraiment trop dure pour moi ! Votre conduite est impardonnable ! Pourquoi êtes-vous partie sans prendre même la peine de m'avertir ?

— Parce que je m'ennuyais, répliqua-t-elle sèchement. Quand on s'ennuie, on a bien, ce me semble, le droit de s'en aller.

— Mais moi, je vous aimais de toute mon âme !... »

Elle sourit imperceptiblement ; et, à ce sourire où il y avait à la fois de la moquerie et de la vanité, cet homme, tout rude qu'il était, comprit que jamais ses naïves et maladroites protestations n'auraient le pouvoir de toucher la grande dame orgueilleuse et sarcastique. Alors plus confiant dans les actes que dans les paroles, il se leva et s'avança vers elle, les bras tendus. Mais elle, écartant d'un revers de main les bras du torero, lui enjoignit durement :

« Tenez-vous tranquille. Sinon, je sonne et je vous fais mettre à la porte. »

Et il se tint tranquille, prit une attitude humble et honnête, qui adoucit la noble dame. Elle daigna se souvenir qu'en somme le pauvre diable qui tremblait ainsi devant elle, c'était l'homme qui lui avait sauvé la vie ; et elle reprit, indulgente :

« Quel enfant vous êtes ! Ne savez-vous pas qu'en ce monde aucune illusion n'est durable ? Ce qui est fini est fini, et l'on essayerait en vain de ressusciter le passé... »

Tout en parlant, elle le considérait avec attention, et elle s'étonnait d'avoir eu pendant quelques mois un caprice pour un garçon vulgaire qui, avec sa coleta ridiculement plaquée sur le crâne, avec sa face rasée et ses gestes d'acteur tragique, lui faisait maintenant l'effet d'un cabotin de bas étage. Puis, comme Gallardo n'avait pas l'air de songer à partir, elle le planta là en lui disant :

« Excusez-moi de vous quitter si vite. Il est tard. Je n'ai que le temps de m'habiller pour le dîner. »

Lorsque le matador se retrouva dans la rue, sur le trottoir de l'hôtel, il avait les yeux obscurcis par la colère et les oreilles bourdonnantes. Ah ! oui, cette fois, c'était bien fini ! On ne le reprendrait plus à s'amouracher de ces pimbêches ! Désormais il se consacrerait uniquement aux choses de sa profession.

Le lendemain, lorsque Gallardo se rendit au cirque, il ne fut pas hanté, comme naguère, par de superstitieuses inquiétudes. Il se sentait plein de résolution ; il avait la certitude du triomphe ; son cœur battait d'une généreuse audace, ainsi qu'aux grands jours.

Dès le début, la course fut « mouvementée ». Le premier taureau qui sortit se montra tenace [1], très agressif contre les

1. *Salió pegando.* On appelle *pegajosos*, « collants », les taureaux qui, dans les passes de pique, s'acharnent contre l'objet de leur attaque, et qui, au lieu de se dérober après avoir reçu le fer, demeurent près du cheval et envoient en tous sens des coups de tête. Ceux qui courent beaucoup dans l'arène et qui poursuivent avec insistance les chevaux ou les toreros sont dits *revoltosos*, « turbulents ».

cavaliers. En un instant, il culbuta les trois picadors qui l'attendaient, la lance en arrêt, et deux chevaux restèrent quasi morts sur place, versant par leur poitrail troué des flots de sang noir, tandis que le troisième, fou de douleur et de peur, errait çà et là dans l'arène, la selle ballante, le ventre ouvert, les entrailles bleues et rouges pendillant entre les étriers comme d'énormes boudins. Bientôt les tripes traînèrent sur le sable ; et, comme il les foulait lui-même avec ses pattes de derrière, elles se dévidaient par paquets et faisaient des nœuds, à la façon d'un écheveau qui s'emmêle. Attiré par cette galopade, le taureau donna la chasse au cheval, l'enleva sur ses cornes, le rejeta par terre, s'acharna quelques minutes sur la misérable carcasse déchirée et pantelante. Un garçon de piste vint achever le moribond en lui enfonçant la *puntilla* derrière le crâne, et, après quelques convulsions d'agonie, le grand corps efflanqué demeura immobile, les membres rigides.

Cependant plusieurs hommes de service couraient de côté et d'autre avec des paniers, répandant le sable à profusion sur les mares de sang et sur les cadavres.

Le public, debout, gesticulait et vociférait. La férocité de ce taureau avait allumé l'enthousiasme, et la foule réclamait, parce qu'il ne restait plus un seul picador dans le redondel.

« Des chevaux ! des chevaux ! » criait-on à tue-tête.

Le taureau se tenait isolé au milieu de l'arène, superbe et mugissant, le front haut, les cornes sanglantes, tandis qu'ondulaient sur ses épaules labourées et empourprées les rubans de la devise.

De nouveaux cavaliers entrèrent, et le hideux massacre recommença. À peine un picador faisait-il obliquer sa rosse de telle sorte que l'œil bandé se trouvât du côté de la brute, à peine s'avançait-il de quelques pas, la lance en avant, le choc et la culbute étaient immédiats. Les piques se cassaient avec un craquement de bois sec, le cheval était embroché par les cornes puissantes, le sang giclait, les boyaux crevés se vidaient de leurs excréments, le picador s'écroulait dans la poussière avec un bruit sourd et les capes des péons s'empressaient de le couvrir.

« Il ne se relève pas ! hurlait le public. Il doit avoir la caboche fendue ! »

Mais, un instant après, il se relevait, allongeait les bras, se grattait le crâne, ramassait son feutre tombé par terre, enfourchait de nouveau le même cheval, que les « singes savants » avaient remis debout à force de coups de pied et de coups de bâton, et, sur cette monture agonisante, il revenait affronter le monstre.

La *suerte* des banderilles ne fut pas moins dramatique, et, lorsque enfin la terrible bête succomba à l'estocade mortelle, l'arène était toute parsemée de cadavres et maculée de sang.

Le deuxième taureau était pour Gallardo. Quand le matador vint saluer le président, la foule lui fit bon accueil. On avait attendu cette course si longtemps qu'on était disposé à l'indulgence ; et, au surplus, la bravoure de la première bête et l'hécatombe des chevaux avaient mis le public en belle humeur.

Après le *brindis*, le matador se dirigea vers son taureau, tête découverte et muleta tendue en avant. Derrière lui, à quelque distance, marchaient le Nacional et un autre péon. Cela fit que des protestations s'élevèrent sur les gradins. Que d'acolytes ! C'était comme un clergé de paroisse conduisant un mort au cimetière !

« Tout le monde au large ! » cria Gallardo.

Cette fois, il avait donné l'ordre sur un ton impératif qui ne permettait pas le doute, et les péons se retirèrent.

Arrivé près de l'animal, le matador déploya la muleta, fit encore quelques pas, comme à l'époque de ses plus grandes prouesses, et plaça le chiffon tout contre le mufle baveux.

Une passe.

« *Olé* !... »

Un murmure de satisfaction parcourut l'amphithéâtre. L'enfant de Séville redevenait digne de son nom ; il avait recouvré le sentiment de l'honneur professionnel.

Quand le taureau fut immobile sur ses pattes, le public stimula Gallardo par ses conseils :

« Lance-toi ! C'est le moment ! »

Et Gallardo se lança, l'épée haute ; puis, par un rapide écart, il se mit hors de l'atteinte des cornes.

Des applaudissements retentirent, mais brefs et aussitôt suivis d'un murmure de mécontentement où perçaient déjà quelques coups de sifflet. Et soudain des coups de sifflet se multiplièrent, jaillirent de toutes parts, éclatèrent en une bordée assourdissante ; et des milliers de bras s'allongèrent pour indiquer le taureau. L'estoc, pénétrant obliquement, avait traversé le corps, et la pointe ressortait de l'autre côté, près du paleron.

Les spectateurs gesticulaient avec une mimique indignée. Quel scandale ! Le plus mauvais novillero n'aurait pas commis une si lourde faute !

Gallardo, stupéfait de son œuvre, inclinait la tête sous cet ouragan d'insultes et de menaces. Il avait bien commencé l'attaque ; mais ensuite l'irrésistible désir de se soustraire le plus tôt possible au péril des cornes avait été cause de cette estocade maladroite et déshonorante.

Cependant le taureau, après avoir couru encore un peu en boitant, s'était arrêté, afin de moins souffrir. Alors Gallardo prit une autre épée et vint se placer devant la bête, avec l'intention de procéder au *descabello*. Il appuya le bout de la lame entre les deux cornes, tout en agitant le chiffon avec la main gauche, pour obtenir que l'animal baissât le mufle jusqu'à terre ; et, d'un coup de poignet, il poussa l'épée. Mais le taureau, piqué, secoua la tête et rejeta l'arme.

« Et d'une ! » cria la foule avec une comique unanimité.

Le matador recommença. Mais, cette fois encore, la piqûre n'eut pas d'autre résultat que de faire tressaillir la bête.

« Et de deux ! » gouailla-t-on sur les gradins.

Une nouvelle tentative n'aboutit, comme les précédentes, qu'à tirer un mugissement de ce corps martyrisé.

« Et de trois ! »

Puis le chœur ironique fut couvert par une tempête de sifflets, d'injures, de protestations. Quand donc ce *maleta* aurait-il fini ?

À la quatrième reprise, Gallardo eut la chance d'atteindre le nœud vital, et le taureau s'écroula subitement, couché sur le côté, les pattes rigides.

Après voir épongé sa sueur et salué le président, l'espada,

accompagné par le dédaigneux silence des uns et par les sarcasmes des autres, se réfugia derrière la barrière, tel un écolier honteux de ses fautes, et il but d'un trait le verre d'eau que Garabato lui offrit. Comme il s'était donné beaucoup de mouvement, il souffrait un peu de son ancienne blessure à la jambe, et il jugeait prudent de ne pas se fatiguer jusqu'au moment où il aurait à tuer son second taureau. Il était bien obligé de reconnaître qu'il n'était plus le même. En dépit des résolutions prises, il ne pouvait plus appuyer sur l'épée comme autrefois. Ses jambes n'étaient plus si lestes, son bras droit n'était plus si robuste, ses muscles n'obéissaient plus avec la même promptitude à sa volonté.

Et néanmoins, dès que son second taureau entra dans l'arène, il fut le premier à lui présenter la cape. L'aspect de cet animal l'avait surpris, et il était impatient de le bien voir. Non, ce n'était pas la bête qu'il avait choisie, la veille, avec le mayoral. On s'était sûrement trompé, lors de la mise en loge. Comme ce *bicho*-là avait mauvaise apparence !

Le public ne garda pas rancune au matador, dont les passes de cape furent même applaudies, quoique sans enthousiasme.

Lorsque vint l'instant de la *suerte* suprême et que Gallardo se campa de profil devant la bête, tous les spectateurs devinèrent son trouble. Son jeu était désordonné, et, dès que le taureau remuait la tête, le matador faisait un saut en arrière.

« Gare à toi ! Il est à tes trousses ! » hurlait la foule, moqueuse.

À la première estocade, le fer, enfoncé seulement de quelques centimètres, rejaillit à une grande distance.

Puis, comme l'espada se préparait pour une deuxième estocade, le taureau chargea brusquement. L'homme, dont les jambes n'avaient plus l'agilité d'autrefois, fut touché, roula sous le choc. Tandis qu'on accourait à son secours, il se releva sans blessure ; mais il était souillé de poussière, avait les vêtements en lambeaux, la moña arrachée, la coleta défaite, un escarpin perdu.

Plusieurs capes se tendirent miséricordieusement autour de lui et le protégèrent. Les autres espadas, par esprit de camaraderie, travaillèrent le taureau, le mirent à point pour qu'on pût l'achever sans difficulté. Mais Gallardo semblait aveugle et sourd ; il n'entendait pas les avis que lui donnaient ses collègues, ne profitait pas des occasions les plus favorables pour porter le coup mortel ; et, pâle, les sourcils contractés, il balbutiait, dans un état de complète inconscience :

« Tout le monde au large !... Tout le monde au large !... »

Parmi les spectateurs, les uns paraissaient s'amuser beaucoup de ce désarroi, les autres s'égosillaient à crier qu'on leur volait leur argent.

Enfin le matador, aidé par les capes, lança au petit bonheur trois ou quatre coups d'épée, que la bête sentit à peine ; et celle-ci, mugissante, la tête basse, alla trotter le long des barrières, comme pour se plaindre de ce supplice inutile. Gallardo la suivait, la muleta dans une main, l'estoc dans l'autre. Près de lui, toute la troupe des péons agitait les capes et, par ce flamboiement d'étoffes, semblait vouloir persuader à l'animal de plier les jarrets et de se coucher sur le sable.

« Que d'épées ! braillaient des voix ironiques, en montrant du doigt le cou de la bête hérissé d'estocs. Ce n'est pas un taureau, c'est la Vierge des Sept Douleurs ! »

Cependant une partie de l'assistance s'était tournée vers la loge présidentielle et vociférait :

« Monsieur le président !... Est-ce que ce scandale va se prolonger ?... »

Le président se décida à faire un geste qui rétablit aussitôt le silence ; et l'on vit un alguazil, avec son chapeau à plumes et son petit manteau flottant, courir derrière la barrière. Arrivé près de l'endroit où était le taureau, l'alguazil tendit vers Gallardo une main fermée, dont l'index était dressé en l'air. Le public applaudit. C'était le premier avertissement. Si le taureau n'était pas tué avant le troisième, on ramènerait la bête au corral et l'espada demeurerait sous le coup du plus cruel déshonneur.

Épouvanté par cette menace, le matador parut sortir de sa torpeur somnambulique et fondit sur le taureau, l'épée horizontale. Mais ce ne fut qu'une estocade de plus, et le taureau continua de trotter.

L'inefficacité de cette dernière tentative exaspéra le public. Les sifflets déchiraient les oreilles. Sur la piste pleuvaient les oranges, les croûtes de pain, les petits coussins, les projectiles les plus variés. Du côté du toril, un chœur nourri avait entonné le *gorigori*[1] des enterrements.

Enfin le taureau s'abattit. Le puntillero lui donna le coup de grâce. Les mules emmenèrent le cadavre qui laissait derrière lui des traînées de sang.

La sortie de la *plaza* fut navrante pour le matador. À cause de l'encombrement des voitures, des automobiles, des tramways qui obstruaient les abords du cirque, la calèche était obligée d'aller au pas. Les gens s'écartaient devant les mules et considéraient les toreros avec des yeux curieux ; mais, dès qu'ils avaient reconnu Gallardo, ils prenaient un air méprisant et semblaient regretter leur politesse. Des victorias passaient près de lui, occupées par de belles femmes en mantilles blanches ; mais ces femmes détournaient la tête pour ne pas le voir, ou fixaient sur lui des regards de désolante commisération.

Inopinément, un groupe de gamins entoura la calèche et se mit à siffler. Une minute après, quantité de menu peuple se joignit à ce premier groupe. Ni les uns ni les autres n'étaient entrés aux arènes ; mais déjà la nouvelle du fiasco s'était répandue partout, et cette racaille sans pitié se plaisait à insulter un homme qu'elle croyait immensément riche.

Une pierre, lancée contre la calèche, heurta une roue. La manifestation grossissait, devenait menaçante. Heureusement pour Gallardo, deux gardes à cheval accoururent, dispersèrent cette meute insolente et escortèrent jusqu'au haut de la rue d'Alcalá « le premier homme du monde ».

1. Mot populaire qui désigne la psalmodie des funérailles, le chant lugubre du *De profundis*.

X

Le dimanche suivant, au moment où la course commençait, des coups violents retentirent, frappés du dehors à la porte des Écuries. Un employé du cirque entrebâilla les battants, aperçut un homme et une femme, grogna, de mauvaise humeur :

« Le public n'entre pas ici ! »

Mais, comme il s'apprêtait à leur refermer la porte sur le nez, l'homme dit :

« Vous ne me reconnaissez pas ? Je suis le beau-frère de Gallardo, et cette dame est son épouse. »

Alors l'employé s'humanisa, soit parce que les nouveaux venus appartenaient à la famille d'un matador célèbre, soit parce que le beau-frère, en lui serrant la main, avait eu la judicieuse idée d'ajouter à ce salut cordial un bon pourboire.

La veille, Carmen, bouleversée par le récent insuccès de son mari, s'était entretenue avec Antonio dans le cabinet du « maître », et elle lui avait confié sa résolution de partir le soir même pour Madrid. Depuis huit jours elle vivait dans le désespoir : car elle connaissait l'orgueil professionnel du matador, savait qu'il ne se résignerait pas à sa propre déchéance, était certaine qu'il allait commettre des folies pour reconquérir la faveur du public. Justement elle venait de recevoir de lui une lettre où il donnait à entendre qu'il risquerait tout pour sauver son honneur ; et, sans trop savoir d'ailleurs ce qu'elle ferait quand elle serait près de Juan, mais dévorée par l'anxieux désir d'être là-bas, comme si sa seule présence pouvait diminuer le péril, elle voulait absolument le rejoindre.

« Mais non, mais non ! avait répondu le beau-frère. Tu t'inquiètes sans motif… »

Toutefois, après un instant de réflexion, il s'était dit que, même dans la dolente compagnie de Carmen, un voyage gratuit à Madrid était bon à prendre, et il avait ajouté :

« Au surplus, si tu t'obstines à partir, je ne refuse pas de t'accompagner. »

Ils étaient donc partis en donnant un prétexte quelconque à la señora Angustias, qui se serait mis martel en tête ; et ce trajet de quatorze heures n'avait certes pas été réjouissant pour Antonio. La pauvre Carmen ne cessait de pleurnicher, de répéter à satiété ses funestes appréhensions. Maintenant ses idées sur l'objet du voyage étaient devenues plus précises, et elle déclarait au beau frère :

« Je lui parlerai énergiquement. Nous sommes assez riches, et j'exigerai qu'il se retire. Il faut que cette course soit la dernière où il combattra... Mais non : c'est encore trop, et mon cœur me dit qu'il va lui arriver quelque chose ! Nous serons d'assez bonne heure à Madrid pour que j'aie le temps de le voir avant la course, et je saurai bien le convaincre de ne pas "taurer" cet après-midi... »

Sur quoi, le beau-frère jetait les hauts cris, levait les bras au ciel, protestait avec indignation :

« Quelle absurdité ! Voilà bien les femmes ! Quand elles se sont fourré quelque chose dans la tête, il n'y a pas moyen de leur faire comprendre que ce qu'elles veulent est impossible. T'imagines-tu qu'il n'y ait ni autorité, ni lois, ni règlements tauromachiques, et qu'il suffise qu'une femme apeurée se jette au cou de son mari pour que celui-ci puisse manquer à ses engagements et faire un pied de nez au public ?... Après la course, tu diras à Juan tout ce qu'il te plaira ; mais avant, motus ! On ne se joue pas de l'autorité, tu sais ! Nous irions tous en prison... »

Au fond, Antonio avait envie de voir tranquillement le spectacle, et il ne se souciait pas de gâter d'avance son plaisir par les scènes pénibles que provoquerait inévitablement une entrevue des époux. C'est pourquoi, lorsque les deux voyageurs débarquèrent à Madrid, vers dix heures du matin, et que Carmen annonça son intention de courir tout de suite chez Juan, l'égoïsme ingénieux suggéra au beau-frère, pour la dissuader d'accomplir cette démarche, un argument décisif :

« Ta présence l'impressionnera, le bouleversera, et il viendra au cirque avec l'esprit troublé. Songe un peu : s'il lui arrivait malheur, c'est toi qui en aurais été cause !... »

Carmen s'était donc laissé conduire à l'hôtel choisi par Antonio, et elle s'était étendue sur un canapé, dans sa chambre, tandis que le beau-frère allait faire un tour à la Puerta del Sol. Mais, après le déjeuner où elle n'avait presque rien mangé, elle avait été saisie d'une inquiétude nerveuse qui s'était accrue de minute en minute jusqu'à l'heure de la course ; et alors, brusquement, elle avait dit à Antonio qui partait pour le cirque :

« J'y vais avec toi ! »

Ce n'était pas qu'elle eût l'intention de prendre place dans l'amphithéâtre et d'assister au drame sanglant : elle avait les combats de taureaux en horreur et elle ne se sentait pas le courage de voir Juan risquer sa vie devant elle. Mais, sans pouvoir s'expliquer à elle-même cet obsédant désir, elle voulait être près de lui à l'heure du danger. Elle se dissimulerait quelque part, n'importe où, dans les dépendances du cirque, et là, parmi les transes et les larmes, elle attendrait la fin de l'odieux massacre.

Cette fois, le beau-frère avait compris qu'il serait inutile de la sermonner ; et, comme il craignait déjà d'être en retard et de manquer le *paseo* de la quadrille, il s'était résigné assez aisément à l'emmener avec lui.

Vêtue de noir et coiffée de la mantille, Carmen regardait de tous côtés la cour des Écuries, déserte en ce moment-là. Au loin, derrière les épaisses murailles de briques, la musique jouait, et l'on percevait le frémissement de la foule, frémissement interrompu par des cris d'enthousiasme et par des murmures de curiosité. Les toreros défilaient devant le président.

« Où est-il ? demanda Carmen, d'une voix tremblante, à l'employé qui leur avait ouvert la porte.

— Il est où il doit être ! répondit brutalement le beau-frère, qui enrageait de perdre cette première partie du spectacle. C'est folie à toi d'être venue ici. Puisque tu ne veux pas voir la course, qu'est-ce que tu vas faire, à présent ? »

L'employé, touché de compassion pour cette femme aux yeux rougis, qui semblait en proie à une mortelle angoisse, eut une heureuse idée :

« Si madame voulait entrer à la chapelle ?... »

Elle s'empressa d'accepter : c'était un lieu paisible, où

elle pourrait faire quelque chose d'utile pour le salut de son Juan. Quant au beau-frère, très satisfait d'être débarrassé d'elle, il se hâta de venir prendre place sur les gradins.

Ce qui frappa d'abord Carmen, ce fut la sordide pauvreté de l'autel où quatre bouts de chandelles brûlaient devant la Vierge à la Colombe, et elle donna un douro à l'employé, en le priant d'aller chercher des cierges. L'homme se gratta la tête. « Des cierges ?... Il ne croyait pas qu'aux environs du cirque on pût s'en procurer... » Puis, subitement, il se souvint que les sœurs d'un matador en apportaient, chaque fois que celui-ci devait combattre. Peut-être en restait-il quelques-uns dans le fond d'un placard. Il les chercha, les trouva. Ce qui manquait maintenant, c'étaient les chandeliers. Mais l'employé était un homme de ressource : il aveignit des bouteilles vides, abandonnées dans un coin, ficha les cierges dans les goulots et disposa ce modeste luminaire sur la table de l'autel.

Demeurée seule, Carmen s'agenouilla, tourna ses yeux pleins de larmes vers la poudreuse image où rougeoyaient les reflets des cierges. Elle ne connaissait pas cette Vierge-là ; mais elle la supposait douce et bonne, comme celle de Séville, qu'elle avait si souvent invoquée. En outre, c'était la Vierge des toreros, celle qui écoutait leurs prières à l'heure suprême, quand l'imminence du péril réveillait chez ces hommes incultes une piété sincère, et son mari avait dû maintes fois plier les genoux sur ces dalles. Cela suffit pour lui rendre sympathique l'image inconnue, pour faire qu'elle la contemplât avec une religieuse confiance et qu'elle lui adressât de rapides et ferventes supplications.

Mais elle avait des distractions involontaires. Des bruits étranges parvenaient jusqu'à elle, confus et assourdis. À certains moments, elle entendait comme un grondement de volcan lointain, comme un vacarme de tempête ; et ces rumeurs sinistres représentaient clairement à son esprit ce qui se passait sur la scène invisible. Au caractère du brouhaha, elle devinait chacun des tragiques épisodes qui se succédaient dans le redondel. Tantôt c'était une explosion de clameurs indignées, avec accompagnement de sifflets ; tantôt c'étaient des milliers de voix qui proféraient des paroles inintelligibles. Puis, tout à coup, un cri d'effroi résonnait, un cri strident, un cri prolongé qui semblait monter jusqu'au ciel, qui suggérait l'idée de têtes pâlies par l'émotion, tendues en avant pour suivre la chasse donnée à l'homme par le taureau. Et soudain le cri cessait, coupé net; le calme se rétablissait, le péril était conjuré.

Il y avait aussi des intervalles de silence, de profond silence, comme si l'énorme amphithéâtre avait été vide ou que les quatorze mille personnes entassées sur les gradins se fussent tenues immobiles, sans respirer. Mais ce silence ne durait pas longtemps, et bientôt c'étaient de nouveaux cris, de nouvelles clameurs, un tel tapage qu'on aurait pu croire que le cirque s'abîmait dans un formidable écroulement. Parfois aussi, de grêles sonneries de clairons éclataient, soit pour annoncer la sortie d'un taureau, soit pour donner le signal de la mort.

Un peu plus tard, l'attention de Carmen fut attirée par des bruits voisins, qui ne ressemblaient pas aux autres. Des pas s'approchaient, des portes s'ouvraient avec violence, des voix d'hommes s'élevaient, et ces hommes semblaient haleter sous une lourde charge.

« Ce n'est rien, dit l'un d'eux. Tu ne saignes pas; tu n'as qu'un gnon à la tête. Avant la fin de la course, tu pourras remonter en selle. »

Et une autre voix, râlante, affaiblie par la douleur, gémit avec un accent andalou :

« Bonne Vierge de la Solitude !... Je crois que je me suis cassé quelque chose... Examinez-moi bien, docteur... Ah ! mes pauvres enfants !... »

Carmen frissonna d'épouvante, défaillit presque sur les dalles; et son nez s'effila d'émotion entre ses joues blêmes et creusées. Ensuite elle essaya de se remettre en prière, de s'isoler dans son oraison douloureuse, de ne plus entendre ces bruits horribles. Mais, malgré ses efforts, elle percevait un lugubre clapotis d'eau et des paroles indistinctes, sans doute celles des médecins et des infirmiers qui soignaient le picador meurtri par une chute.

Bientôt elle n'y tint plus. Seule dans cette chapelle, obsédée par ces bruits effrayants qui venaient l'y tourmenter et qui l'affolaient de terreur, elle ne vivait plus, elle se sentait périr d'angoisse. Mieux valait sortir de là, être au grand air, voir ce qui se passait.

Elle quitta donc la chapelle, revint dans la cour. Il y avait du sang partout : à terre, des flaques de sang ; autour de quelques baquets, des flaques de sang ; dans les baquets, de l'eau sanglante.

Les picadors rentraient du redondel, à cheval sur leurs rosses dégouttantes de sang, à la peau trouée, aux entrailles qui pendaient. Carmen vit Potaje mettre lourdement pied à terre, en lançant une bordée d'injures au « singe savant » qui s'y prenait mal pour l'aider à descendre. Le colosse, appesanti par les jambières que cachait sa culotte et ankylosé par plusieurs chutes, se frottait l'épaule et s'étirait douloureusement ; mais il n'en souriait pas moins, d'un sourire qui découvrait toute sa denture chevaline.

« Vous avez vu comment s'est comporté Gallardo ? disait-il aux gens qui l'entouraient. Aujourd'hui il est très bon, c'est une justice à lui rendre ! »

En effet, Gallardo s'était montré d'une témérité insensée comme s'il n'avait plus aucune notion du péril. Par exemple, après avoir délivré du taureau le picador étourdi par une chute, il avait, au moyen d'insolentes « véroniques », amené l'animal dans le beau milieu du cirque ; et, là, tandis que la brute s'était arrêtée, stupéfaite, le matador, debout en face d'elle, lui avait présenté le ventre comme pour la défier. Puis, sentant son cœur battre ainsi qu'aux grands jours, il s'était agenouillé devant les cornes, avait allongé la main jusqu'à toucher le mufle baveux. Et, comme la bête continuait à demeurer immobile, l'homme, serrant dans ses deux bras sa cape repliée en guise d'oreiller, s'était peu à peu couché sous les naseaux mêmes, qui flairaient avec défiance cet objet étrange où était recelée peut-être une embûche [1]. Enfin, à l'instant où l'animal avait baissé les cornes pour attaquer, le matador s'était glissé vers les pattes, de sorte que le monstre, dans son aveugle élan, avait sauté par-dessus l'ennemi sans l'atteindre.

1. La prouesse de se coucher devant le taureau en se servant de la cape comme d'un oreiller avait été accomplie à Valence par l'espada Fabrilo.

Potaje, en promenant ses regards autour de lui, reconnut Carmen et n'en témoigna aucune surprise. Dans l'espèce d'hébétement où le tenaient sa stupidité native et son ivrognerie habituelle, rien au monde n'était capable de l'émouvoir.

« Bonjour, *seña* Carmen, lui dit-il. Votre mari fait des merveilles. Allez donc l'admirer ! Il n'y a personne qui soit capable d'en faire autant. »

Et, d'un pas lourd, il se dirigea vers l'infirmerie pour voir son camarade à demi assommé.

Sur ces entrefaites, les valets de piste ramenèrent par la bride un cheval éventré, dont les entrailles ballottaient sous l'abdomen comme de hideuses hernies. Aussitôt un des préposés aux écuries, se démenant, agitant les bras et les jambes, pris d'une activité fébrile, s'écria :

« Hardi, les gars ! Allons, de la poigne ! »

Un palefrenier s'approcha avec précaution du cheval qui ruait de douleur, lui enleva la selle, lui passa aux jambes des entraves, lui rapprocha violemment les quatre pieds, le fit choir. Et vite des hommes de peine, manches retroussées, se penchèrent sur cette panse béante d'où coulaient des ruisseaux de sang et d'urine, s'évertuèrent à faire rentrer dans l'affreuse déchirure les viscères qui en étaient sortis. Un autre maintenait sous son genou la tête de l'animal, en la pressant de toute sa force contre terre.

Cette singulière opération chirurgicale ne fut pas facile, parce que la respiration haletante du patient repoussait au dehors les organes que les hommes ramassaient par paquets et s'efforçaient de renfoncer à coups de poing. D'ailleurs, comme le cheval avait laissé sur l'arène une partie de ses intestins arrachée par les sabots du train de derrière, il restait un vide dans le ventre, et il fallut combler ce vide en y fourrant de l'étoupe. Lorsque le tout fut bien rafistolé, on recousit la peau avec de la ficelle, on jeta un seau d'eau sur la tête, on détacha les liens qui assujettissaient les pieds, on invita par de grands coups de trique l'opéré à se remettre debout, et on le conduisit au « vernissage ». Là, on inonda d'eau tout son corps, et sa robe lavée reprit pour quelques minutes une sorte de lustre. C'était bien suffisant, puisqu'un picador allait ramener la pauvre bête au redondel et que, cette fois, un taureau lui ferait l'accroc irréparable.

Cependant Carmen s'était réfugiée sous les arcades, saisie d'horreur. Elle aurait voulu fermer les yeux pour ne plus voir, se boucher les oreilles pour ne plus entendre ; mais, malgré elle, ses yeux s'ouvraient sur le sang, ses oreilles se tendaient vers les bruits qui continuaient à venir de l'amphithéâtre. Elle ne savait pas dans quel ordre les matadors avaient à exécuter leur travail : peut-être cette fanfare signalait-elle le moment où Juan allait affronter le monstre. Ah ! sortir de ce cirque maudit, se soustraire à une pareille torture !...

Tout à coup son beau-frère reparut devant elle. Il rayonnait d'enthousiasme :

« Ton mari a été admirable ! Il vient de tuer son premier taureau avec plus de vaillance que jamais !

— Emmène-moi, emmène-moi ! » supplia-t-elle d'une voix étouffée.

Antonio fit la grimace : il ne se souciait pas de la reconduire jusqu'à l'hôtel, parce que cela lui aurait fait perdre la fin d'un si beau spectacle. Quel enfantillage de s'effrayer ainsi ! Il n'y avait aucun danger. Gallardo mangeait les taureaux tout crus.

« Emmène-moi, je t'en conjure ! Je ne me sens pas bien ! Tu me laisseras dans la première église que nous rencontrerons... »

Il se rappela que l'église des Augustins n'était qu'à cinq minutes du cirque, et il se laissa convaincre. En somme, il ne perdrait presque rien du nouveau combat qu'annonçaient déjà les clairons, et, quand il aurait installé là-bas cette femme tannante, il pourrait savourer en paix tout le plaisir de la course.

Lorsque le second des taureaux destinés à Gallardo parut dans l'arène, l'allure de la bête mit le public de mauvaise humeur. C'était un animal énorme, de belle apparence ; mais il courait çà et là, regardait avec étonnement le houleux bariolage de la foule massée sur les gradins, semblait effrayé par les cris et les sifflets des spectateurs. Les péons le poursuivaient, lui tendaient la cape ; mais, après avoir ébauché une attaque contre l'étoffe rouge, il soufflait de surprise, se retournait, prenait la fuite en bondissant. Cette agilité du fuyard [1] exaspérait le public.

« Ce n'est pas un taureau, c'est une guenon ! » braillait la foule indignée.

Les péons réussirent enfin à l'attirer vers la barrière, du côté où l'attendaient les picadors immobiles sur leurs montures, la pique en arrêt. Il s'approcha d'un cavalier avec des beuglements sauvages, la tête baissée, comme s'il allait charger. Mais, avant que le fer lui eût entamé le cou, il fit un brusque écart, passa entre les capes, se déroba. Dans sa retraite, il rencontra un autre picador et se déroba de nouveau, toujours beuglant et fuyant. Affolé, il vint se jeter près du troisième picador qui allongea sa pique, l'atteignit au garrot ; et ce « châtiment » ne fit qu'accroître la poltronnerie et la vitesse de la bête.

Le public s'était levé en masse, gesticulait, hurlait.

« Monsieur le président !... Un taureau domestique !... C'est un scandale !... Du feu, du feu [2] ! »

Comme le président paraissait indécis, le tumulte redoubla. Des objets de toute sorte commencèrent à pleuvoir autour de la bête. Une bouteille heurta l'une de ses cornes, ce qui provoqua des applaudissements frénétiques.

« Du feu, du feu !... »

Enfin le président agita un foulard rouge, et ce signal fut salué par une salve de bravos. Les « banderilles de feu » étaient un spectacle extraordinaire, un épisode inattendu qui augmentait l'intérêt de la course. Nombre de ceux qui protestaient jusqu'à s'enrouer étaient, dans le fond, très satisfaits de l'incident.

Le Nacional s'avança, portant à bout de bras deux grosses banderilles enveloppées de papier brun. Il s'approcha du

1. On appelle *abanto* le taureau craintif qui, au lieu d'attaquer franchement, s'arrête devant les péons, refuse d'assaillir les picadors et esquive les différentes passes du combat.

2. *Fuego* ! *Fuego* ! — Pour exciter les bêtes couardes, on leur pose des « banderilles de feu ». Ces banderilles sont garnies de pétards et de fusées dont la mèche, au moment où l'on plante les « bâtons », entre en contact avec un morceau d'amadou ; alors les pièces d'artifice éclatent sur le dos de l'animal, que les détonations et les brûlures rendent furieux.

taureau sans grandes précautions, avec une insouciance méprisante, et il planta les lourds bâtons dans la chair, aux acclamations vengeresses de la multitude.

On entendit le craquement sec d'une déchirure, et deux jets de fumée blanche commencèrent à cracher sur le cou de la bête. La lumière du jour empêchait de voir la flamme ; mais les poils grillaient et une large tache noire s'étendait sur le garrot.

L'animal, étonné de ce barbare supplice, accéléra sa fuite. Mais il avait beau sauter des quatre pieds, se secouer, tordre la tête en arrière pour arracher avec ses dents les brandons infernaux, il emportait partout avec lui cette crépitation de fusillade et ce nuage de papiers brûlés qui voltigeaient devant ses yeux. Ces bonds et ces contorsions amusaient beaucoup la foule, qui éclatait de rire et qui se moquait :

« Ça le chatouille !... Voyez comme il danse !... Un taureau savant !... »

Quand les banderilles eurent cessé de détoner et de fuser, la graisse fondue formait des bulles sur la peau du cou et une puanteur de cuir carbonisé emplissait tout le cirque.

L'animal, ne sentant plus la morsure du feu, s'arrêta, la tête tombante, les yeux rougis, le mufle écumeux, les flancs haletants.

Jusqu'alors Gallardo s'était tenu près de la barrière, navré de la mauvaise chance qui l'obligeait à combattre une pareille bête, et il s'en expliquait avec les connaisseurs assis aux premiers rangs des gradins. Une course qui avait si bien commencé ! Quel guignon d'avoir maintenant devant soi un bœuf de boucherie !

« Que voulez-vous ? concluait-il en haussant les épaules et en s'excusant d'avance. On fera ce qu'on pourra ; mais ce ne sera pas grand-chose ! »

Quand les clairons sonnèrent pour la mort, l'espada, après un court *brindis*, marcha vers le taureau. Les aficionados lui criaient des conseils :

« Dépêche-le vite ! Il ne mérite pas qu'on lui fasse tant de cérémonies ! »

L'espada déploya la muleta devant la bête, et celle-ci chargea ; mais, instruite par le tourment qu'elle venait de subir, elle le fit sans impétuosité, avec une évidente intention de mesurer son coup, d'atteindre le but, d'écraser l'ennemi et de le mettre en pièces. Cet homme était le premier qui, depuis le martyre du feu, se présentait devant ses cornes.

La nouvelle manière du taureau réconcilia le public avec lui, et des applaudissements retentirent, qui s'adressaient à la fois aux deux adversaires.

Lorsque le taureau « humilia », bouffant de rage, la langue pendante, il se fit un silence précurseur de l'estocade mortelle ; et ce silence fut si profond que, jusqu'aux derniers bancs, on perçut le petit bruit de deux morceaux de bois qui s'entrechoquaient : c'était Gallardo qui, pour faciliter l'estocade, repoussait en arrière, avec la pointe de son épée, les banderilles noircies qui étaient retombées entre les cornes. Et soudain, par un mystérieux magnétisme, la foule sentit que la correspondance venait de s'établir entre sa propre volonté et celle du matador : la résolution de celui-ci était prise, et il se disposait à abattre le taureau par un coup magistral.

« Vas-y ! »

Gallardo s'élança, frappa. Mais l'animal, au lieu de chanceler et de choir, s'enfuit avec des mugissements furieux, tandis que l'épée, mal enfoncée, se balançait sur le cou, ressortait peu à peu de la chair et roulait enfin dans le sable. Cette fois encore, comme tant d'autres fois, le matador avait involontairement détourné la tête et poussé trop court l'estocade.

Il ramassa l'épée, sans avoir même le cœur de protester contre le mécontentement de ce public si indulgent pour les autres et si impitoyable pour lui. Par quelle fatalité manquait-il ainsi tous ses coups ? Pourquoi ne lui était-il plus possible de plonger, comme jadis, l'estoc jusqu'à la garde ?

Marchant de nouveau vers l'animal, il eut la sensation confuse qu'un péon venait se placer à côté de lui. C'était le Nacional.

« Du calme, Juan ! Ne perds pas la tramontane ! »

Le matador se posta vis-à-vis du taureau qui semblait l'attendre, immobile sur ses pattes. Il crut inutile de faire des passes de muleta. Il se profila, le chiffon rouge traînant au ras du sol, l'épée tenue horizontalement à la hauteur de l'œil... Vite le bras entre les cornes !

Et l'homme, repoussé d'un coup de tête, s'aplatit sur le sable. Et le taureau fondit sur lui, enleva ce corps inerte, le rejeta sur le sol, se mit à courir le long de la barrière. On voyait sur le garrot la poignée de l'estoc enfoncé jusqu'à la garde.

Le matador se releva péniblement, et tout l'amphithéâtre l'applaudit. « Vive l'enfant de Séville ! Cette fois, il avait réellement été bon ! » Mais Gallardo ne répondait par aucun signe de remerciement à cet enthousiasme. Il restait courbé dans une attitude douloureuse et se tâtait le ventre. Puis il fit quelques pas en zigzag, regardant à droite et à gauche comme pour chercher la porte de sortie. Finalement il trébucha, à la façon d'un homme ivre, et s'affaissa par terre.

Quatre valets de piste accoururent, le prirent sur leurs épaules. Pendant qu'ils l'emportaient à l'infirmeric, sa tête oscillait, livide, et ses yeux étaient vitreux.

On déposa le matador sur un lit, où il demeura sans mouvement. On ne voyait de sang nulle part.

Garabato et le Nacional commencèrent à déshabiller le maître, à retirer des épingles, à déboutonner, à découdre, tandis que Potaje regardait d'un air stupide, en faisant rouler son chapeau entre ses doigts.

Deux médecins, accourus dès le premier instant, regardaient aussi, sans rien dire. Ils ne pouvaient encore juger de la gravité du cas. Peut-être le torero avait-il seulement perdu connaissance ; peut-être n'était-ce qu'un évanouissement causé par la rudesse de la collision et par la violence de la chute.

Le docteur Ruiz entra, se pencha sur le lit, se mit tout de suite à l'œuvre. Ses mains adroites aidèrent Garabato à ôter les dernières pièces du costume, à relever la chemise. Et le ventre apparut, sillonné d'une longue déchirure dont les bords sanglants s'écartaient et laissaient voir les intestins bleuâtres [1].

1. José Delgado (cf. p. 60, note) fut tué en mai 1801, aux arènes de Madrid, par un taureau poltron, à peu près dans les mêmes circonstances et de la même manière que Juan Gallardo. (Voir la biographie de ce torero, écrite par M. Bedoya.)

« Eh bien, docteur ? murmura le Nacional.

— C'est fini, Sebastián. Tu peux te chercher un autre matador. »

L'honnête banderillero ne prononça pas un mot, n'eut pas une larme dans les yeux ; mais, subitement, il sentit naître au fond de lui-même une haine féroce contre tout ce qui l'entourait, une colère indignée contre le public, un mépris mêlé de remords contre son propre gagne-pain. Ah ! quelle horreur et quelle iniquité, qu'un homme pût mourir ainsi pour l'amusement de ses semblables !

Et, tandis que ses yeux, brûlants, mais secs, se fixaient sur le cadavre du chef auquel il avait voué une fraternelle affection, sa pensée se porta aussi vers un autre cadavre, vers celui qu'en ce moment les mules tiraient hors de l'arène, vers celui de la bête au garrot carbonisé. Et, avec sa simplicité d'homme primitif, il associa dans un même sentiment de profonde commisération les deux victimes :

« Pauvre taureau ! Pauvre espada ! » soupira-t-il tristement.

Au cirque, la fête continuait. Il y avait bien eu d'abord quelques minutes d'hésitation et d'inquiétude ; mais presque aussitôt on s'était rassuré. Des nouvelles optimistes, d'origine inconnue, circulaient dans l'amphithéâtre : Gallardo n'était qu'étourdi, et l'accident n'aurait aucune suite fâcheuse. Le public accueillait volontiers cette opinion anonyme, d'autant plus volontiers qu'on aurait beaucoup perdu à l'interruption de la course : il restait encore trois taureaux à tuer.

Et les clairons sonnèrent pour annoncer le quatrième combat, et des cris de joie saluèrent l'entrée de l'animal dans le redondel. Clameurs et fanfares confondues arrivaient jusqu'à l'infirmerie et vibraient gaiement autour du mort.

C'était le rugissement de la Bête, de la vraie Bête féroce.

RÉSUMÉ TAUROMACHIQUE

avec renvois aux pages du volume où les termes espagnols sont expliqués, soit dans les notes, soit dans le texte[1].

I

LE CIRQUE

La plaza, c'est-à-dire le lieu où se donnent les courses de taureaux, était presque toujours, autrefois, une place publique aménagée momentanément pour cet usage. Aujourd'hui, dans toutes les villes de quelque importance, c'est un grand cirque à ciel ouvert, construit exprès (p. *153). Celui de Madrid a 14 000 places ; celui de Barcelone en a 14 500. Voici quelles sont les parties principales d'une *plaza* :

I. Le cirque proprement dit comprend :

1. Le redondel (p. 17, *153), clos par une double enceinte. La première enceinte, dite *barrera* (p. 40), ou *talanquera*, ou *tablas*, peinte en rouge, a environ 1,80 m de hauteur et porte dans le bas, à 0,5 m du sol, un *estribo*, « étrier » ou marchepied (p. *53), qui aide le torero serré de trop près à sauter hors du redondel. La seconde enceinte, dite *contrabarrera* est un peu plus haute que la première, et on y voit peints de gros chiffres qui indiquent les *secciones del graderio* (p. 39). Entre les deux enceintes court un large « *couloir* », le *callejón*.

2. L'amphithéâtre où s'assoient les spectateurs. Il s'y trouve plusieurs sortes de places, à savoir : les *tendidos*, places découvertes ; la *grada cubierta*, places couvertes ; les *palcos*, loges situées au-dessus des places couvertes. Et chacune de ces grandes divisions comporte en outre des subdivisions telles que *delantera*, places de premier rang, *balconcillo*, gradins placés au-dessous de la loge présiden-

1. Lorsqu'il y a dans le texte une description un peu détaillée de la chose que le terme désigne, le chiffre de la page est précédé d'un astérisque.

tielle, *tabloncillo*, le gradin le plus élevé sur tout le pourtour du cirque, etc. — À un autre point de vue, on répartit ces différentes places sous les dénominations génériques de *sombra*, places à l'ombre, *sol*, places au soleil, *sol y sombra*, places intermédiaires où l'on est d'abord au soleil, puis à l'ombre (p. *161).

II. Les dépendances du cirque sont :

1. Le *toril* (p. 38), avec les *corrales* (p. 35, *217) et les *chiqueros* (p. 11).

2. Les *caballerizas*, écuries des chevaux.

3. Le *matadero*, boucherie où l'on dépèce les taureaux tués.

4. L'*arrastradero*, lieu où l'on équarrit les chevaux morts.

5. L'*enfermeria* (p. *245), infirmerie pour les toreros blessés ;

6. La *capilla* (p. *37, *237), chapelle.

II

LES TOREROS

Une cuadrilla est une troupe de *toreros* (p. 8, 31) professionnels, organisée pour donner des courses publiques.

La « quadrille » se compose : 1. d'un chef, le *matador* ou *espada* (p. 10) ; 2. de toreros à cheval, les *picadores* (p. *32) ; 3. de toreros à pied, les *peones* (p. 34) ; 4. d'un *puntillero* (p. 54).

1. Avant d'être *matador*, on a ordinairement commencé par être *sobresaliente de espada*, « suppléant d'épée ». Le *sobresaliente* est un débutant qui, en cas de besoin, remplacerait l'*espada* hors d'état de continuer son service, et il ne devient *matador de cartel*, c'est-à-dire matador en titre, que lorsque son chef lui a conféré l'*alternativa* (p. *78) aux arènes de Madrid. Cette sorte d'investiture publique donne à celui qui l'a reçue le droit d'« alterner » dans n'importe quel cirque avec tout autre *espada*. — Le matador porte un costume de soie brodé d'or, dont les pièces principales sont la « veste » *chaquetilla* (*29), les *calzones* avec leurs *machos*

(p. 27), la *capa* (p. 29), la *moña* (p. 28) attachée à la *coleta* (p. 20, *26, 134), la *montera* (p. 29). Il a pour arme défensive la *muleta* (p. 31) et pour arme offensive l'*estoque* (p. 19).

2. Les *picadores* sont habillés d'une veste courte, d'un pantalon de cuir jaune, du *castoreño* (p. 32), et ils ont les jambes protégées par la *mona* (p. 107). Leur arme est la *pica* (p. 32), lance en bois de hêtre que l'on nomme aussi *vara* ou *garrocha* (p. 113, *115, 116), longue d'environ 3 m et terminée par un petit fer triangulaire qu'un bourrelet de corde empêche de pénétrer à plus d'un pouce de profondeur dans la chair de l'animal.

3. Les *peones* (p. 34) portent un costume semblable à celui du matador, sauf que les broderies sont seulement d'argent. Les uns, dits *capeadores* ou *chulos* (p. 34), travaillent le taureau avec la *capa de brega* (p. 29) ; les autres, dits *banderilleros*, lui posent les *banderillas* ou *palos* (p. 24). D'ailleurs, en pratique, ce sont presque toujours les mêmes hommes qui exécutent successivement cette double besogne.

4. Le *puntillero* ou *cachetero* a pour fonction d'achever avec la *puntilla* ou *cachete* (p. 54) les taureaux blessés mortellement.

Quant aux *monos sabios* (p. 33) et aux *mozos* (p. 39), valets de piste, palefreniers, hommes de peine, ils ne sont considérés que comme des salariés.

III

LES TAUREAUX

Les toros sont élevés presque à l'état sauvage dans les *ganaderias* (p. 115, *135), sous la surveillance des *vaqueros* (p. 119) et des *pastores* (p. 113) commandés par un *mayoral* (p. 141). Les bœufs dressés que l'on nomme *cabestros* servent d'auxiliaires aux gardiens pour le gouvernement de la *torada* (p. 69, *119, *123, 136). Chaque propriétaire s'efforce de conserver pure la *casta* (p. 115) de son troupeau et possède son *hierro* (p. 137) et sa *divisa*

(p. 135), pour en marquer les produits. L'une des *ganaderias* les plus réputées était celle de don Eduardo Miura (p. 17).

Les jeunes bêtes sont soumises à la *tienta* (p. 87, *135), « essai », soit dans le toril, soit en pleine campagne ; et, dans ce dernier cas, l'essai se fait par *acoso* et *derribo* (p. 114, *120).

Les taureaux de combat, *toros bravos*, *fieros*, *de muerte* (p. 44), ou, par antiphrase, *bichos* (p. 22), sont des animaux puissants et féroces, mais si stupides qu'ils se laissent presque toujours tromper par l'*engaño* (p. 46). Au point de vue des qualités agressives, ils peuvent être *boyantes*, « francs », *revoltosos* (p. 227), *pegajosos* (p. 227), *de sentido* (p. 151), *marrajos* (p. 139), *bravucones* (p. 68), *abantos* (p. 242), etc. Au point de vue de la taille, les plus grands et les plus lourds sont dits *de libras*, *de muchas libras* (p. 101). Au point de vue de l'élégance, c'est surtout la belle forme des cornes, la finesse du poil, la sécheresse nerveuse des jambes, etc., qui constituent le *trapio* (p. 115, *114).

Lorsqu'ils doivent être expédiés à un cirque éloigné, le transport se fait par chemin de fer, après *encajonamiento* (p. *141-143). Lorsqu'ils sont destinés à un cirque voisin, on procède à l'*encierro* (p. *145-147) deux ou trois jours avant la course. L'*apartado* et l'*enchiqueramiento* (p. 11) se font dans la matinée.

IV

LA COURSE

Il y a de petites corridas que l'on nomme *capeas* (p. 19, *62-63), *becerradas* (p. 223), *novilladas* (p. 15, *72-74). Quant aux *corridas formales* (p. 78), « courses régulières », les taureaux qu'on y combat doivent être âgés de cinq à six ans et n'avoir jamais été « courus ». Plus jeunes, ils n'auraient pas encore toute leur puissance ; déjà *corridos*, ils chercheraient l'homme sous le leurre.

Les entrepreneurs de courses traitent avec le chef de la quadrille par l'intermédiaire de son *apoderado* (p. 12, *79).

— Si, comme il arrive d'habitude, la quadrille engagée comprend deux *matadors*, avec ou sans *sobresaliente*, le *primer espada* commande à tout le personnel combattant, et le *segundo espada* ou *media espada* lui doit obéissance comme les autres, sauf au moment où ce « second » tue lui-même son taureau. — Lorsque deux *espadas* travaillant ensemble ont une égale réputation, c'est le plus ancien en titre qui prend le commandement et qui a le privilège de tuer en premier.

Les courses se donnent dans l'après-midi, et on y tue ordinairement six taureaux, que les *espadas* tirent au sort (p. 218). Les combats se livrent sous la direction d'un président (p. *42), qui doit avoir une grande compétence dans l'art tauromachique, puisque c'est à lui qu'il appartient d'assurer l'application des règlements, de mettre fin en temps utile à chaque partie de la lutte, etc. Des sonnerie de *clarines* et de *timbales* (p. 43) annoncent les différentes phases du combat.

Après que les *alguaciles* (p. *40) ont fait évacuer le redondel, le spectacle commence par le *paseo* (p. *40-4), c'est-à-dire par l'entrée solennelle de la quadrille. Le cortège, rangé sur deux files, est ainsi ordonné : en tête, les *alguaciles* à cheval ; puis les *espadas*, le plus ancien à droite, et, le cas échéant, le troisième au milieu ; puis les *chulos* ; puis les *picadores* ; et enfin les *mozos* conduisant le train d'*arrastre* (p. *39). Ce cortège traverse tout le redondel et va saluer le président. Après quoi, chaque torero gagne son poste de combat, et le premier taureau est lâché.

Pendant le combat, le taureau doit normalement passer par trois *estados*, « états ». À la sortie du toril, il est *levantado*, porte haut la tête, charge aveuglément sur tout ce qu'il rencontre ; ensuite il est *parado* « arrêté », n'attaque plus que lorsqu'on le provoque, mesure son attaque ; enfin il est *aplomado*, « alourdi », se ménage, cherche moins à attaquer qu'à se défendre. Quelquefois aussi il reste *entero* (p. 52) jusqu'au dernier moment, ou au contraire il « se décompose » pour la péripétie suprême.

Au cours de la lutte, le torero et le taureau ont chacun leur *terreno* (p. 46). Les « terrains » se déterminent par rapport au *centro*, c'est-à-dire par rapport au point où l'homme et la bête doivent se rencontrer pour exécuter la passe. Le terrain du torero est l'espace qui, à partir du « centre », s'étend en arrière de l'homme et où celui-ci doit pouvoir opérer librement sa retraite vers la barrière ; et le terrain du taureau, qu'on nomme aussi *terreno de afuera*, est l'espace qui, à partir du même « centre », s'étend autour de la bête et où celle-ci est libre d'évoluer, soit qu'elle attaque, soit qu'elle se dérobe. — À la notion des terrains se rattache celle de la *jurisdicción*. La « juridiction » du torero comprend tout l'espace qu'il peut atteindre avec ses instruments de combat ; et la « juridiction » du taureau comprend tout l'espace qu'il peut atteindre avec ses cornes. — Autant que possible, il faut empêcher le taureau de prendre une *querencia* (p. 121, *164-165).

On nomme *quite*, « parade », toute action du torero ayant pour objet de sauver un camarade en danger. Les *quites* se produisent surtout pendant la première partie du combat, et ils s'exécutent le plus souvent avec la cape (p. *166). Mais d'ailleurs, en pareille conjoncture, tous les moyens sont permis, même celui qui consiste à tirer le taureau par la queue, *colear* (p. 44).

Chaque combat, *lidia*, se divise pour ainsi parler en trois actes que l'on nomme *tercios* ou *suertes* (p. 44).

1. SUERTE DE VARA. — Quand le taureau entre dans l'arène, les péons l'accueillent par des passes de cape. Ces passes s'exécutent d'une infinité de manières dont les plus typiques sont la *veronica* et la *navarra* (p. 63).

Puis les picadors, montés sur les chevaux qu'ils ont choisis après leur avoir fait subir la *prueba* (p. *214-217), infligent trois ou quatre fois à l'animal le *castigo* (p. 52) de la pique. Il arrive très fréquemment aujourd'hui que les chevaux sont éventrés (p. *228, *240) ; mais ce massacre n'est nullement essentiel ni même utile au succès de la course. Au contraire, la véritable fonction du picador serait de sauver sa monture en ouvrant la sortie au taureau, soit vers la droite, soit vers la gauche ; mais, pour y réussir, il faudrait que le cheval fût une bête de sang et non une rosse moribonde.

2. SUERTE DE BANDERILLAS. — Ensuite les banderilleros

plantent les « bâtons » dans le *morillo* (p. 50, *52). L'une des plus remarquables façons de poser les banderilles est celle qu'on appelle *al quiebro* (p. 224), c'est-à-dire en évitant le taureau par une simple flexion des hanches, sans bouger les pieds. Lorsque le taureau est couard, on lui inflige les *banderillas de fuego* (p. *242-243).

3. SUERTE DE MUERTE (p. *44-49). — L'espada, tenant en main les *trastos de matar* (p. *54), prononce le *brindis* (p. *45, *154) et s'avance vers le taureau, que les *chulos* lui amènent à l'endroit choisi pour la mort. Par divers jeux de *muleta*, il prépare l'animal au conflit suprême, l'oblige à *humillar* (p. 101), à *entrar en suerte* (p. 101). — Enfin le moment est venu pour lui-même d'*entrar a matar*, de *cuadrarse*, de *perfilarse* (p. 162), de *citar* (p. 46) et de *meter el brazo* (p. 54). L'estocade s'exécute de deux façons très différentes, que l'on appelle *recibir* et *volapié*. Dans le *recibir*, le taureau se précipite sur le matador qui l'attend immobile, les pieds en équerre, l'estoc tenu horizontalement à la hauteur de l'œil, pour bien viser le but. Dans le *volapié*, moins dangereux, c'est le matador qui se précipite sur le taureau immobile, d'aplomb sur ses quatre pattes, la tête assez basse pour que l'estoc puisse atteindre l'endroit voulu. Pour que l'estocade soit parfaitement bien placée, elle doit porter *en la cruz*, c'est-à-dire dans la partie du garrot où la ligne prolongée des palerons « croise » la colonne vertébrale. Est dite *delantera*, « avancée », celle qui pénètre en avant de la *cruz* ; est dite *trasera*, « reculée », celle qui pénètre en arrière de la *cruz*. Par rapport à la profondeur, l'estocade peut être *honda* (p. 48), *media* ou *corta* (p. 196). Lorsqu'elle rencontre un os et reste superficielle, on la nomme *pinchazo* (p. 162). Le *bajonazo*, le *golletazo* (p. 152), l'*estocada atravesada* (198, *230) sont des estocades inexcusables. Si le taureau, mortellement blessé, se tient encore debout, le matador procède au *descabello* (p. 162, *230). Mais, si le taureau est couché par terre, c'est au *puntillero* qu'il appartient de l'achever.

Quand le matador tarde trop à expédier la bête, le président lui fait donner les *avisos* (p. *232). Quand il a tué supérieurement, les spectateurs demandent pour lui la *oreja* (p. 48, *155).

Les principaux accidents d'où peut résulter qu'il y ait *hule* (p. 42, *133) sont la chute des picadors (p. *44, *238), l'*embroque* (p. 47), l'*enganche* (p. 48), l'*encontronazo* (p. 47, *165, *231) et toutes les *cogidas* (p. 7, *90).

Dès que le taureau est tué, les mules de l'*arrastre* entrent au galop dans le cirque et traînent hors du redondel les cadavres des chevaux et du taureau. Les *mozos* ratissent l'arène, jettent du sable sur les traces sanglantes; et, sans aucun entracte, la trompette sonne pour annoncer une autre *lidia*.

V

HISTORIQUE

Dès le XIe siècle, le Cid Campeador tuait des taureaux à la lance. La noblesse prit goût à ces combats, qui furent spécialement en honneur au XVe siècle, sous le règne du dernier sultan de Grenade (p. 171). On peut considérer comme une survivance de ces anciennes joutes équestres la *suerte* que, dans certaines solennités, les *caballeros en plaza* exécutent encore aujourd'hui avec le *rejón* (p. 172).

Au XVIIIe siècle, l'aversion de Philippe V pour les courses de taureaux fit que l'aristocratie se détacha de ces exercices; mais le peuple continua d'y prendre plaisir. Il arriva donc que la *plaza* se démocratisât, et bientôt se formèrent des toreros professionnels qui combattirent à prix d'argent (p. 173).

En 1830, le roi Fernando VII créa une École de tauromachie (p. 170).

Il y a en tauromachie deux «styles», dont l'un, plus sévère, est représenté par les maîtres de Ronda (p. 153), l'autre, plus fantaisiste et admettant les *adornos* (p. *50, *239), est représenté par les maîtres de Séville (p. 153).

Quelques matadors célèbres du XVIIIe et du XIXe siècle:

Vers 1726, Francisco Romero, de Ronda, créa l'art tauromachique moderne (p. 153, 173). — Pedro Romero, petit-fils du précédent, porta à la perfection le «style» de Ronda

IMPRIMÉ EN FRANCE PAR BRODARD ET TAUPIN
Usine de La Flèche (Sarthe).
LIBRAIRIE GÉNÉRALE FRANÇAISE - 6, rue Pierre-Sarrazin - 75006 Paris.
ISBN : 2 - 253 - 09993 - 7 30/1361/2

(p. 153, 170). — José Delgado, surnommé *Pepehillo*, inventeur du « style » de Séville, fut tué aux arènes de Madrid en mai 1801 (p. 60, 245). — Antonio Ruiz, surnommé le *Sombrerero* (p. 171). — Juan Léon (p. 171). — Francisco Montes (p. 44). — Jerónimo José Candido (p. 170). — Rafael Molina, surnommé *Lagartijo* (p. *10, 202). — Frascuelo, surnommé le *Negro* (p. *10, 205). — 1880[1]. Fernando Gomez, surnommé le *Gallo* (p. 21). — 1884. Luis Mazzantini. — 1885. Manuel Garcia, surnommé l'*Espartero* (p. 21). — 1887. Rafael Guerra, surnommé *Guerrita*. — 1889. Julio Aparicio, surnommé *Fabrilo* (p. 239). — 1891. Antonio Jiménez, surnommé *Reverte*, grièvement blessé aux arènes de Bayonne en 1899.

G. H.

1. Cette date et les suivantes sont celles où le matador a reçu l'alternative.